借鉴与融合：叶芝诗学思想研究

Referring and Integrating: An Investigation on Yeats's Poetics

欧光安　著

南开大学出版社

天　津

图书在版编目(CIP)数据

借鉴与融合：叶芝诗学思想研究 / 欧光安著. —
天津：南开大学出版社，2017.12
ISBN 978-7-310-05501-2

Ⅰ.①借… Ⅱ.①欧… Ⅲ.①叶芝(Yeats,
William Butler 1865—1939)—诗学观—研究 Ⅳ.
①I562.072

中国版本图书馆 CIP 数据核字(2017)第 287998 号

南开大学出版社出版发行
出版人:刘立松
地址:天津市南开区卫津路 94 号　　邮政编码:300071
营销部电话:(022)23508339　23500755
营销部传真:(022)23508542　　邮购部电话:(022)23502200
＊
天津午阳印刷有限公司印刷
全国各地新华书店经销
＊
2017 年 12 月第 1 版　　2017 年 12 月第 1 次印刷
230×160 毫米　16 开本　15.5 印张　2 插页　203 千字
定价:52.00 元

如遇图书印装质量问题,请与本社营销部联系调换,电话:(022)23507125

　　本书为石河子大学人文社科中青年人才培育基金项目（项目编号：RWSK16-Y20）的阶段性成果，同时获得石河子大学高层次人才科研启动项目（项目编号：RCXZ201508）的资助。

Preface

Yeats' wide reading in world literature, from Swedenborg and Blake, to Indian, Arabian mystics and the literature of Eastern Asia, has been criticized as miscellaneous—the jumbled stock of the "rag-and-bone shop of the heart." Certainly Yeats was no systematic scholar, but he was an immensely cultured writer, working in an age when global perspectives were beginning to emerge, not least amongst poets and visionaries in Europe. Yeats' poetics went further than Ireland or the classical roots of European thought and art. They begin to resonate also with other ancient poetic traditions, from India to Japan, and these traditions find conversation partners with Irish mythology, and indeed, contemporary Irish history.

This new book, written by a Chinese scholar, marks Yeats as a truly international voice that speaks words of realism and sometimes hopes in a world that has moved beyond his own experience to a global culture that is at once united and fractured. As we move from the study of comparative to world literature, we do well to be reminded that poetry is neglected at our peril, and that Yeats speaks to us today no less than he spoke in his own time at the beginning of the last century.

David Jasper
Professor Emeritus, University of Glasgow
Distinguished Overseas Professor, Renmin University of China

August 2017

序[*]

于世界文学而言，叶芝的阅读范围不可谓不广。自斯威登堡至布莱克，从印度经典到阿拉伯神秘主义，以至东亚文学，他均有涉猎。但叶芝亦被批评为所读"过滥"，好比一家廉价的"心灵杂货店"^①，里面的物件东横西陈。当然，虽然所著作品文化意蕴丰厚，但叶芝终究非学者出身。然而在其所处时代，全球意识已初露端倪，而欧洲之参与者又非仅限诗人和远见卓识之士。叶芝诗学亦因此得以远迈爱尔兰与欧洲古典思想艺术之外，与远自印度乃至东亚的古典诗学相应和。最终，这些东方圣典又与爱尔兰古典神话彼此对话相应，在近代爱尔兰历史上折射光辉。

这本有关叶芝的新著，由一位中国青年学者完成，旨在将叶芝置于真正的世界文学之林。叶芝所言，多出诸现实，也偶尔对这时分时合的世界寄予希望，希望有一种全球文化出现，即使这种希望超出其经验之外。当我们从比较研究走向世界文学，也应该要时时提醒自己：我们是否早已将诗歌遗忘。有鉴于此，叶芝在 20 世纪初对他同时代人所说的话，对今天依然阅读其作品的我们来说一样重要而珍贵。

大卫·贾斯珀

（作者为格拉斯哥大学荣誉教授、

中国人民大学长江学者讲座教授）

2017 年 8 月

---

* 此序由本书作者依贾斯珀教授原文译出。本书虽以汉语写就，然其中若干主要观点均由贾斯珀教授启发而来，时地为 2016 年 3 月之香港。故成稿之后，作者又通过电子邮件向其请教，得其慨允写序，教授风采，高山仰止。

① 原文为 "bag-and-bone shop of the heart"，出自叶芝诗集《最后的诗集》中《驯兽的逃逸》（"The Circus Animals' Desertion"）一诗之最后一行。

目　录

第一章　叶芝与叶芝诗学思想概述

我们是最后的浪漫主义者——曾选择

传统的圣洁与美好，诗人们

称之为人民之书中所写的

一切，最能祝福人类心灵

或提升一个诗韵的一切作为主题。

——《库勒和巴利里，1931》①

第一节　叶芝与叶芝作品概述

1923 年，瑞典皇家科学院将当年的诺贝尔文学奖颁给威廉·巴特勒·叶芝（William Butler Yeats, 1865—1939），以表彰"他那永远富有灵感的诗歌，以一种高度艺术的形式表现了整个民族的精神"。② 而就在前一年，爱尔兰南部诸郡脱离英国，成立爱尔兰自由邦（Irish Free State），叶芝应邀出任自由邦参议员。可以说，叶芝的大半生与 19 世纪末 20 世纪初爱尔兰争取民族独立休戚与共，其作品是整个民族精神的写照。

---

① 〔爱尔兰〕叶芝：《叶芝精选集》，傅浩编选，北京：北京燕山出版社，2008 年，第 186 页。

② 转引自〔爱尔兰〕叶芝：《叶芝精选集》，傅浩编选，北京：北京燕山出版社，2008 年，编选者序，第 1 页。

1865 年 6 月 13 日，叶芝出生于都柏林桑迪蒙特路一栋名为"乔治维尔"（Georgeville）的房子，父亲是约翰·巴特勒·叶芝（John Butler Yeats），母亲是苏珊·玛丽·波莱克斯芬（Susan Mary Pollexfen）。两年后，叶芝父亲放弃颇有前途的法学职业，转而专注绘画，因此全家迁居至伦敦摄政公园菲茨罗伊路 23 号。在此期间，叶芝父亲开始给叶芝朗读莎士比亚、司各特等人的作品，对其进行早期教育。1874 年，全家搬至伦敦西肯辛顿区伊迪思住宅区 14 号。次年，叶芝被送进汉默史密斯区的哥德尔芬小学（Godolphin School）就读，在学校里叶芝时常受到同学欺负。1876 年，叶芝全家又搬迁至切斯维克区贝福德公园的伍德斯多克路 8 号。四年后，因为需要处理祖传的地产，叶芝父亲又率领全家搬回爱尔兰，住在都柏林浩斯（Howth）区一所有茅草屋顶的房子。同年，叶芝进入伊拉斯莫斯·史密斯中学（Erasmus Smith High School）学习。1883 年，叶芝一家从浩斯区搬至拉斯加区艾诗菲尔坡地 10 号。次年叶芝离开史密斯中学，进入父亲曾一度在其中任教的首府艺术学校（Metropolitan School of Art）学习，同学中有后来对他影响很大的乔治·拉塞尔（常以 AE 为名）。[①] 在叶芝童年和少年时期，他经常和家人，尤其是母亲和弟弟妹妹，回外祖母家度假或待上一段时间。外祖母家在爱尔兰西部城镇斯莱戈（Sligo），那里有迂回错综、静谧闲适的街道，还有各种各样的神仙故事和民间传说。与城市相比，斯莱戈是叶芝更向往的地方。

青年叶芝与父亲一样，对祖辈所从事的牧师和法学行业不感兴趣，而是专注于艺术。在艺术学校，叶芝的专业是绘画，可是之后他的兴趣逐渐转向诗歌。1885 年，叶芝的作品首次变成铅字，他的两首抒情诗发表于《都柏林大学评论》的 3 月号。从小就对神秘事物着迷的叶

---

① 乔治·拉塞尔（George Russell, 1867—1935），爱尔兰诗人，画家，叶芝好友。AE，取的是单词 aeon（意思是"万古，极长的时间"）的前两个字母，"因为他（拉塞尔）希望自己永远保持'无我，无名，以及无形'的特质"（引自连摩尔、伯蓝：《叶芝》，刘蕴芳译，上海：百家出版社，2004 年，第 19 页）。

芝在同年还创立了"都柏林秘术学会"（Dublin Lodge of the Hermetic Society），并自任主席。次年，叶芝结识革命家约翰·欧里尔瑞（John O'Leary），并受其影响开始阅读爱尔兰诗人的作品。在欧里尔瑞家中叶芝不仅结识了爱尔兰民族运动的重要人物道格拉斯·海德（Douglas Hyde）和约翰·泰勒（John Taylor），还认识了将其带入降神会仪式的凯瑟琳·泰南（Katherine Tynan）女士。1887年，叶芝全家再次迁回伦敦，先是在俄得利新月区58号落脚，随即搬至贝福德公园不勒罕路3号。在这里他结识秘术大师麦克格雷格·马瑟斯（McGregor Mathers），以及有名的通灵人士布拉瓦茨基夫人（Madame Blavatsky）。在都柏林，叶芝听了印度婆罗门摩希尼·查特基对印度教教义的论述，进一步激发起对印度思想的兴趣。值得注意的是，叶芝父亲受达尔文和穆勒影响较深，成为怀疑论者（skepticism）。[①] 这一点也深深影响了叶芝，因此叶芝自幼就对基督教持怀疑态度。但也许是环境影响，或是个人阅读所及，叶芝对基督教思想和《圣经》是相当熟稔的。

在伦敦，叶芝结识了当时有名的文学家如莫里斯（William Morris）、萧伯纳（George Bernard Shaw）、王尔德（Oscar Wilde）等，并受到先拉斐尔派（Pre-Raphaelites）的影响。1886年，叶芝编辑过一本名为《青年爱尔兰的诗与歌谣》的诗选并在都柏林出版。1888年他编纂的《爱尔兰民间神话与传说》（Fairy and Folk Tales of the Irish Peasantry）在伦敦出版。因此一段时间里，人们将其视为爱尔兰民间传说的权威。对爱尔兰民间故事，或者更准确地说，对凯尔特文化的着迷贯穿了叶芝一生的创作，其一系列关于库胡林的诗和戏剧就是一个明显的例证。同年，叶芝完成叙事长诗《乌辛漫游记》（"The Wanderings of Oisin"），次年此诗与其他一些诗歌结集出版，名为《乌辛漫游记及其他》（The Wanderings of Oisin and Other Poems，后来此

---

① 达尔文（Charles Robert Darwin, 1809—1882），著有《物种起源》（The Origin of Species, 1859），提出进化学说和"适者生存"（survival of the fittest）；穆勒（John Stuart Mill, 1800—1873），著有《论自由》（又译《群己权界论》）（On Liberty），有严复著名文言译本。

集中的抒情诗和其他一些诗被合编入《十字路口》[Crossways]出版 ）。叶芝还与父亲的友人埃德温·艾利斯（Edwin Ellis）一起合编了威廉·布莱克（William Blake）的诗集。同年，叶芝第一次在家中结识爱尔兰民族运动积极分子毛德·冈[①]，为之着迷。叶芝之后多次向毛德·冈求婚，被其拒绝，直至 1917 年诗人与妻子结婚。

1891 年，叶芝在伦敦创立"诗人俱乐部"（Rhymers' Club），成员有厄内斯特·道森（Ernest Dowson）、约翰·戴维森（John Davidson）和勒诺·约翰逊（Leno Johnson）等。同年，叶芝在伦敦成立"爱尔兰文学协会"（Irish Literary Society），在都柏林成立"民族文学社"（National Literary Society）（由欧里尔瑞任社长），发表小说《约翰·舍曼》（John Sherman）等。次年，叶芝出版了《凯瑟琳女伯爵及各种传奇和抒情诗》（The Countess Cathleen and Various Legends and Lyrics，此集中的抒情诗后来合编入《玫瑰》[The Rose]一书出版），《凯瑟琳女伯爵》这部诗剧可谓是给毛德·冈量身定做。1893 年、1897 年叶芝相继出版散文集《凯尔特的曙光》（The Celtic Twilight）和小说集《隐秘的玫瑰》（The Secret Rose）。1894 年，叶芝的戏剧《心愿之乡》（The Land of Heart's Desire）上演。同年，在巴黎游览时，叶芝结识阿瑟·塞蒙斯[②]，并通过塞蒙斯受到法国象征主义文艺的影响。

1896 年，叶芝与塞蒙斯同游爱尔兰西部，结识格雷戈里夫人[③]。叶芝后来多次入住格雷戈里夫人家的库勒庄园，两人还曾合编爱尔兰民间故事集。同年，叶芝在巴黎遇见青年作家约翰·辛格[④]。叶芝、

---

① 毛德·冈（Maud Gonne, 1866—1953），近代爱尔兰民族运动积极分子，叶芝于 1889 年与其初识，后多次向其求婚，均被拒绝。

② 亚瑟·塞蒙斯（Arthur William Symons, 1865—1945），英国诗人，受法国象征主义影响较大，将自己翻译的法国象征主义诗歌介绍给叶芝。

③ 格雷戈里夫人（Lady Isabella Augusta Gregory, 1852—1932），爱尔兰戏剧家，其所居住之库勒庄园成为叶芝经常度夏的地方，也是叶芝理想中的贵族文化诞生地。

④ 辛格（John Millington Synge, 1871—1909），近代爱尔兰著名戏剧家，受叶芝影响，作品多描写爱尔兰西部风土人情，代表作有《西部浪子》（The Playboy of the West World）。

格雷戈里夫人和辛格后来成为爱尔兰文艺复兴，尤其是戏剧复兴的中流砥柱。1899 年他们一起筹建"爱尔兰文学剧院"（Irish Literary Theater），两年后剧院正式演出，首演《凯瑟琳女伯爵》。同年，叶芝出版诗集《苇间风》（The Wind Among the Reeds），标志其诗风的转变。因为失望，1900 年叶芝退出曾于 1896 年加入的爱尔兰共和兄弟会。1902 年"爱尔兰文学剧院"改名为"爱尔兰民族剧院"（Irish National Theater），叶芝任会长，剧院后来又发展为赫赫有名的阿贝剧院（Abby Theater）。同年毛德·冈演出叶芝戏剧《胡利汉之女凯瑟琳》（Cathleen ni Houlihan）。1903 年，叶芝出版诗集《在那七片树林里》（In the Seven Woods）和散文集《善恶观》（Ideas of Good and Evil）。同年，毛德·冈嫁给爱尔兰军官约翰·麦克布莱德（John MacBride）。除诗歌外，叶芝还创作了戏剧《沙漏》（The Hour-Glass）、《那锅肉汤》（The Pot of Broth）、《王宫门口》（The King's Threshold）和《在倍勒海滩》（On Baile's Strand）。1907 年，剧院因为辛格戏剧《西部浪子》的演出，发生风波，叶芝为辛格辩护。

1909 年，叶芝结识意象派代表诗人庞德[①]，在诗风上受到后者的影响，并通过庞德接触到东方思想，尤其是日本能剧（Noh）。次年，叶芝出版诗集《绿色头盔及其他》（The Green Helmet and Other Poems）。1911 年，叶芝结识后来的妻子乔吉·海德·利斯（Georgie Hyde-Lees）。1912 年叶芝率团在美国演出，并在哈佛大学演讲，散文集《玛瑙的切割》（The Cutting of an Agate）首次在美国出版。1914 年，叶芝出版诗集《责任》（Responsibilities）。次年，叶芝写成受日本能剧影响的剧作《鹰井之畔》（At the Hawk's Well）。1916 年，都柏林爆发复活节起义（Easter Rising），这对叶芝思想的转变产生影响。同年，叶芝再次向毛德·冈求婚，被拒，次年转而向其女儿伊秀尔特（Iseult）求婚，被拒之后，叶芝在 10 月与乔吉在伦敦结婚，开始"自

---

① 埃兹拉·庞德（Ezra Pound, 1885—1972），在美国出生并长大，以领导意象派诗歌运动闻名，代表作有《华夏集》（Cathy）等。

动写作"（automatic writing），并出版诗集《库勒的野天鹅》（*The Wild Swans at Coole*）。1918 年至 1921 年，爱尔兰发生"黑褐之乱"，之后英爱之间战争频发。1920 年，叶芝出版诗集《麦克尔·罗巴蒂斯与舞者》，并写就《艾玛的唯一嫉妒》（*The Only Jealousy of Emer*）等剧作。1922 年，爱尔兰自由邦成立，北部六郡依然属于英国。1923 年，叶芝获诺贝尔文学奖。次年与妻子游览意大利及周边地区，对拜占庭艺术颇有兴趣。1925 年，叶芝出版生平神秘思想的总结《幻象》（*A Vision*）一书。之后，叶芝相继为阿贝剧院改编《俄狄浦斯王》（*Sophocles' King of Oedipus*）等戏剧。1928 年，诗集《碉楼》（*The Tower*）出版。

　　晚年的叶芝身体状态逐渐变差，除写作外，游览和演讲占去大部分时间。20 世纪 30 年代，诗集《旋梯及其他》（*The Winding Stair and Other Poems*, 1933）、《帕内尔的葬礼及其他》（*Parnell's Funeral and Other Poems*, 1935）、《新诗》（*New Poems*, 1938）以及《最后的诗》（*Last Poems*, 1938—1939）相继出版。除诗歌外，叶芝晚年还写出了《三月的满月》（*A Full Moon in March*, 1935）和《炼狱》（*Purgatory*, 1938）等名剧。1939 年 1 月，叶芝突然发病，在法国开普马丁逝世。1948 年，叶芝遗体由爱尔兰海军巡洋舰运回爱尔兰，葬于作家的"心愿之乡"斯莱戈。

第二节　叶芝诗学思想研究概述

　　关于叶芝及其作品的研究，国外尤其是英美已经相当成熟。20 世纪四五十年代的叶芝研究代表人物非理查德·艾尔曼（Richard Ellmann）莫属，其代表作是《叶芝：人与面具》（*Yeats: the Man and the*

Masks）^①，结合叶芝生平探究叶芝诗艺。其时去叶芝辞世不远，因此书中保存了不少珍贵的史料。艾尔曼之后的代表人物是哈罗德·布鲁姆（Harold Bloom），他的《叶芝》（*Yeats*）^②一书可谓其文学理论"影响的焦虑"（anxiety of influence）的实践与运用。在书中布鲁姆详列了叶芝受到的诸多先贤例如布莱克、雪莱等的影响。进入 20 世纪末，叶芝研究角度更为多元，研究名家辈出，代表人物有号称"海伦老夫人"的哈佛大学教授海伦·文德勒（Helen Vendler），其叶芝研究名作为《我们的诗艺秘诀：叶芝与抒情诗形式》（*Our Secret Discipline: Yeats and Lyric Form*）^③。作者慧心独具，从叶芝抒情诗的结构出发，探讨其与叶芝爱尔兰现实生活中的"大房子"的对比关系。

在叶芝作品搜集、整理、注释方面，一些作品集不可不计。一是由阿尔斯帕奇（Alspach）等人编辑整理的《集注版叶芝作品集》（*The Variorum Edition of Works of Yeats*），包括诗歌、戏剧、散文等，分数年出齐，大部头精装，分量重，是研究者案头不可缺少的书籍。二是由克拉克（D. R. Clark）等人编纂的《叶芝作品全集》（*The Collected Works of W. B. Yeats*），按文类分为诗歌、戏剧、自传、散文等十四卷，可谓是相当全面。三是杰法里斯（A. Norman Jeffares）的相关著作。杰法里斯不仅编有叶芝作品选集，还撰写了《叶芝：其人与其诗》（*W. B. Yeats: Man and Poet*）等一系列叶芝研究著作，更具分量的是他对叶芝诗歌所做的注解，初版为《叶芝诗歌注解》（*A Commentary on the Poems of W. B. Yeats*），后来又出版增订版，即 *A New Commentary on the Poems of W. B. Yeats*^④，注解之详尽允为学界标杆。

① R. Ellmann. Yeats: *the Man and the Masks*. New York: The Macmillan Company, 1948.

② H. Bloom. *Yeats*. New York: Oxford University Press, 1970.

③ H. Vendler. *Our Secret Discipline: Yeats and Lyric Form*. Cambridge: Harvard University Press, 2007.

④ A. Norman Jeffares. *A New Commentary on the Poems of W. B. Yeats*. London: Macmillan and Co. Ltd, 1984.

国内叶芝研究起步较晚，但对其作品的译介却较早。早在 20 世纪 20 年代，茅盾、王统照、郑振铎等就对叶芝诗作有过译介，茅盾还翻译过叶芝戏剧《沙漏》。由于受到爱尔兰文艺复兴戏剧的巨大影响，20 年代大量爱尔兰戏剧被译介到中国，除《沙漏》，田汉在《爱尔兰近代剧概论》①中对叶芝戏剧有过简要介绍。20 世纪三四十年代，施蛰存、朱光潜等也译过叶芝个别诗作。我国真正意义上的叶芝研究始于 20 世纪 80 年代至今，其中傅浩先生是代表人物之一。傅浩在 1994 年出版《叶芝抒情诗全集》②，经修订后于 2003 年出版《叶芝诗集》③，再次修订后分别出版《叶芝精选集》和《叶芝抒情诗选》④。在《叶芝精选集》中，傅浩等还翻译了叶芝的几部小说、戏剧及不少的散文，这极大地方便了叶芝研究。除翻译外，傅浩还著有《叶芝评传》⑤和多篇有分量的叶芝研究论文。此外，袁可嘉先生在大学毕业时的毕业论文，即以叶芝为研究对象，之后又翻译了叶芝的代表性诗作，结集为《叶芝诗选》。⑥ 北大英文系教授丁宏为虽然并不专门研究叶芝，但也著有质量上乘的叶芝研究论文和著述（《真实的空间》⑦第十三章）。近年来，叶芝研究热度增加，除不断增多的译作和研究论文外，著作也层出不穷。如蒲度戎的《生命树上凤凰巢》⑧、李静的《叶芝诗歌：灵魂之舞》⑨、王珏的《叶芝中期抒情诗中的戏剧化叙事策

① 田汉：《爱尔兰近代剧概论》，上海：东南书店，1929 年。

② 〔爱尔兰〕叶芝：《叶芝抒情诗全集》，傅浩译，北京：中国工人出版社，1994 年。

③ 〔爱尔兰〕叶芝：《叶芝诗集》（上、中、下），石家庄：河北教育出版社，2003 年。

④ 〔爱尔兰〕叶芝：《叶芝抒情诗选》，昆明：云南人民出版社，2011 年。

⑤ 傅浩：《叶芝评传》，杭州：浙江文艺出版社，1999 年。

⑥ 〔爱尔兰〕叶芝：《叶芝诗选》，袁可嘉译，长沙：湖南文艺出版社，2012 年。

⑦ 丁宏为：《真实的空间》，北京：北京大学出版社，2013 年。

⑧ Pu Durong. *The Phoenix's Nest upon the Tree of Life: W. B. Yeats's Aesthetics of Symbols in Poetry*. Chengdu: Sichuan People's Press, 2005.

⑨ 李静：《叶芝诗歌：灵魂之舞》，上海：东方出版中心，2010 年。

略》①、周芳的《"清浊本为邻"：对叶芝诗歌中衰老与灵肉主题的探讨》②、欧光安的《主题·民族·身份——叶芝诗歌研究》③等著作，从不同角度对叶芝的诗歌进行了探讨。

笔者之所以不惮其烦，将叶芝生平及其作品、叶芝及其作品的国内外研究做一番"流水账"式的简要介绍，原因有二：其一，叶芝最重要的成就在诗歌，其获诺贝尔文学奖之主因亦在于此，因此上文将其诗集全部列出；其二，叶芝的戏剧和小说尚未得到足够重视，尤其是戏剧，因此笔者尽可能将其注明。附上英文题目的原因在于：一是便于查找校对，二是重点介绍叶芝戏剧和小说，叶芝诗歌在国内有不少中英文对照本，其戏剧和小说原文较少见。在上文中，笔者对叶芝生平只做了蜻蜓点水般的概括，但关键处仍然点出了影响叶芝创作的重要因素，例如印度思想、神秘主义、凯尔特文化和基督教思想等。关于叶芝作品中的各种诗学思想，有学者较早关注到了叶芝与爱尔兰文艺复兴之间的关系，例如克兰的《叶芝与爱尔兰文艺复兴》；④也有学者谈及了叶芝与能剧之间的关系⑤，近来还有学者专门研究叶芝与神智学（Theosophy）的关系。⑥除大量的译介作品，傅浩先生还写过叶芝作品与东方思想、基督教思想、神秘哲学关系的论文，影响深远。但综括国内外研究，也可以看出，虽然体现过专著或论文专门研究叶芝诗学思想的某一个方面，但尚未出现将影响叶芝的几个关键方面的思想进行综括和分析的著作。此外，以往的研究往往聚焦叶芝诗歌，

---

① 王珏：《叶芝中期抒情诗中的戏剧化叙事策略》，上海：上海外语教育出版社，2014 年。

② 周芳：《"清浊本为邻"：对叶芝诗歌中衰老与灵肉主题的探讨》，上海：上海外语教育出版社，2014 年。

③ 欧光安：《主题·民族·身份——叶芝诗歌研究》，天津：南开大学出版社，2016 年。

④ Horatio Sheafe Krans. *William Butler Yeats and the Irish Revival*. London: William Heinemann, 1904.

⑤ Hiro Ishibashi. *Yeats and the Noh: Types of Japanese Beauty and Their Reflection in Yeats's Plays*. Dublin: Dolmen Press Ltd., 1966.

⑥ Ken Monteith. *Yeats and Theosopy*. New York: Routledge, 2008.

而忽略了叶芝戏剧、小说中的诗学思想。将叶芝作品中体现出的诗学思想的几个关键方面，进行综括和分析，既有利于更宏观地把握叶芝创作和思想发展的脉络，也能从被忽略的方面对叶芝研究进行补充，应当是一次有益的尝试。

第二章　叶芝诗学思想与东方文化

在神圣的喜马拉雅山上，
在那遥远的金峰顶，居住着万神的始祖，
硕大的身形；当大海年轻时，他们久已苍老；
他们宽广的面庞带着神秘和梦幻；
他们滚滚的发浪奔泻在群山之间。

　　　　　　　　　　　——《阿娜殊雅与维迦亚》[①]

　　在性格形成方面，叶芝所受的影响主要来自父亲。叶芝父系祖辈是从英国约克郡移民至爱尔兰都柏林的，早先几代为布商，后来则多以牧师为业。叶芝曾祖约翰·叶芝（John Yeats）隶属爱尔兰国教，1805年被派到斯莱戈郡的"鼓崖"地区担任教区长。[②] 这肇始了叶芝家族与斯莱戈的渊源。叶芝祖父踵继父业，也成为牧师，不过教区是在唐郡，婚后转至都柏林桑迪蒙特的塔里立石教区（parish of Tullylish）（叶芝父子俩均在此区出生）。因着祖辈渊源，叶芝父亲娶了来自斯莱戈镇

----

① 〔爱尔兰〕叶芝：《叶芝精选集》，傅浩编选，北京：北京燕山出版社，2008年，第7页。
② "鼓崖"，英文"Drumcliff"，是斯莱戈郡的一个区，不远处有布尔本山（Ben Bulben），也有将之音译为"竺姆克利夫"或"壮姆克利福"。叶芝曾在晚年的一首诗中表达了愿意葬身于此的愿望以及自己家族和鼓崖地区的渊源："不毛的布尔本山头下面，/叶芝葬在竺姆克利夫墓园；/古老的十字架立在道旁，/临近坐落的是一幢教堂，/多年前曾祖曾在此讲经。/不用大理石和传统碑铭，/只就近采一方石灰岩石，/遵他的遗嘱刻如下文字：丢冷眼一瞥/给生，死。/骑士，去也！"诗文引自《叶芝抒情诗选》（第349—350页）。叶芝遗体于1948年由爱尔兰海军从法国运回后，即安葬于鼓崖区教堂墓地，墓碑上刻的就是最后那三行短文。

的同学之妹苏珊，并在斯莱戈的圣约翰教堂结婚。但叶芝父亲并未承袭祖业，担任神职，也没有坚持另一个在家族看来很有前途的行业——法学，而是选择了艺术。不仅未曾担任神职，叶芝父亲甚至放弃基督教，成为怀疑论和不可知论者（agnostic）。通过放大艺术（尤其是绘画）的功能，叶芝父亲以"怀疑论和不可知论代替了基督教"。① 叶芝父亲之所以如此，所受影响主要来自时代，尤其是上文中提到的达尔文和穆勒。②少年叶芝在成长过程中不可避免要受到父亲的影响，因此并未全面拥抱基督教思想，而是持怀疑态度。但叶芝也并未全面接受父亲的影响，尤其是关于不可知论，叶芝不仅没有接受，反而与父亲辩论以驳斥其观点。

如果说叶芝父亲以艺术来代替宗教，作为个人的精神支柱，那么成长中的叶芝也是在苦苦挣扎，力图找到自己的精神支柱。叶芝曾在自传中写道：

> 父亲没有信仰，这让我开始思考宗教的依据，我曾经充满渴望地对这个问题思考了许久，因为在我眼里，没有宗教人是无法生活的。③

叶芝这里所说的"宗教"，当然指的是精神生活。少年叶芝的苦苦挣扎，是时代矛盾和个人焦虑的体现。首先，童年和少年时候的叶芝挣扎在英国和爱尔兰这个大环境的矛盾中，也挣扎在近乎分裂的家庭这个微观世界的矛盾中。由于弃法从艺，叶芝父亲带着一家人在伦敦和都柏林之间来回迁徙，假期夏天里母亲又经常带着孩子回斯莱戈

---

① David Holdeman. *The Cambridge Introduction to W. B .Yeats*. Shanghai: Shanghai Foreign Language Education Press, 2008, 2.

② 当然还有赫胥黎（Thomas Henry Huxley, 1825—1895, 著有《进化与伦理》[*Evolution and Ethics*]，严复的文言译本为《天演论》）和廷代尔（John Tyndall, 1820—1893）。

③〔爱尔兰〕叶芝：《凯尔特的曙光》，徐天辰、潘攀译，南京：江苏文艺出版社，2013年，第16页。

长住，因此，叶芝对于伦敦和都柏林，对于都市和乡村之间的差别相当敏感。在哥德尔芬小学上学的第一天，叶芝就因为自己的爱尔兰身份而被同学们欺负。课后一群英国孩子在操场上围住叶芝，质问他父亲是谁，父亲是干什么的、挣多少钱。其中一个男孩还说了侮辱性的话，因此从未打过架也不想打架的叶芝不由自主地和那群孩子扭打在一起。就因为是爱尔兰人，叶芝在学校里多次遭受辱骂，也多次和英国孩子们打架，每次都输，因为自己"身体孱弱，没有肌肉"[1]。虽然祖先是英国人，家族信奉的也是新教（Protestantism），但叶芝并没有英国人的认同感，而是视自己为爱尔兰人，并对这种宗主国和殖民地之间的矛盾感深有体会。与伦敦和都柏林相比，少年叶芝更向往的是斯莱戈。住在贝福德公园区时，有一次叶芝和妹妹丽丽（Lily）在荷兰公园（Holland Park）附近，看到有供饮用的喷泉，这让他们想起斯莱戈山间的泉水。他俩差点因此流泪，同时说多么思念斯莱戈，而多么憎恶伦敦。叶芝甚至渴望手掬一把来自斯莱戈的泥土，捧在手心。[2] 在对这种国家—民族、城市—乡村的矛盾有深切感受的同时，叶芝也感受到了新教与天主教之间的紧张关系。叶芝家族信仰新教，伦敦和都柏林的周围环境也多以新教为主，但爱尔兰人口中大多数的则是天主教徒，尤其是斯莱戈外祖家的仆人和役工。叶芝喜欢听这些仆人役工讲神仙故事，但对自己与他们之间的身份差异也相当敏感。

处在城乡之间、英爱之间、教派之间矛盾冲突当中的少年叶芝，急需一种精神支柱，使自己的生活有所倚靠，以不至永远处在生活和精神的"漫游"中。在高中阶段，他接触到了一种遥远异域的思想，并确立了对其中轮回观念的终生信仰，这就是印度思想。

---

① W. B. Yeats. *Autobiographies: Reveries over Childhood and Youth and the Trembling of the Veil.* London: Macmillan and Co. Limited, 1926, 40.

② W. B. Yeats. *Autobiographies: Reveries over Childhood and Youth and the Trembling of the Veil.* London: Macmillan and Co. Limited, 1926, 37.

第一节 叶芝诗学思想与印度文化

一、叶芝与印度文化

叶芝最早接触到的印度思想，来自一本书，名叫《佛教密宗》。《佛教密宗》的作者是辛奈特，叶芝读到这本书的时间是 1885 年。[①] 当时他正在都柏林首府艺术学校学习，姨母伊莎贝拉·波莱克斯芬（Isabella Pollexfen）邮寄给他这本书。叶芝对这本书很感兴趣，一是书中介绍的藏传佛教密宗的因果循环论和静坐冥想的修行方式极具"异域色彩"，二是因为辛奈特在书中掺杂的神智学内容。藏传密宗的那套修行原理和方法，使苦苦挣扎中的叶芝觉得有了一套方法论上的指导。而神智学本来就流行于西方，带有极强的神秘主义色彩。如上文所述，少年叶芝受父亲影响较大，对一切既定思想（包括基督教）持怀疑态度，但叶芝也反对父亲认为一切事物不可知的观点。另一方面，以达尔文、赫胥黎为代表的科学主义也没能征服叶芝。科学主义的实证方法并不能让叶芝信服,叶芝认为一切事物都能寻找到真理(即

---

① 辛奈特，全名阿尔弗雷德·珀西·辛奈特（Alfred Percy Sinnett, 1840—1921），19 世纪末至 20 世纪初英国有名的"通灵学者"，在印度居住过很长时间，曾担任印度的英文报纸《先驱报》（*The Pioneer*）的编辑。1883 年著有《佛教密宗》（*Esoteric Buddhism*, London: Trubner and Company, 1883）。傅浩对叶芝读到这本书的时间不太确定，认为是"大约在 1884 年"（《叶芝评传》，第 35 页）或"1884 或 1885 年"（傅浩：《叶芝诗中的东方因素》，《外国文学评论》，1996 年第 3 期）。奎尼认为是在 1885 年（奎尼：《印度对叶慈的影响》，徐进夫译，台北：成文出版社，1997 年，第 10 页）。笔者依据奎尼观点，认为是在 1885 年。此外，我国香港、台湾地区译 Yeats 为"叶慈"，内地（大陆地区）一般译为"叶芝"，因此在引用港台书名时仍按原题，但论述时均使用"叶芝"的表述。

可知），但是寻找到那些真理的方法不是科学主义式的。① 叶芝希望
找到一套自己的方法，一套能依靠个人直觉达至事物真理的方法，这
也是后来叶芝组织和参加秘术协会的原因。

　　除了父亲的影响和自身的精神寻求外，时代思潮也是促使叶芝接
触印度思想的重要因素。自 19 世纪中叶开始，欧洲就兴起了一股关注
东方思想尤其是印度思想的热潮。那时候，欧洲学者将印度宗教和哲
学的发现视为文化上的重大事件。叔本华甚至将梵文和《奥义书》的
发现，与欧洲文艺复兴时期对古希腊罗马文化的再发现相提并论。欧
洲学者甚至希望借助印度宗教和哲学的刺激，发生"第二次欧洲文艺
复兴"。当然，这并未发生，但印度思想却借着这股风潮成为欧洲的社
会风尚。当然，随着印度思想一起进入欧洲的还有佛教、儒家和道家
经典等。引领这股风潮的代表人物就是穆勒②，他不仅主编《东方圣
书》，还著译有《吠陀与波斯古经》《比较神话学》，其中有相当多的古
印度神话和经典的译介和论述。

　　叶芝后来把《佛教密宗》借给中学时代的好友查尔斯·约翰斯顿
（Charles Johnston），后者在阅读之后，很快就成了虔诚的佛教徒。叶
芝还将此书借给好友拉塞尔，拉塞尔也对此书中的异域和神秘气氛感
兴趣。之后，叶芝还接触到了当时英国通灵学的代表人物布拉瓦茨基
夫人及其著作。③ 布氏是俄罗斯裔英国通灵学家，在印度居住多年，
著有《伊西丝揭秘》（Isis Unveiled, 1877）《秘教教义》（The Secret
Doctrine, 1888）和《无声的声音》（The Voice of Silence, 1889）等。布
氏曾在印度多地游览居住，并一度进入中国西藏。借着对藏传佛教密

---

　　① 叶芝后来曾在自传里写道：有时我试图跟父亲争论，因为在我看来，他和那些画家同伴
们的思想都源自维多利亚时期科学所带来的误解，而我渐渐地对科学抱有一种僧侣式的敌意。
（《凯尔特的曙光》，第 50 页）

　　② 迈克斯·穆勒（Friedrich Max Muller, 1823—1900）代表作为 50 卷皇皇巨著《东方圣书》
（The Sacred Books of the East）。此套书中还包括著名汉学家理雅各（James Legge, 1815—1897）
翻译的多部中国古籍如《论语》《道德经》等。

　　③ 布氏全名为海伦娜·彼特罗芙娜·布拉瓦茨基（Helena Petrovna Blavatsky, 1831—1891）。

宗的了解，加上西方古已有之的神秘主义，布氏在回到英国后，大肆宣扬其"通灵学"。而所谓"通灵学"，只不过是东西方神秘主义的大杂烩，"它兼容新柏拉图主义哲学、犹太卡巴拉象征体系，瑞典斯威登堡的神秘主义，以及印度宗教、古埃及和巴比伦的亡灵说、古希腊的多神崇拜等"①。《伊西丝揭秘》和《秘教教义》可谓布氏"通灵学"的集大成之作，里面搜罗有世界各种神秘信仰，"并吸收了达尔文进化论思想和当时物理学和电磁学上的最新发现，从而暗示精神领域的进化也不是不可能的"②。这种神秘信仰的大杂烩，极度契合青年叶芝的精神需求。在《佛教密宗》和布氏的影响下，叶芝和拉塞尔等友人在 1885 年 6 月 16 日成立都柏林秘术协会，意在研究和讨论佛教密宗等神秘信仰的修行方法。在此期间叶芝还和友人一起读《吠陀经》和《奥义书》等包括印度思想的书籍。③第二年，秘术协会与布拉瓦茨基夫人为首的通灵学会相联系，并改名为"都柏林通灵学会"（Dublin Theosophical Society）。

　　虽然受到辛奈特和布拉瓦茨基夫人的影响，印度思想对叶芝的实质影响来自一位印度婆罗门——查特基。④ 叶芝通过布氏邀请正在伦敦讲学的查特基到都柏林演讲，他演讲的内容主要是古印度哲学家商羯罗所创立的吠檀多学派的内容，主要包括离欲、出世说及静修的法门。吠檀多学派追求"梵我合一，即在个人自性中体现超越的最高真实；认为人的灵魂是四大神灵的幻化，无休止地轮回再生，无休止地回归本原"⑤。这种轮回转世的学说，深得叶芝认可，以至叶芝后来

---

① 傅浩：《叶芝评传》，杭州：浙江文艺出版社，1999 年，第 35 页。
② 傅浩：《叶芝评传》，杭州：浙江文艺出版社，1999 年，第 35 页。
③《吠陀经》（Veda）是印度上古时期的文献总集，是古印度宗教、哲学和文化的集大成。在吠陀经的最后部分，有一部用散文或韵文阐发吠陀经含义的思辨著作，即《奥义书》（Upanishad），是古印度哲学精髓所在。叶芝所读的《奥义书》其版本已不得而知，但最有可能是穆勒的译本。
④ 摩希尼·莫罕·查特基（Mohini Mohan Chatterjee, 1858—1936），印度婆罗门，对古印度哲学、神智学、通灵学有一定研究。
⑤ 傅浩：《叶芝评传》，杭州：浙江文艺出版社，1999 年，第 36 页。

在自传中写道：那是我第一次碰到一种哲学，既有逻辑性，又广博浩瀚，它坚定了我那原本模糊的玄想。^① 1885 年 8 月号的《都柏林大学评论》曾刊登过查特基将访都柏林的重要通知。次年该期刊的 5 月号即发表查特基的一篇重要文章《神智学常识》（"Common Sense of Theosophy"），应当是他受邀在都柏林演讲期间所作。叶芝在这件事情上起过穿针引线的作用，也可见他这一时期对印度思想的着迷。除上述人物外，叶芝还通过秘术协会认识了社会活动家、神智学者安妮·贝萨特，并对其著作《古代智慧》相当熟悉。^②贝萨特精通印度哲学，叶芝读她的著作，加深了对古印度哲学的理解。此外，叶芝还从吉普林、福斯特等人的小说中得到有关印度的更多印象^③，几位旅英的印度诗人如陶拉·杜特、奈都夫人、曼莫罕·果斯等的诗作也对叶芝有过影响。叶芝还曾将果斯的诗选入《牛津现代诗选》（*The Oxford Book of Modern Verse*）。^④

二、叶芝诗学思想与印度文化

叶芝作品（诗歌、戏剧、散文、小说）中，与印度思想最为相关的是诗歌。叶芝最早发表的诗作中不少都是以印度为题材。依据奎尼

---

① W. B. Yeats. *Autobiographies:Reveries over Childhood and Youth and the Trembling of the Veil.* London:Macmillan and Co. Limited, 1926, 113.

② 安妮·贝萨特（Annie Besant, 1847—1933）不仅精通印度哲学，其著作《古代智慧》（*Ancient Wisdom*）更是融合了古印度哲学与神智学。贝萨特还是 19 世纪末、20 世纪初英国的积极活动分子，支持爱尔兰和印度自治，一度担任社会改良组织"费边社"（The Fabian Society）的发言人。贝萨特对叶芝的影响主要在印度哲学和神智学方面，她后来还担任过神智学协会总部主席。

③ 吉普林（Joseph Rudyard Kipling, 1865—1936），英国作家，代表作品《丛林故事》（*The Jungle Book*, 1894）、《吉姆》（*Kim*, 1901）多以印度为背景。吉普林在作品中对藏传佛教持同情态度，但政治上是典型的支持大英帝国殖民政策者，并公开同情爱尔兰反自治运动（anti-Home Rule）。福斯特（Edward Morgan Foster, 1879—1970），英国作家，代表作有《印度之行》（*A Passage to India*）、《霍华德庄园》（*Howards End*）等。《印度之行》以女主人公在印度的旅行为背景，讲述了英国中产阶级复杂的精神世界。

④〔印度〕奎尼：《印度对叶慈的影响》，徐进夫译，台北：成文出版社，1997 年，第 11～12 页。

的研究，叶芝早年写过《四行警句集》（"Quatrains and Aphorisms"）和《甘华自述》（"Kanva on Himself"）两首与印度有关的诗作，但在后来的诗集中被剔除了。实际上，这两篇作品是叶芝对印度哲学产生兴趣的最早的见证，因此有特殊的意义。①遗憾的是，这两篇作品因为很早就未被收入叶芝的各类诗集中，所以无法对其进行分析。

　　研究叶芝与印度之关系，一般会从《阿娜殊雅与维迦亚》等开始分析。叶芝首部诗集《十字路口》②中收有《阿娜殊雅与维迦亚》（"Anashuya and Vijaya"）、《印度人论上帝》（"The Indian upon God"）、《印度人致所爱》（"The Indian to his Love"）三首诗作，而尤以第一首最集中地体现了叶芝早期对印度思想的理解。

　　《阿娜殊雅与维迦亚》（"Anashuya and Vijaya"）是一首戏剧诗。叶芝本来想写一部以古代印度为背景的诗剧，但最终没有完成，只留下了这首诗作。诗歌的背景设在黄金时代的一座印度小庙，人物是女祭司阿娜殊雅和青年男子维迦亚。③在诗歌开端，年轻的女祭司跪在庙里，祈祷和平，也祈祷维迦亚没有爱别的人。她但愿维迦亚在林中漫步时，有宁静陪伴着他。但假如维迦亚要是爱上了别人，她宁愿群豹结果了他。她也祈祷自己和爱人死后能远离其他的灵魂，一起抚弄琵琶。这时维迦亚走进庙里，抛给了阿娜殊雅一支百合花，并祝福她。阿娜殊雅希望维迦亚不要大声喧哗，因为她正在为国土祈祷。阿娜殊雅问维迦亚有没有别的人占据他的心，维迦亚回答说"母亲"。阿娜殊

---

①〔印度〕奎尼：《印度对叶慈的影响》，徐进夫译，台北：成文出版社，1997年，第3页。

②　如前文所述，叶芝生平发表的第一部诗集是《乌辛漫游记及其他》。叶芝喜欢对之前的诗作进行修改，因此其后来重新结集出版的诗作和首次发表时有不同，有些甚至很不同。因此，本书遵循国际叶芝研究惯例，以后来学者校对定稿的叶芝作品集为分析对象，故而此处说"叶芝首部诗集《十字路口》"。本书所引叶芝诗歌原文出自 Richard J. Finneran ed., *The Collected Poems of W. B. Yeats*. New York: Simon & Shuster Inc., 1996.

③"黄金时代"指人类的最初时代，"阿娜殊雅"在梵语中意为"无怨"，"维迦亚"在梵语中意为"得胜"。阿娜殊雅也是印度古代神话中一位仙女的名字，在古印度经典《沙恭达罗》（Shakuntala）中出现过。参见叶芝：《叶芝抒情诗选》，昆明：云南人民出版社，2011年，第12页注释。

雅起身赞美"大梵天"，谈起在庙门口觅食的火烈鸟，边唱边说。这时天将黎明，阿娜殊雅颇为担心这些黎明前的"泪星"是否预示什么。维迦亚说自己看见的是一片悲戚景象，冰柱遍野，狮子幼崽哀号，还有：

> 那永远游荡在万物边缘的幽灵——
> 美，笼罩在一片眼泪的雾霭中；
> 唯独我们身处密织的林荫里，
> 此刻感受着彼此手掌的温软。[①]

阿娜殊雅以为维迦亚爱上了别人，伤心地跑开，并痛苦诅咒。维迦亚承认确曾爱过另一个人，但如今只爱阿娜殊雅。阿娜殊雅让维迦亚发誓，并以万神始祖的名义祝福自己和维迦亚：

> 在神圣的喜马拉雅山上，
> 那遥远的金顶上，住着巨型的众神；
> 大海年轻时，他们久已苍老；
> 宽广的面庞带着神秘和梦幻；
> 滚滚的发浪奔泻在群山之间。

《阿娜殊雅和维迦亚》写于 1887 年，原题为《嫉妒》，后来叶芝有过修改，并在晚年对这首诗做过自注。叶芝在自注里声称原来想写一部以"一个男人为两个女人所爱"为主题的戏剧，这个男子在两个女子之间有一个灵魂，因此一个女子睡着的时候另一个醒着，一个只知道白天而另一个只知道黑夜。[②] 这可以理解为男子那里的一个灵魂在女子那里一分为二——一为二，二为一，这就是"二元轮回"。二元是

----

①〔爱尔兰〕叶芝：《叶芝抒情诗选》，昆明：云南人民出版社，2011 年，第 16 页。

②〔爱尔兰〕叶芝：《叶芝抒情诗选》，昆明：云南人民出版社，2011 年，第 12 页注释 1。

对立的，如睡和醒，昼与夜，男与女；但又是合一的，如灵魂合一。昼夜轮回，睡醒交替，灵魂和生死轮回。这就是古印度思想中的轮回说。如上所述，叶芝是在佛教密宗和查特基等的影响下接触到轮回观念的，这首诗的写作就是如此。

《印度人论上帝》（"The Indian upon God"）[①]是叶芝受印度思想中神智学的影响而写的诗作。诗中的"我"想象自己沿着湖岸漫步闲行，"魂魄摇荡在暮霭里，双膝深陷在水草中"。突然，"我"看见一群水鸡在湿漉漉的草坡上蹀步嬉戏，之后又停下来绕圈追逐。这时，那只最年老的水鸡开口说，把这世界衔在嘴里造就世间水鸡的是一只"不死的水鸡，他居住在九天之上，月光洒自它的眼睛，雨水降自他的翅膀"。"我"继续往前走，听见一朵荷花开口说世界的创造和统治者"悬挂在一根茎端"，荷花就是依他的形象而造，那叮咚的潮水，"不过是他宽阔的花瓣间一棵滚动的雨滴"。正在这时，"我"突然看见不远处的黑暗中，一只雄獐眨着满含星光的眼睛开口说，那重重天穹的铸造者，一定是一只高雅的獐鹿，否则的话，"他怎能构想出如此多愁善感，像我这样高雅的生灵"。在诗歌最后，"我"继续往前行走，只见一只孔雀说，那创造百草、千虫和孔雀那悦目的羽毛者，是一只巨大的孔雀，那只孔雀整夜在人类的头顶上面，"挥动疲倦的尾羽，上面亮着成千上万个光斑"。[②]

诗中的水鸡、荷花、雄獐和孔雀分别认为，创造世间万物的是自己的那一类，换言之，它们分别从各自的角度来认知上帝（此处"上帝"当然指古印度神话中的上天）。这种通过冥想、祈祷等方式来直接体验、认知上帝的观念，是印度思想中"神智学"观念的核心。叶芝

[①]《印度人论上帝》发表于1886年10月号《都柏林大学评论》，是叶芝最早发表的诗歌之一。最初发表时题为《论上帝的本质》，后来收入叶芝第一部发表的诗集《乌辛漫游记及其他》，时更名为《印度人坎瓦论上帝》，后来又改为今名。叶芝经常修改之前的诗作，以致诗歌版本不一。依笔者所见，一般做法是以当代通行本为研究依据。

[②]〔爱尔兰〕叶芝：《叶芝诗集》（上），石家庄：河北教育出版社，2003年，第18～19页。

从布拉瓦茨基夫人和查特基那里得到此种影响。

《印度人致所爱》（"The Indian to his Love"）是叶芝另一首受到查特基影响的诗作。这首诗虽然不如《印度人论上帝》那样直接涉及印度"神智学"，但风格显然更为唯美，也更多涉及二元思维，如诗中的"我—你"，"世俗—爱情"，"身影—魂魄"等。

二元思维是叶芝较早树立的一种思维方式，例如叶芝最早的叙事长诗《乌辛漫游记》就是典型的二元对话体。诗中一方是凯尔特古代英雄乌辛（象征爱尔兰），一方是基督教圣人圣帕特里克（St. Patrick，象征英国）。《十字路口》中有不少的对偶诗，如关于古希腊的两首诗《快乐的牧人之歌》和《悲哀的牧人》，关于印度的两首诗《印度人论上帝》和《印度人致所爱》。除对偶诗，叶芝还经常使用二元对话体，例如《十字路口》中的《披风、小船和鞋子》《蜉蝣》；第二部诗集《玫瑰》中的《佛格斯与祭司》《库胡林与大海之战》；第七部诗集《库勒的野天鹅》中的《绵羊牧人与山羊牧人》《吾乃尔主》《月相》《圣徒与驼背》；第八部诗集《麦克尔·罗巴蒂斯与舞者》中的《麦克尔·罗巴蒂斯与舞者》《来自前世的一个影像》；第十部诗集《旋梯与其他》中的《自性与灵魂的对话》《踌躇》（第七段）《一个女人的青年和老年》（第七段）；第十二部诗集《新诗》中的《三从灌木》《狂放的老坏蛋》；最后一部诗集《最后的诗》中的《人与回声》。叶芝的对话体诗中，极少是三人或多人对话，基本都是二人对话。

叶芝对轮回观念抱有终生信仰，这在其不同时期的诗作中都有体现。在《佛格斯与祭司》（"Fergus and the Druid"）中，叶芝写道：

> 我眼看我的生命漂流像条河，
> 变化不辍；我曾是许多东西——
> 波浪中一滴碧沫，一柄剑上
> 寒光一抹，山丘上冷杉一棵，
> 一个推着沉重的石磨的老奴，

一位坐在黄金宝座上的国王。①

这就不仅是以印度题材入诗，而且将轮回转世的观念写其他题材的作品。所选的这首诗，其题材就是爱尔兰古代神话。不过，也可看出，叶芝的轮回观与印度教、佛教中正统的轮回观有所不同。上述诗中的佛格斯借与祭司对话，表达的是青年叶芝的忧愁，在诗的末尾，诗人写道："啊！祭司，巨大的忧愁之网/ 怎藏匿在这小小灰色物件里。"②在后期的《航往拜占庭》和《拜占庭》等诗中，这种轮回观的区别就更明显了。在《航往拜占庭》（"Sailing to Byzantium"）的第二段，诗人写道："年老之人不过是件无用之物，/ 一根竿子撑着的破衣裳，/ 除非穿着凡胎肉体的灵魂为全部/ 破衣裳拍手歌唱，愈唱愈响。"③诗人认为肉体是无用之物，而灵魂最紧要。在诗的最末一段，诗人写道：

> 一旦超脱尘凡，我决不再采用
> 任何天然之物做我的身体躯壳，
> 而只要那种造型，一如古希腊手工
> 艺人运用鎏金和镀金的方法制作，
> 以使睡意昏沉的皇帝保持清醒；
> 或安置于一根金色的枝上唱歌，
> 把过去，现在，或未来的事情
> 唱给拜占庭的诸侯和贵妇们听。④

诗人认为自己的肉体"一旦超脱尘凡"，灵魂不会转世为任何天然之物（即自然之物）。诗人希望自己的灵魂转世为古希腊艺人所做的金鸟，

---

① 〔爱尔兰〕叶芝：《叶芝诗集》（上），石家庄：河北教育出版社，2003 年，第 58 页。
② 〔爱尔兰〕叶芝：《叶芝诗集》（上），石家庄：河北教育出版社，2003 年，第 58 页。
③ 〔爱尔兰〕叶芝：《叶芝诗集》（中），石家庄：河北教育出版社，2003 年，第 464 页。
④ 〔爱尔兰〕叶芝：《叶芝诗集》（中），石家庄：河北教育出版社，2003 年，第 465 页。

"把过去，现在，或未来的事情/唱给拜占庭的诸侯和贵妇们听"，这就意味着诗人认为，艺术能够传递古今，那才是不朽的所在。在这里值得注意的是，诗人虽然相信灵魂转世，但是转世后的事物（无论是不朽的艺术，还是可能的"天然之物"）依然是重要的。这就与佛教与印度教中认为转世轮回的终极是转为"寂灭"——一切是空——有了很大不同。印度教与佛教认为，宇宙空间无限，由无量数的世界构成。而所谓"世界"下至地狱上达梵界，各有一个太阳和月亮的周遍流光所照。如此这般的一千个世界为"小千世界"，一千个小千世界又称"中千世界"，一千个中千世界又称"大千世界"，即十亿个世界为大千世界。因此，一个大千世界包括小千、中千、大千三种千，即所谓"三千大千世界"。三个大千世界即为一个佛土，其中就包括人类所居住的"众生世界"，也称为"婆娑世界"。"婆娑"为梵文，原意为"杂会"，指六道众生杂处的世界。而"婆娑世界"也称"堪忍世界"，意思是在这个世界中"众生要忍受三毒和诸多烦恼，佛和菩萨为教化众生也要忍受烦恼和劳倦"。[1] 在众生世界中，众生分为"六道"，从下往上依次为地狱、鬼、畜生、阿修罗、人、天神。称为六道，指众生轮回往来的道路和途径，六道也称为"六趣"，指众生所归的"趣处"（即去处）。前三道一般称为三恶道，后三道为三善道。众生依据善恶因果，行善者因福业上升，作恶者因罪业下降，如此上升下降，此死彼生，生生世世延续升降，这就是"轮回"。而在众生世界里，一切变幻不定，皆为无常，众生不能主宰自我，为无常所累，无有安乐，只有痛苦。众生的生命和存在就是苦。就人而言，在自然生理方面有生、老、病、死四种苦谛；在人际关系、社会现象方面有忧悲恼、怨憎会、爱别离、求不得四种苦谛。[2] 因此，人生之过程一切皆苦，直若苦海茫茫，人

---

① 上述关于大千世界之论述引自方立天：《佛教哲学》，北京：中国人民大学出版社，1986年，第145～146页。

② 上述关于八苦谛的论述引自杜继文：《佛教史》，南京：江苏人民出版社，2006年，第12页。

生便在无边苦海中升降轮回。为解除人生苦难，即从苦谛走向灭谛，就必须要超脱轮回，不随波逐流、陷入轮回的"流转"。超脱轮回，灭除痛苦，不再起生，即所谓"涅槃"。因此，可以看出，印度教和佛教认为的最高境界是超脱轮回、跳出六道，不在众生世界的苦海里升降沉浮。一切世俗生活皆为苦因，超脱苦因也就意味着对世俗生活的否定。一般认为，古印度和佛教的这种苦谛、灭谛观反映了当时社会的极度矛盾和人民的痛苦状态，其最终宣扬的是一种消极态度。

　　与印度教与佛教教义的根本宗旨不同的是，叶芝显然认为世俗人生也可以达至永恒。如《航往拜占庭》中所言之"金鸟"，金鸟所象征的艺术，能够"讲述从前，现在和未来的事情"，也就意味着艺术能贯彻古今，是永恒的。在《拜占庭》（"Byzantium"）中，叶芝再次运用轮回观念，宣扬"艺术不朽"。诗的第一段写灵魂在超脱轮回之前的种种物质世界的现象（即众生相），第二段写精灵在召唤灵魂回归永恒，第三段即诗人歌颂的艺术不朽的象征：

> 奇迹、鸟或金制的玩意，
> 说是鸟或玩意不如说是奇迹，
> 栖止在星光照耀的金枝上。①

这"金鸟"可以像哈得斯的晨鸡一样啼唱，身披不朽金属的光华，高声地藐视世间一切凡夫俗物。接下来的第四段写不朽艺术的象征，灵魂的聚散。第五段写灵魂被海豚驮向极乐之地，尚未脱离苦海轮回的灵魂需要抵御众生的诱惑，而用来抵御的就是艺术：

> 工匠们截断那洪流，
> 皇帝御用的金匠们！

---

① 〔爱尔兰〕叶芝：《叶芝诗集》（下），石家庄：河北教育出版社，2003年，第602页。

　　　　舞场铺地的大理石

　　　　截断聚合的强烈怒气。

　　　　那些仍在滋生

　　　　新幻影的幻影，

　　　　那被海豚划破、锣声折磨的大海。①

三、叶芝诗学思想与印度文化述评

　　如上所述，叶芝虽然相信轮回观念，但又不否认世俗人生，这可谓叶芝的"拿来主义"。换言之，叶芝并未全盘接受印度教和佛教的终极主旨，也并未全面相信《佛教密宗》、查特基等人的观点。导致这一事实的原因有两个。一个是当时流传、译介到西方的印度教和佛教思想，并不全部是正宗的传统典籍，更多的可能是二手资料，像辛奈特的《佛教密宗》就掺入了大量自己的理解和神秘主义元素。更主要的原因还在于叶芝从父亲那里得来的怀疑论。怀疑论使叶芝与父亲一样，并未接受传统的基督教；也正是由于怀疑论，在需要确立精神支柱和信仰时，他又对接触到的思想持怀疑态度，并不全盘接受。在这样一种疑惑、接触的过程中形成了叶芝"为我所用"的态度。叶芝对佛教密宗的态度就是如此。佛教密宗产生于公元7世纪左右。当时的大乘佛教流于空洞的理论阐述，一般群众难于接受，而印度教日趋兴盛，因此一些佛教徒利用印度教的方法，将佛教、印度教和当地流行的迷信思想结合，成为佛教密宗。佛教密宗主张"身密"（势上手结契印）、"语密"（口诵真言密语）、"意密"（心作观想）三者相行相应，从而"即身成佛"。因此，佛教密宗里充满了咒术、仪礼，甚至是粗俗的信仰，继而发展成极度的神秘主义。② 而这就太对叶芝的胃口了，尤其是那些咒术和仪式，更是"跟随了"叶芝一生。叶芝用它们来研究秘术（如

---

　　①〔爱尔兰〕叶芝：《叶芝诗集》（下），石家庄：河北教育出版社，2003年，第603～604页。

　　② 方立天：《佛教哲学》，北京：中国人民大学出版社，1986年，第26～27页。

都柏林秘术协会），来参加降神会，来生成"自动写作"①。

叶芝接受了印度思想中的轮回观念，却又加入了自己的理解，印度思想的神秘主义（尤其是咒术、仪式等）被叶芝拿来实验自己寻求的"主观真理"。印度思想对叶芝的影响可谓贯穿其终生。除上述所列诗作外，叶芝还在诗作《雕像》中写到佛陀，在《须弥山》中写到印度神话和佛教中的圣山。在所有的印度古典作品中，叶芝最熟悉的应该是《奥义书》。叶芝生前曾有编纂出版个人作品全集的计划（未出版），为此他还写了一篇长序，在序文中他引用了《六问奥义书》和《唱赞奥义书》中的句子。② 叶芝晚年曾经将爱尔兰民间的巫师信仰与印度信仰进行比较。1935 年至 1936 年间，他还曾协助印度教大师师利·普希罗翻译《奥义书》。

印度思想对叶芝影响如此之深，以至晚年叶芝还念念不忘青年时期遇见的查特基，在 1933 年出版的诗集《旋梯及其他》中，叶芝写了《摩希尼·查特基》一诗以为纪念。在诗的开头，诗人回忆自己当初遇见查特基时，问是否应当祈祷；对方回答，无须祈祷，只要每夜在床上说自己曾轮回转世的众生相（国王、奴隶、傻瓜、无赖、流氓等）。诗人接着说，查特基说这些或类似的话，是为了"使一个少年的狂乱日子平静下来"。在诗的末尾，诗人提出了自己的见解：

> 诞生堆积在诞生之上，
> 如此连番的轰炸
> 有可能把时光轰跑；
> 生与死的时刻相遇，
> 或者，如伟大圣哲所说，

---

① "自动写作"（automatic writing），一种类似我国民间扶乩的做法，信者进入某种状态，手中握笔，笔下会"自动"写出一些符号或文字。

②〔爱尔兰〕叶芝：《叶芝诗集》（下）《附录·拙作总序》，石家庄：河北教育出版社，2003年，第 866 页。

人们以不死的双脚跳舞。①

诞生之上的诞生和连番的轰炸，无疑是轮回的象征，世俗轮回产生的存在，能把"时光轰跑"，那就是不朽了。结合最后一行的"不死的双脚跳舞"，这种存在应该就是那不朽的艺术。借着独特的诗艺，叶芝的诗作也成为时代的经典，升降沉浮，生生不息。

第二节 叶芝诗学思想与日本文化

如果说印度思想对叶芝的影响主要在诗歌，那么日本文化对叶芝的影响则主要在戏剧，而对叶芝戏剧影响最大的就是日本能剧。追根溯源，日本能剧对叶芝产生影响主要归功于庞德。

一、叶芝与庞德

1909 年，叶芝初识庞德。其时庞德已经于前一年先从美国到达意大利，并在威尼斯自费出版诗集《灯火熄灭时》(*A Lume Spento*)。② 同年 8 月，庞德移居伦敦，并在那里居住将近十二年。庞德选择居住在离大英博物馆较近的住处，只要有时间，就会去博物馆的阅读室阅读。到 1908 年底的时候，伦敦的文学界已经开始注意到并谈论这位在美国本土失意的诗人。在伦敦，庞德看到出版商出版较多的还是丁尼生等维多利亚时期诗人的诗作，其中多注重社会道德；而庞德并不欣赏这些诗人过分注重道德的诗作，反而认为诗歌应该写个人经验。在 1909 年 1 月的一个文学沙龙上，庞德认识了叶芝的好友、文艺爱好者莎士

---

① 〔爱尔兰〕叶芝：《叶芝诗集》(下)，石家庄：河北教育出版社，2003 年，第 600 页。
② 庞德此部诗集的题目出自但丁《神曲》的"炼狱"篇，诗集献给自己的朋友费城艺术家威廉·布鲁克·史密斯。

比亚夫人（Olivia Shakespeare）①及其女儿多萝西（Dorothy）。正是通过莎士比亚夫人，庞德与叶芝相识。

其实，前一年还在威尼斯停留的时候，庞德就寄过一本《灯火熄灭时》给叶芝，显然叶芝对此诗集颇感兴味。虽然叶芝与庞德相差二十岁（可谓相差一个时代），但两人很快成为挚友。1909 年，庞德的诗集《人物》(*Personae*)出版，取得了声誉和商业上的双重成功。1910 年，庞德的第一部批评文集《浪漫之精神》(*The Spirit of Romance*)出版。1911 年，庞德早年在美国结识的女诗人杜立特尔（Hilda Doolittle）也来到伦敦，经常与庞德讨论诗歌。这一时期庞德经常去大英博物馆，在馆长兼诗人邴涌（Lawrence Binyon）的介绍下对东方文艺产生浓厚兴趣，尤其青睐日本和诗（waka verse）和俳句（haiku）。受其影响，庞德写下了诸如《在巴黎地铁车站》（"In a Station of Metro"）②等佳作。这些已经初具东方色彩和意象派痕迹的作品，引起了费诺罗萨夫人（Mary McNeil Fenollosa）的注意，她是东方学家厄内斯特·费诺罗萨（Ernest Fenollosa）的遗孀。费诺罗萨夫人将丈夫的遗稿全部交给庞德，庞德从中发现了巨大的灵感宝库——中国、日本的古诗和日本能剧。庞德立即着手整理这批遗稿，并于 1915 年发表根据遗稿中的笔记而翻译的中国古诗集《华夏集》(*Cathy*)，1918 年发表费诺罗萨文集《作为诗歌媒介的中国书面文字》(*The Chinese Written Characters as Medium of Poetry*)。

1913 年 11 月，叶芝视力衰退，因此邀请庞德担任其秘书。叶芝租住萨塞克斯郡的"石屋"（Stone Cottage）作为住处，日与庞德读书、写作、讨论。闲暇之时，庞德教叶芝剑术以健身，作为往来之礼，叶

---

① 1894 年，叶芝通过诗友莱奥纳尔·约翰生（Lionel Johnson）介绍认识其表妹莎士比亚夫人。后来叶芝一度与莎士比亚夫人成为情人，但因种种原因两人同居一年后即分开，但仍是好友。叶芝称她为对自己一生影响最大的三个女人之一（其他两位是毛德·冈和格雷戈里夫人）。

②《在巴黎地铁车站》显然是一首受日本俳句影响的诗作："The apparition of these faces in the crowd; Petals on a wet, black bough。"

芝给庞德讲小时候在斯莱戈听来的神鬼故事，结果是庞德自己说的"烦得要死"。[①] 不过，正是在这里，叶芝和庞德互相之间在文艺思想方面产生了实质性的影响。叶芝的神鬼故事和玄思奇想，让庞德更好地理解了东方文学，尤其是抽象的佛学概念，这为他整理费诺罗萨遗稿提供了不小的帮助。庞德所写所译的文字，叶芝也肯定读到过。一方面，庞德从东方文学尤其是中国和日本诗歌中汲取营养而成的意象派诗歌，给了叶芝很大的启发。自《苇间风》发表之后，叶芝的诗歌一度走向烦琐、神秘、复杂、错综，甚至是难以卒读。庞德提醒叶芝，要走向明确、具体、刚硬。庞德不仅提出建议，还一度修改叶芝拟发表的诗作，为此叶芝大为恼火，但基本接受了这位年轻诗人的建议。在致格雷戈里夫人的一封信中，叶芝说，是庞德帮助他"离弃了现代抽象，回到明确具体，与庞德谈诗就像请格雷戈里夫人把句子改写成方言那么清晰自然"。[②] 另一方面，庞德整理翻译的费诺罗萨遗稿中有大量的能剧内容，显然叶芝读到了这些内容，并受其影响。

　　1916 年底，庞德依据费诺罗萨遗稿，编辑完成《一些日本贵族剧》（*Certain Japanese Noble Plays*），叶芝为之作序，序文与庞德辑本同名，后收入其《散文与序言集》（*Essays and Introductions*）。在这篇序文中，叶芝写道：

　　　　事实上，在由厄内斯特·费诺罗萨翻译、埃兹拉·庞德完成的日本剧的帮助下，我创造了一种戏剧形式，一种贵族化的形式。它独特、含蓄、富有象征意义，不需要乌合之众和大众媒体为其

---

① 转引自傅浩：《叶芝评传》，杭州：浙江文艺出版社，1999 年，第 122 页。

② 转引自傅浩：《叶芝》，成都：四川人民出版社，1999 年，第 137 页。格雷戈里夫人精通爱尔兰语，叶芝曾鼓励她写作戏剧、翻译民间文学。19 世纪 90 年代末，叶芝与格雷戈里夫人一起搜集、整理爱尔兰民间故事、神话和传说。叶芝不识爱尔兰语，对于各地方言更是不通。因此，他们俩的合作基本上是由格雷戈里夫人搜集、翻译，叶芝借助她的翻译来整理。对爱尔兰民间文学的搜集、整理，可以说是 19 世纪末、20 世纪初叶芝等发起的爱尔兰文艺复兴的第一阶段；之后的戏剧复兴是第二阶段，也是最重要的阶段。

筹资引路。当我尽量用自己的技巧使这个剧及其演出丝丝入扣之后，我将写另一个同样的剧，用戏剧的形式完成对库胡林一生的歌颂，……这种高贵形式的优点是，它不需要占满一个人全部的生活，所用的少许道具可以装进一个箱子，或者挂在墙上，作为精美的装饰。①

显然，叶芝这里所指的贵族化形式的戏剧就是能剧。上述这段话可以看作叶芝中期戏剧的一个宣言。叶芝认为能剧是一种贵族化形式的戏剧，这非常符合叶芝当时对艺术的理解。叶芝早年的诗作多直接取材于爱尔兰民间传说，如女伯爵凯瑟琳为救百姓出售自己灵魂给魔鬼等，在题材上有魔幻倾向，但舞台布景、效果等尚未脱离欧洲现实主义传统。这些戏剧因表现爱尔兰的民族气质而受到民众的欢迎，但是离叶芝自己心目中的艺术戏剧理想越来越远。1907 年辛格的戏剧《西部浪子》上演后，因为台词的原因触犯了观众情绪，引发观众抗议。叶芝则极力为辛格辩护，而且对民众体现出的盲目民族情绪十分失望，内心也越来越希望创造一种贵族文化，而不必以观众的多寡为意（"不需要乌合之众和大众媒体为其筹资引路"）。但那段时间，叶芝又苦于找不到灵感来改变自己的戏剧风格，庞德的出现及时解决了他的困惑。在能剧中，"少许的道具"甚至可以简单到只用一个能乐面具，而这个面具却能以含蓄和富有象征意义的形式来表现人物的内心活动，产生美的效果（"精美的装饰"），这就与叶芝理想戏剧中的象征手法不谋而合。在背景方面，不需要古希腊戏剧中那么多的合唱队，也无须紧凑地将故事、时间、地点固定的"三一律"写法，不需要太多的戏剧冲突和动作。旁白方面只要有三个乐手略敲乐器，兼做旁白即可。戏剧动作追求程式化，虽然叶芝不主张照搬能剧演员上身不动全靠下身动作以表达意义的方式，但他显然希望戏剧动作越精练越好，这样才能

①〔爱尔兰〕叶芝：《叶芝精选集》，傅浩编选，北京：北京燕山出版社，2008 年，第 497 页。

让观众去猜想动作象征的可能意义。乐器方面基本以鼓、锣、笛为主，这与西方现实主义戏剧所用乐器截然不同。舞台设计也尽量简单。综括而言，叶芝希望自己的戏剧（无论是台词，还是舞台设计），能够起到"追求理想美的间离效果，以反抗欧洲戏剧的现实主义倾向"的作用。①

二、叶芝与能剧

上文所引文字中，叶芝所说"尽量用自己的技巧使这个剧及其演出丝丝入扣"，即指 1915 年叶芝写作并上演的戏剧《鹰井之畔》（*At the Hawk's Well*）。《鹰井之畔》的故事情节相当简单：在据称能够涌出长生不老泉水的一口井旁，一位老人在静静等待，但井中常年干涸，且传说有神鹰守卫。年轻勇士库胡林来找此井，但泉水不涌，老人担心库胡林会抢去泉水，因此劝其离开。库胡林自恃凡事顺遂，决心留等。这时一位少女来到，翩翩起舞，老人睡去，库胡林为少女舞姿所引，且与少女争胜，因此离开井畔。老人醒来发现井畔石头湿润，井底干枯，便猜出少女乃神鹰附体，责备库胡林关键时刻离开。最后，老人警告库胡林与神鹰争胜，导致希德女神（Sidhe）招来勇士女王艾芙（Aoife）与其大军。库胡林胸中蓄满英雄气概，决意杀入战场。《鹰井之畔》不仅情节简单，布景也十分简略，而剧中布景、人物、情节的象征意义则十分复杂。比如水井，有的说象征生命②，或象征智慧，或生殖能力，或说象征叶芝的爱情，或神秘的天赐；而老人象征理智；库胡林象征本能；神鹰象征超人力量或抽象思维或某种挑战等。③

《鹰井之畔》不仅在情节、布景等方面模仿日本能剧，连主演之一

---

① 傅浩：《叶芝评传》，杭州：浙江文艺出版社，第 122 页。
② 象征生命一说比较可靠。在古代爱尔兰传说中，有动物或神兽守卫的井水，一般都是长生不老的象征。参见中古爱尔兰语传说《迪阿美与格丽安》（Diarmuid and Grania）（冯象：《玻璃岛——亚瑟与我三千年》，北京：生活・读书・新知三联书店，2013 年，第 112～114 页）。也可参看叶芝自己创作的戏剧《迪阿美与格丽安》的第二幕。
③ 转引自傅浩：《叶芝评传》，杭州：浙江文艺出版社，第 125 页。

也来自日本。饰演神鹰的是日本留学英国的舞蹈家伊藤道郎（Michio Ito），伊藤本来是在英国学习现代舞，但为了演好此剧，还特意到伦敦动物园模仿鹰的姿态。在《一些日本贵族剧》的序文中，叶芝提到，是伊藤道郎使他的剧作成为可能。叶芝曾在画室和客厅里观看过伊藤跳舞，里面只有一个小小的舞台，由优质的舞台灯光所照亮，"没有考究的照明和舞台画面所造就的人工世界"。只是靠着伊藤的双腿盘坐、伸出胳膊、后退等简单动作和面具来创造一种"陌生的隔离"，由于这种陌生的隔离，演员的后退，使观众感觉自己退入到一个更强有力的生命。[①] 除了主要角色外，戏剧的旁白和背景介绍由三个乐手完成。叶芝曾在《鹰井之畔》的序言中写道：

> 以三个演员（即乐手）代替画布上的粗俗风景是一大收获——他们坐在墙壁或有装饰图案的屏风前面，描述风景或事件，用锣鼓伴奏动作，或用琴笛加深台词的感情。[②]

此外，在演出时没有使用特殊的灯光照明，观众从三面环绕着舞台，因此离演员很近，但是对离得很近的演员戴着的面具也并不感到怪异。这出戏剧的首演是在 1916 年的 4 月 2 日，地点在伦敦一位贵妇家的客厅里，因此邀请的观众十分严格，用诗人自己的话说，"只有那些喜欢诗的人"才被邀请。演出结束后，叶芝认为效果上佳，舞蹈和面具带来的富有想象力的艺术距离令叶芝赞赏不止。叶芝认为，当代欧洲的现实主义戏剧没有那种"想象力的艺术"，只是把世界的片段堆凑在一块。而叶芝感兴趣的是，使用简单的形体产生意象和象征，而这些象征一方面使观众与舞台相隔离，另一方面使观众短暂地进入到"我们还没有精妙到可以久居其中的心智深处"。[③] "心智深处"是叶

---

① 〔爱尔兰〕叶芝：《叶芝精选集》，傅浩编选，北京：北京燕山出版社，2008 年，第 499 页。
② 转引自傅浩：《叶芝评传》，杭州：浙江文艺出版社，第 125～126 页。
③ 〔爱尔兰〕叶芝：《叶芝精选集》，傅浩编选，北京：北京燕山出版社，2008 年，第 499 页。

芝念兹在兹力图达至的戏剧理想，这样的地方只有最人性化、最精微的事物才能达到，叶芝借此来提醒观众看到欧洲现实主义戏剧中的机械主义和众声喧哗。至于在客厅里演出戏剧，这是叶芝"贵族文化"的最直观表象。叶芝认为，现实主义戏剧在意的是观众人数，以大众的偏好为创作的宗旨，而不是去创造美或者精妙的情感。

在上文的引文中，叶芝曾谈到自己要写一系列以库胡林为主人公的戏剧，后来叶芝果然做到了，这一系列戏剧就是《鹰井之畔》《绿盔》（ The Green Helmet ）、《在倍勒海滩》（ On Baile's Stand ）、《艾玛的唯一嫉妒》（ The Only Jealousy of Emer ）和《库胡林之死》（ The Death of Cuchulain ）。在情节上，这一系列戏剧前后相继，从库胡林少年时期到其去世。它们以库胡林故事为主要题材，但并不是全部受到能剧影响，例如 1904 年发表的《在倍勒海滩》就没有受能剧影响。受能剧直接影响的是后来结集为《为舞者所写之四部剧》（ Four Plays for Dancers, 1921 ），其中，除《鹰井之畔》外，还包括《骸骨之梦》（ The Dreaming of the Bones ）、《艾玛的唯一嫉妒》和《卡尔弗里》（ Calvary ）。这四部戏剧的演员都使用面具，都有三个乐手介绍背景或旁白，都注重舞蹈在推动情节方面的作用，而这些正是能剧的主要特色。

《骸骨之梦》与《鹰井之畔》一样，情节简单，布景简洁。与之前稍有不同的是，这部剧中的三个乐手，其脸部是经过化妆而看起来像面具的；剧中主人公之一的年轻人没戴面具，另外两个主人公陌生人和年轻女子都戴着面具。这样设置的目的其实与剧情有关。剧中的年轻人是参加 1916 年复活节起义[①]的革命者，正逃往爱尔兰西部的阿兰群岛（ Aran Islands ）。在路途中，他遇见一位陌生人和一位年轻女子，

---

① 1916 年复活节起义（ Easter Rising ），指 1916 年复活节那天寻求爱尔兰独立的革命军队在都柏林发动起义，几天后被英国军队镇压，包括毛德·冈的丈夫麦克布莱德在内的 16 名起义军领袖被处决。这次事件对叶芝触动很大，本来不赞成暴力、革命的叶芝在这次事件中对起义军表现出的英勇表示赞赏，对英军镇压的残酷表示愤慨。《骸骨之梦》即是受此次起义影响所写，此外叶芝还写有名诗《1916 年复活节》（ "Easter, 1916" ）。

这两人手持灯笼似乎在寻找什么。年轻人询问他们，女子便将灯笼吹灭。在搭讪中，陌生人说愿意为年轻人带路，因为他十分熟悉附近的路。三人走上山坡后年轻人问此地为何如此荒凉，陌生人便指给他看曾经引苏格兰人入侵的奥布莱恩（Donough O'Brian）的墓地。年轻人接着问山上那些正在悔罪的游魂是否来自教堂墓地，年轻女子回答说那些是普通人的游魂。交谈中年轻人隐隐约约发觉，陌生人和年轻女子谈到的古代将诺曼人（Normans）带进爱尔兰的叛徒迪阿美和德芙吉娜（Dervorgilla）的游魂也在附近，① 并且只有得到年轻人的饶恕和指路，其游魂才能得到解脱。但年轻人说那两人的游魂是不可饶恕的，自己也不愿意给他们引路，因为他们是叛徒，让爱尔兰被诺曼人（即英国）的铁蹄统治了七百多年。三人来到山顶，陌生人和年轻女子跳起舞来，口中念念有词，年轻人终于意识到他们就是迪阿美和德芙吉娜。迪阿美和德芙吉娜只能用双眼热切地看着对方，却不能亲吻（即不能触碰到对方），一团云雾吹来，带走了他们。显然，《骸骨之梦》将历史与现实交织，将古代的叛国者与现代的爱国者相对比，显出作者对待 1916 年复活节起义的态度。

　　与《为舞者所写之四部剧》中其他几部相比，《骸骨之梦》中多了一个能剧中常见的角色——游历者或问路人。叶芝曾在《一些日本贵族剧》中谈到，这类游历者一般都是来自远方的云游者，以和尚居多。游历者一般会在某处圣地或带有传奇色彩的墓地遇见鬼魂或男女神灵。而能剧中这样的安排很容易让叶芝想起爱尔兰民间传说中相似的情形。叶芝举了能剧《锦木》为例，说这与格雷戈里夫人写的阿兰群岛故事相近。不少能剧反映出对墓地、树林的敬畏，这又与爱尔兰民

---

　　① 迪阿美叛爱投英的事情发生在公元 12 世纪。迪阿美·麦克莫罗（Diarmuid MacMurrough）为爱尔兰东部地区雷恩斯特（Leinster）之王，于 1152 年抢走米斯王（King of Meath）之女、狄格兰·奥鲁克（Tegernan O'Rourke）之妻德芙吉娜，因此被逐出雷恩斯特。他转而求助英王亨利二世（Henry II），亨利二世派彭布洛克伯爵（Earl of Pembroke, 原名 Richard Fitzgilbert de Clare, 绰号强弓 Strongbow）带兵入爱尔兰助之。迪阿美借英兵夺回雷恩斯特，但从此也为英国所摆布。

间文化相似。① 能剧中不少剧目都以游历者反复问路作为开始，叶芝
承认"这种程式很合我的胃口"。② 这是能剧文化与爱尔兰民间文化
的契合之处，因此为叶芝所喜。

值得注意的是，"游历者"或"问路人"的角色在能剧中被称为"胁"，
是先于主角"仕手"出场的配角。他们要么是周游列国的僧侣，要么
是出门旅行的神官，要么是出门办事的大臣，总之是出门游历者。既
然游历，那么总得问路。"胁"角的最基本特征是"一概都是男性，而
且是可以存在于现实世界里的人物"。③ 所以"胁"角一般不戴面具
表演，其出场后即介绍自己的身份等。因此，如上文所述《骸骨之梦》
中的年轻革命者没有戴着面具演出，并在对话中说出自己是参加起义
的革命者。"胁"角在能剧中一般都是配角，在主角表演歌舞时，一般
是静静地坐在舞台左前方观看，主角表演告一段落后，才能接着引入
下面的剧情。很显然，叶芝在这里又使用了"拿来主义"的一招。他
运用了"胁"角的特征，但并不让年轻人担任不重要的配角，而是让
其担任主角之一，其配角的一些任务（如介绍时间、地点等）则由三
位乐手完成。《骸骨之梦》另一个与能剧契合之处，在于主角。能剧中
的主角"仕手"一般是"神仙、鬼怪、幽灵、亡魂的所谓'梦幻能'"，④
而《骸骨之梦》中另两位主角就是迪阿美和德芙吉娜的亡魂，他们已
经漂泊了七百年，期待着被问路人饶恕，从而得到解脱。此外，从《骸
骨之梦》的场景看，剧情经历了从山脚、山坡到山顶的过程，而游历
者和亡魂的出现又显示出梦幻和现实的交织。这一特点又相当符合"复
式梦幻能"的要求。从整体结构区分，能剧分为"单式能"（整个剧情
发生在一个场景）和"复式能"（两个场景：现实；回忆或梦幻）。"复
式能"的第二个场景中角色多半是幽灵，以追忆的方式从过去转述到

---

① 凯尔特文化中，墓地、树木、井都被赋予灵魂，是人们敬畏的对象。
② 〔爱尔兰〕叶芝：《叶芝精选集》，傅浩编选，北京：北京燕山出版社，2008年，第504页。
③ 左汉卿：《日本能乐》，北京：外语教学与研究出版社，2011年，第88页。
④ 左汉卿：《日本能乐》，北京：外语教学与研究出版社，2011年，第88页。

现在。因此，复式能"大多描写云游各地的人物，路途中遇见幽灵，听其述怀，观其歌舞；也可以理解为云游者所做的梦，故又称'复式梦幻能'"。[①]从《骸骨之梦》的剧情来看，它是比较接近"复式梦幻能"的。

《艾玛的唯一嫉妒》属于库胡林故事系列，在情节上它承继《在倍勒海滩》而来。《在倍勒海滩》结尾时，库胡林在一开始不知情的情况下杀死了自己的儿子，因此发疯，和大海搏斗，累极而睡，魂魄被女神芳德（Fand）所摄。《艾玛的唯一嫉妒》的开头是一首28行的抒情诗，由其中一位乐手歌唱，内容是赞扬女性之美。库胡林躺在床上，其魂魄蹲在舞台前沿，妻子艾玛坐在床边。艾玛邀请库胡林的情人伊思娜·英古巴（Eithne Inguba）来床边招魂。一开始伊思娜稍显犹豫，受艾玛鼓励走近库胡林并轻吻了他。这时库胡林的身体开始微动，一个声称自己名为布鲁克留（Bricriu）的神使出现，并说库胡林所爱之物必须离开，伊思娜便离开了。布鲁克留说，若想库胡林还魂复活，艾玛必须放弃自己曾经发过的誓——夺回库胡林的爱。布鲁克留揭开库胡林的魂魄，希德女神出现，绕着库胡林跳着诱惑性的舞蹈，想把库胡林引到"另外的世界"（the other world）。[②] 在库胡林即将被希德女神带走的最后时刻，艾玛终于放弃了自己的誓言，库胡林复活。但库胡林复活后第一眼看到的还是伊思娜，而伊思娜也以为是自己的召唤唤回了库胡林。

叶芝自己不懂爱尔兰语，库胡林故事题材的主要来源是格雷戈里夫人的翻译和叶芝自己阅读的英语书籍。《艾玛的唯一嫉妒》的故事就主要受格雷戈里夫人所著《摩斯姆娜的库胡林》（*Cuchulain of*

---

① 唐月梅：《日本戏剧》，上海：上海三联书店，2006年，第26页。

② "另外的世界"是凯尔特文化中一种独特的文化概念，不同的凯尔特文化系统对此有不同的描述。按最普遍的看法，它是与人间世界相对的存在。详见本书中论叶芝与凯尔特文化的一章，也可参考欧光安主编《人类文明的彼岸世界》之第三章第二节（欧光安主编：《人类文明的彼岸世界》，济南：山东画报出版社，2015年）。

Muirthemne）的启发。一般认为,《艾玛的唯一嫉妒》中的三角关系,
是叶芝与几位女性关系的象征。库胡林象征叶芝,艾玛象征乔吉,伊
思娜象征伊秀尔特,芳德象征毛德·冈。[①] 虽然故事题材来自古代爱
尔兰传说,但是演出的细节却完完全全是能剧式的。不仅所有的演员
都戴着面具表演,而且舞台设计极其简单,以便达到叶芝所说的能在
"客厅和画室里"演出的要求。与《鹰井之畔》一样,《艾玛的唯一嫉
妒》也是以乐手手持折叠的黑布上场,乐手歌唱女性之美时,黑布折
叠展开。到戏剧结尾时,乐手再次歌唱,黑布也再次折叠展开。黑布
几乎构成了整出戏剧的全部背景,其折叠展开除了向观众展示戏剧的
开始和结束,更重要的是象征生命和死亡的轮回流转,当然黑色显示
这部戏剧的背景是库胡林魂魄被摄(即肉体死亡)后的故事。整个故
事几乎都在一个场景中展开,极度简单的背景设计传达出"唤回某个
地方的神圣感和浪漫意味的雄心"。[②]叶芝希望用这种具有自觉意识和
富于联想的能剧方式,唤回对古代爱尔兰英雄生平中各类场景(战斗、
生活、死亡等)带来的神圣感,戏剧中的三角爱情关系则带来一种浪
漫意味。如上所述,叙述亡魂的故事是能剧的特征,《艾玛的唯一嫉妒》
中贯穿故事情节的关键就是库胡林的亡魂能否被拯救。

　　《卡尔弗里》是"四部剧"中唯一一部主题与爱尔兰无关的剧作,
在写作时间上(1921)比其他几部都晚,更接近叶芝写作《幻象》的
时段(《幻象》1925年出版),因此,这部戏剧也更多地反映了作者的
哲学观念。《卡尔弗里》以耶稣受难为故事线索。[③]先是三个乐手一边
折叠展开幕布,一边歌唱介绍背景。耶稣在受难那天(Good Friday)

---

　　① David A. Ross, *Critical Companion to William Butler Yeats: A Literary Reference to His Life and Work*. New York: Facts on File, Inc., 2009, 357.

　　②〔爱尔兰〕叶芝:《叶芝精选集》,傅浩编选,北京:北京燕山出版社,2008年,第504页。

　　③ 卡尔弗里是耶稣受难的地方。此地名希伯来语音译为各各他(拉丁化拼写 Golgotha),
意思是"骷髅地"(Skull),因此基督教(新教)和合本《圣经》与天主教思高本圣经均按照意
思译为"骷髅地"。希伯来语的地名后来意译为拉丁文 Calvariae,钦定版圣经将 Calvariar 意译为
英文 Calvary,而有些《圣经》译本就按照拉丁文发音翻译为"加略山"。

背着十字架上场，被一群人围着嘲笑他的神性。拉撒路（Lazarus）登场，围观人群被其"死样"的脸色吓退。拉撒路指责耶稣把自己救活，使自己从死亡的舒适中唤醒，好比兔子从洞穴中被拽出来（意思是耶稣剥夺了自己的自由）。① 接着，出卖耶稣的犹大（Judas）登场，毫无愧色地宣称自己就是出卖耶稣者。耶稣提醒犹大，在见证如此多的神迹后，不应怀疑他的神性。犹大回应说自己早就认识到了耶稣的神性，自己的背叛行为只不过是要让自己从耶稣的神性中解放出来。②耶稣又为此辩驳。此时三个罗马士兵上场，三人说好以掷骰子的方式来决定谁将获得耶稣身上那件衣服。耶稣在震惊中看见自己的否定幻象（vision of negation），直呼上帝为何抛弃自己。而三个士兵边舞边唱，说耶稣不是决定骰子谁赢的上帝，因为他不懂他们跳的舞。③

与其他三部剧作一样，《卡尔弗里》也是或由演员戴着面具表演，或脸部化妆成面具样子。只是这部剧中的象征更多地在于哲学层面，而不是叶芝早期和中期追求的艺术效果。拉撒路和犹大都承认耶稣的神性，但显然与《圣经》不同的是，《卡尔弗里》中的拉撒路和犹大不想遵守任何规则，也不想受到任何拘束或救赎（无论是来自神性还是世俗），他们想要的只是自己的自由和按照自己的意愿行事。剧中的罗马士兵显然相信命运（掷骰子），相信世界由命运或机会主宰，对耶稣而言是一种讽刺，也是他难以救赎的对象。

上述四部戏剧是叶芝直接受能剧影响而创作的剧作，除此之外，叶芝还将自己理解的能剧文化用到其他剧本的创作中：例如《库胡林之死》中"可以属于任何时代的空旷舞台"④，象征晚年叶芝的神秘

① 耶稣使拉撒路复活的情节，可参见《圣经·约翰福音》第11章第1至43节（约翰福音11：1～43），具体分析参见本书论叶芝与基督教部分。

② 犹大出卖耶稣的情节，可参见《约翰福音》12:14等章节。

③ 耶稣被钉十字架、三个士兵掷骰子的情节，可参见《约翰福音》19:17—14等章节。《圣经》中的描述与叶芝的剧作在细节上有所出入。

④ David Clark and Rosalind E. Clark ed., *The Collected Works of W. B. Yeats Volume II: The Plays.* New York: Scribner, 2001, 545.

老人，以鼓声和笛声为主的背景音乐；《炼狱》中极其简单的人物（男孩和老人）和布景（"一幢埋废的房屋，后院里有棵秃树"①）。

三、叶芝与能剧之关系述评

虽然叶芝的中后期戏剧在创作上受能剧影响比较大，但是与印度思想一样，叶芝对能剧也抱持一种"拿来主义"的态度。

叶芝对能剧的接受主要体现在两个方面——程式和象征。在《为舞者所写之四部剧》中，演员几乎全都是戴着面具或化妆成面具演出，而面具是能剧最显著的程式。而这四部剧的布景也是极尽简约之能事，有时候舞台甚至没有任何布景。场景也尽量控制在一个到二个之内。这样的舞台形式与讲求细节的欧洲现实主义大相径庭，而这也正是叶芝想要达到的效果。通过极简的布景和场景，以及那产生"间离美"的面具，叶芝希望传达出更多的象征意味。例如《鹰井之畔》中，水井和老人的象征就有多种。或许叶芝本来就希望观众不要像理解比喻那样去理解象征，毕竟象征的所指可以是多方面的，也可能是不确定的。因此，也许作家本人将某种理念寓于这些形象和人物当中，"观众自可见仁见智，或者就事论事，只把它们当作戏剧的构成要素而已"。②

但从能剧文化本身而言，叶芝受其影响而进行的创作，可以视为"借他人之酒杯，浇自己之块垒"。换言之，叶芝从能剧那里"拿来"面具和象征，而希望构建出自己的艺术世界和诗学世界。首先，就能剧所用的道具而言，叶芝只使用了能剧三大道具的一种——面具。在能剧中，其他两大道具分别是戏装和小道具（通常是扇子）。戏装一般以"唐织"（即仿中国唐代时期的纺织品）为主，使用金银丝织出草木花果等各样花纹，并在其上绢多种颜色，与能剧产生时期（14世纪下半叶至15世纪上半叶）的实用衣料区别不大。这种戏装"凸显上品、

---

① 〔爱尔兰〕叶芝：《叶芝文集卷一：朝圣者的灵魂》，王家新编选，北京：东方出版社，1996年，第389页。

② 傅浩：《叶芝评传》，杭州：浙江文艺出版社，第125页。

豪华绚丽，显示优雅、高尚，展现了独自的艺术境界，也是让人相信当时现实中的美的表现"。[1] 而叶芝戏剧中的人物服装则基本以西方服饰为主，尤其是以爱尔兰故事为主题的戏剧多参考爱尔兰西部地区的民间服饰。在戏装方面，能剧中一般还会使用假发，其中比较重要的是专门为女子设计的假发。手持的小道具也是能剧中必不可少的，一般多是扇子，包括"修罗扇"[2] "僧扇""女扇"等。假发和扇子，在叶芝的戏剧中几乎是付之阙如。当然，这种情况可以解释为戏装和扇子是日本能剧文化独特的部分，充满了东方色彩，叶芝不可能照搬。但这也从一个方面显示出叶芝与正宗能剧之间的区别。

其次，叶芝戏剧多以二人对话来推动情节发展，这是与正宗能剧在情节结构方面最大的不同。每一出能剧的基本结构，分为"序""破""急"。"序"一般是一段，由配角（即"胁"）出场交代剧情，是导入部分。"破"有三段，分为"前破""中破"和"后破"。"前破"一般指主角（即"仕手"）入场，介绍自己的相关信息，并吟唱；"中破"一般指主角与配角的对话或对唱；"后破"指对话或对唱后配角坐在一旁，动也不动，观看主角舞蹈或表演，此时剧情发展至高潮。戏剧达到高潮后会迅速结束剧情，这就是"急"。[3] 从能剧的这一结构可以看出，故事的推进主要依靠主角的表演（包括动作、吟唱、舞蹈等）。但是，从叶芝的戏剧创作看，剧情的推进基本是依靠二人对话完成的。例如，《鹰井之畔》的剧情主要是依靠库胡林和老人的对话、老人和神鹰的对话、神鹰和库胡林的对话而推进的，很少出现主要角色一起对话的场景；《骸骨之梦》则主要是年轻人和迪阿美夫妇之间的对话；《艾玛的唯一嫉妒》中剧情的推进也是依靠二人对话，先是艾玛和伊思娜的对话，之后是布鲁克留和艾玛的对话，最后则是库胡林和伊思娜的

---

① 唐月梅：《日本戏剧史》，北京：昆仑出版社，2008 年，第 121 页。

② 参考上文论佛教六道的部分。

③ 关于能剧的结构，参见唐月梅：《日本戏剧》，上海：上海三联书店，2006 年，第 25～26 页；左汉卿：《日本能乐》，北京：外语教学与研究出版社，2011 年，第 183 页。

对话，其间极少有多人对话或交叉对话的情况；《卡尔弗里》的剧情主要由三组对话组成，先是耶稣和拉撒路的对话，之后是耶稣和犹大的对话，最后则是耶稣和三个士兵之间的对话。

除上述四部剧作外，叶芝其他的戏剧也大多以二人对话推进剧情。例如《库胡林之死》分别以库胡林和伊思娜、库胡林和艾芙的对话发展剧情；《炼狱》的全部情节就是老人和小孩的对话。除戏剧外，叶芝的不少诗歌也是二人对话的形式，例如他的成名作《乌辛漫游记》，形式就是乌辛和圣帕特里克的对话；其他类似的二人对话形式的诗歌还有《阿娜殊雅与维迦亚》《佛格斯与祭司》《面具》《绵羊牧人与山羊牧人》《月相》《圣徒与驼背》《麦克尔·罗巴蒂斯与舞者》《来自前世的一个影像》等。如前文所述，叶芝这种二元思维早在青年时期就形成了，而且与印度思想的"一而二，二而一"的观念有关。叶芝曾经为《阿娜殊雅与维迦亚》的写作做注：

> 那个小小的印度戏剧（即《阿娜殊雅与维迦亚》）场景原是打算作为一出关于一个男人为两个女人所爱的剧本（即叶芝本来打算写的一出以印度为主题的戏剧）的第一幕的。他在她们之间有一个灵魂，一个女人醒着时另一个睡着，一个只知道白天，另一个只知道黑夜。当我在罗西斯角看见一个男人拎着两条鲑鱼时，这念头来到我脑海中。"一个人有两个灵魂"，我说，然后又补充说，"哦，不，两个人有一个灵魂"。现在我在《幻景》（即《幻象》）中再次忙于这种思想：昼与夜、日与月的对立。[①]

从现有的资料看，叶芝对能剧的理解主要来自庞德翻译、整理的费诺罗萨遗稿。显然，叶芝"并没有意识到日本原本的能剧中对主角的重

---

① 转引自〔爱尔兰〕叶芝：《叶芝诗集》（上），石家庄：河北教育出版社，2003年，第11页注1。

视"①，反而更为重视配角的作用。产生这种误解的具体原因，是庞德的翻译问题，还是叶芝的理解偏差，现已不得而知。如果按照正规的能剧演出形式，《鹰井之畔》演出时，"神鹰应该是主角才对"②，即整个剧情的发展应该由神鹰的表演来推进。虽然具体原因不得而知，但有一点可以肯定：叶芝对能剧的理解并不完整，他只是凭借自己的直觉抓住了能剧中的两个关键概念（面具和象征）。这一点也可以从伊藤道郎身上得到佐证。伊藤道郎并不是专业的能剧演员③，也并非能剧专家，他到伦敦留学是来学习西方现代舞蹈的。而且，伊藤的英语并不好。在当时的伦敦，假如有一个能说英语的能剧专业演员，那么叶芝"很可能会选他（而不选伊藤）"④。

　　除戏剧外，叶芝还在几部诗作中提到过日本文化。《自性与灵魂的对话》（"A Dialogue of Self and Soul"）是对话体诗，其中"我的自性"在对话时就说，自己膝上横着一把佐藤的古剑，由元茂家族的第三世铸就，几百年过去，古剑依然快如剃刀，明亮如新；剑鞘由某位宫廷贵妇的部分衣袍包裹，虽微有褪色，仍能保护装饰。在这首诗中，诗人用古剑和衣袍的古与今、旧与新来引出白昼和黑夜的对立象征。⑤在《拜占庭》一诗中，叶芝还曾以火焰暗指日本能剧中的少女舞蹈。在诗的第四段，诗人想象夜半的石板街道上，飘闪着不用柴薪和钢镰来点火的火焰，那火焰临狂风而不扰，自生而生。这里的火焰指的就

① Ishibashi, Hiro. *Yeats and the Noh: Types of Japanese Beauty and Their Reflection in Yeats's Plays*. Dublin: Dolmen Press Ltd., 1966, 144.

② Ishibashi, Hiro. *Yeats and the Noh: Types of Japanese Beauty and Their Reflection in Yeats's Plays*. Dublin: Dolmen Press Ltd., 1966, 145.

③ 无论是主角"仕手"，还是配角"胁"，都是从小开始习艺，而且要精通各种与本角色相关的谣曲、舞蹈、乐器等，成年后拜师成宗，再经过多年磨炼，才能有所成。此外，主角配角都分各种流派，世代相传。参见《日本能乐》第三章《能乐的艺术演绎主体》。

④ Ishibashi, Hiro. *Yeats and the Noh: Types of Japanese Beauty and Their Reflection in Yeats's Plays*. Dublin: Dolmen Press Ltd., 1966, 145

⑤ 佐藤（Junzo Sato）曾在美国波特兰市听过叶芝的演讲，多年后仍记忆犹新。元茂（Bishu Osafume Motoshige）是15世纪初日本著名铸剑师。参见 Jeffares, A. Norman. *A New Commentary on the Poems of W. B. Yeats*. London: Macmillan and Co. Ltd, 1984. 271.

是日本能剧中少女在想象的罪恶之火中挥袖而舞的场景,"叶芝借以指尘世之火"。①

此外,叶芝还写过一首模仿俳句的诗作,即《仿日本诗》("Imitated from the Japanese")。因为是模仿诗作,为了显示相同与不同,兹引原文如下:

> A most astonishing thing
> Seventy years have I lived;
>
> (Hurrah for the flowers of Spring
> For Spring is here again.)
>
> Seventy years have I lived
> No ragged begger man,
> Seventy years have I lived,
> Seventy years man and boy,
> And never have I danced for joy. ②

俳句是受汉语古诗影响而形成的一种日本古典短诗,一般是三行,第一行是五个音节,第二行是七个音节,第三行是五个音节,音节排行为"五七五"。从叶芝的原诗来看,用英语的音节(syllable)来对应俳句中的音节是不可能的。如果把一二两行看作俳句的第一行,那么这两行有 14 个音节之多,而按照音节的轻重读,这 14 个音节不可能

---

① 转引自〔爱尔兰〕叶芝:《叶芝诗集》(下),石家庄:河北教育出版社,2003 年,第 603 页注 3。

② The Collected Poems of W. B. Yeats, 295~296. 此诗的汉译为:"极其稀奇一件事:我已活了七十年;(欢呼春天繁华开,因为春天又来临。)我已活了七十年,没做褴褛讨饭人;我已活了七十年,七十年来少与老,今始欢乐而舞蹈。"(转引自〔爱尔兰〕叶芝:《叶芝诗集》(下),石家庄:河北教育出版社,2003 年,第 718 页)

按照三个音节划分一个音步（foot），而只能是按照两个音节划分一个音步，因此第一、二行的格律是抑扬格七音步（iambic heptameter）。这样的话，叶芝原诗一二行可以视为俳句的第一行；三、四、五行共20个音节（即抑扬格十音步 iambic decameter），组成一个意群，可以视为俳句的第二行；六、七行共14个音节，也是抑扬格七音步，合成一个意群，可以视为俳句的第三行。因此，从意群和音步方面考虑，叶芝的诗作格式是"七十七"，因此只能说与俳句的格式庶几接近而已。

经由庞德的译介，叶芝终于找到了自己理想中的象征技艺。尽管理解不完整，但叶芝却将能剧的两个精髓融入自身的戏剧创作，加上自己熟悉的爱尔兰和西方题材，他创作的多部戏剧虽然并不如其诗歌那般有名，但也达到了一定高度。叶芝中年之后心心念想的贵族文化，最好的体现形式就是戏剧。只需少数能够"会意"的观众，只需窄小简单的客厅或画室作舞台，只需极简的布景和情节，叶芝剧中的演员就能戴着面具传达出"富有想象力"的神圣感和多元的象征意义。

第三节　叶芝诗学思想与其他东方文化

一、叶芝与中国文化

有意思的是，通过庞德的译介，除日本文化外，叶芝肯定接触过中国古典文学，但叶芝的作品中却极少提到中国，其诗学思想也极少受到中国思想的影响。

叶芝最早提到中国是在自传中。他回忆自己很小时，对外祖父家客厅橱柜里的摆设还有印象，其中就有几幅中国宣纸画（Chinese pictures upon rice-paper）。① 在印象中，外祖父家中的藏画，叶芝就只记得这几幅中国画和一些关于克里米亚的彩印画。② 叶芝印象中的外祖父，体魄健壮，而且有一种近于中国古训"己所不欲，勿施于人"的作风（had the reputation of never ordering a man to do anything he would not do himself），为人称赏。③

从那之后，叶芝似乎极少接触到中国事物，直到庞德的出现。如上文所述，庞德根据费诺罗萨的遗稿，翻译出版了《华夏集》，叶芝很有可能读过集中的译诗。庞德后来整理出《一些日本贵族剧》，叶芝还为此作序。在序文中叶芝再次谈到中国画：

> 最近我和日本演员一起研究了某些这样的舞蹈（能剧中的舞蹈），发现了他们理想的美，不同于希腊，却和日本与中国画里的一样，这让他们在某些充满肌肉张力的时刻停顿。④

叶芝敏感地觉察到了东方艺术，尤其是中国和日本艺术中诗画合一的特点，而诗画的艺术特点被带入了演出的节奏中。在叶芝看来，中国画的内容是表现"张力停顿的时刻"，也就是说，画面看似静止，而实际有深刻的象征意义，观众能从静止的画面中感受到画作所传达的丰富的"想象力"或"张力"。感受到张力，也就感受到一种"理想的美"。这一点当然与日本能剧的结尾相似，在主角"后破"演出时，剧情达到高潮，在停顿片刻后，便结束剧情，也就到了"急"的阶段。

显然，叶芝对中国画的理解只是一种附带之物，是他在接触日本

---

① Yents, Willam Butler. *Autobiographies: Reveries over Childhood and Youth and the Trembling of the Veil*, London: Macmillan and Co. Limited, 1926, 7.

② Yents, Willam Butler. *Autobiographies: Reveries over Childhood and Youth and the Trembling of the Veil*, London: Macmillan and Co. Limited, 1926, 11.

③ Yents, Willam Butler. *Autobiographies: Reveries over Childhood and Youth and the Trembling of the Veil*, London: Macmillan and Co. Limited, 1926, 7.

④〔爱尔兰〕叶芝：《叶芝精选集》，傅浩编选，北京：北京燕山出版社，2008年，第503页。

能剧时附带联想所至。但就是在叶芝为能剧着迷的时期，他在诗歌创作上却彷徨了一阵子。在写作第三部诗集《苇间风》中的诗作时，叶芝刻意改变自己的诗风，从早期的模仿浪漫主义诗作到摸索自己的诗风。这样的诗风被认为是叶芝独特的现代主义诗风，其特点是象征的使用。之后，叶芝的诗变得日益抽象，而正是庞德帮助他"离弃现代抽象，回到明确具体"①。而庞德正是从中国古典诗歌中汲取养分，而成就了自己的诗艺。如上文所述，庞德曾一度担任叶芝的秘书，两人互相讨论诗艺，也互相影响。性格方面，庞德大大咧咧，直率而不拘小节。1912 年底，庞德好友哈里耶特·门罗（Harriet Monroe）在芝加哥创办期刊《诗歌》（Poetry），并通过庞德向叶芝约稿。叶芝将自己的五首诗作投稿，庞德却擅作主张对这五首诗做了改动。一开始叶芝还以为修改稿是排字错误，后来知道原因，非常生气，但"最终原谅了他的不肖弟子，从此叶芝开始接受庞德对其作品定稿的修改意见"②。

　　庞德修改的五首诗分别是《现实主义者》（"The Realists"）、《山墓》（"The Mountain Tomb"）、《致一个在风中起舞的女孩》（"To a Child dancing in the Wind"）、《青春的记忆》（"A Memory of Youth"）和《亡国之君》（"Fallen Majesty"）。庞德当时到底对叶芝原作做了哪些修改，如今已不得而知，但我们可以从两个方面来看待庞德的修改：一是修改后的诗作效果，二是这些诗与叶芝相近时期内所作诗的比较。对修改后的诗作而言，效果确实是"明确具体"。例如《现实主义者》写"英雄好汉在恶龙守卫的国度娶妻"③，这是西方读者非常熟悉的屠龙故事原型之一；写"海中女仙乘坐着海豚拖拉的珍珠蚌车的油画"，表明诗人曾经看过的一幅画，描写已经非常具体了。《山墓》写玫瑰、瀑布、提琴、单簧管、烛光，都是明确具体的意象；尤其是玫瑰，只就其本

---

① 转引自傅浩：《叶芝》，成都：四川人民出版社，1999 年，第 136 页。
② 傅浩：《叶芝》，成都：四川人民出版社，1999 年，第 136 页。
③ 如无特别说明，本书所引叶芝诗歌片段，均出自傅浩译《叶芝诗集》。

身而写，并不像之前《十字架上的玫瑰》《战斗的玫瑰》《和平的玫瑰》那般具有多种象征含义。《致一个在风中起舞的女孩》是写给伊秀尔特的，前半段写女孩起舞的姿态，旋即转入诗人的劝诫，不仅不抽象，甚至可说是直白叙事。《青春的记忆》虽然是写毛德·冈，但与之前多使用隐喻和象征不一样，在此诗中诗人极少使用抽象的词语和诗句，也极少使用象征。诗人直言自己"赞美她的肉体和灵魂"，但年轻时的赞美却不能引起对方的喜悦，因此两人只能"默默地坐着像石头一样"。诗中唯一使用的隐喻"一片从严酷的北风吹来的云翳／把爱神的月亮蔽遮"，结合叶芝和毛德·冈之前的经历是比较容易猜出的：叶芝一直不赞成用激进和暴力的手段实现民族独立，而冈是激进的革命分子，一直觉得叶芝太软弱，所以多次拒绝叶芝的求婚。《亡国之君》显然是写毛德·冈，"只要她一露面，群众就会立刻聚集"写的是冈的演说魅力，叶芝在《自传》中也曾经对此表示过惊叹。但诗人马上接着写，这一切都会逝去，而只有"这只手"（指诗人或诗人的写作）把这一切记录。诗的第二段表达同样的意思，大街上的人群还会聚集，但他们或许不知道，在那条大街上，"从前有一尤物"在那里走过，"像朵燃烧的云"；而同样，对这些逝去的一切，只有"我"在记录着。显然，诗人表达的是西方的传统观点：艺术使人、使美永存。当然，读者如果认为诗人这样写，还是带着一丝对得不到的爱（unrequited love）的遗憾，也不无道理。

除诗作本身的明确具体外，与叶芝同时期稍前的作品比较，这几首诗也显得更为具体。例如《灰岩》（"The Grey Rock"）中的许多隐喻和典故，对于一般读者而言，可能是非注莫明，例如"健壮的老班戈"（古代爱尔兰传说中的神族）、"一个被造就得似女人者"（爱尔兰民间传说中的女神艾芙）、"一个谁都无法取悦的女人"（毛德·冈）。再比如《寒天》（"The Cold Heaven"）中的句子："当鬼魂开始复生，／死床的混乱结束时，它是否被赤裸裸／驱赶到大路上，如书中所说，遭逢／诸天的不公平的打击，作为惩戒？"其所指实在抽象。有研究认为"死床的混乱"可能来自贝克莱，但这一时期叶芝还没有读过贝克莱的作品。毛德·冈曾亲自问过叶芝这首诗的含义，叶芝回应说写的是寒冷冬天带来的孤独感。[①] 也有研究认为，此诗可能是写冈的结婚对诗人的打击。[②]

　　除中国画之外，叶芝还在三处提到过与中国有关的人物或事物：一是在一部诗集的题词中引用过一部中国经典中的句子；一是在一首诗中提到周公；还有就是在一首诗中提到中国。叶芝的第六部诗集《责任》有两个题词，其中一个即是引用自《论语·述而》：

　　"甚矣吾衰也，久矣吾不复梦见周公。"——孔夫子

（"How am I fallen from myself, for a long time now I have not seen the Prince of Chang in my dream." KHOUNG-FOU-TSEU）

叶芝选用这句话作为《责任》这部诗集的题词，表达的是对时间消逝、身体衰老的担忧，这也正是这部诗集中不少诗作的主题。例如《序诗》中诗人请祖先们原谅自己已将近四十九岁却还没有孩子，"而只有一本书"（即《责任》）能证明自己和祖先的血脉。《灰岩》也是回忆自己青年的梦想；《山墓》《青春的记忆》等回忆自己年轻时追求无望的爱情，如今年老，只有回忆和对年轻人的劝诫。

　　除《责任》的题词外，叶芝还在晚年的《踌躇》（"Vacillation"）一诗中提到周公："一片河流纵横的原野在下面铺展，/ 一股新刈的麦草的气味/ 飘入他的鼻孔，那伟大的周公/ 抖落高山的积雪，高喊：/ '让万物全都消逝。'"[③] 有研究认为，叶芝此时可能读到过德国汉学家

---

① Jeffares, A. Norman. *A New Commentary on the Poems of W. B. Yeats*, London: Macmillan and Co. Ltd, 1984, 124.

②〔爱尔兰〕叶芝：《叶芝诗集》（中）傅浩译，石家庄：河北教育出版社，2003年，第293页注释1。

③〔爱尔兰〕叶芝：《叶芝诗集》（下）傅浩译，石家庄：河北教育出版社，2003年，第611页。

卫礼贤的《太乙金华宗旨》(*The Secret of the Golden Flower*), 从而把周公写进诗中。① 但也有研究认为, 叶芝上述两次引用可能都与庞德有关。②

此外, 在《他的不死鸟》("His Phoenix")一诗中, 叶芝提到一位中国皇后:"在中国有一位王后, 或者也许是在西班牙, / 每逢寿诞和节庆日都能听见对她的洁白/ 无瑕, 那无可挑剔的如玉容颜的如此赞夸。"③ 叶芝这首诗写于 1915 年 1 月, 最初的题目就是《在中国有一位王后》("There is a Queen in China")。叶芝这首诗写"中国王后及其如玉容颜被赞夸"的来源不得而知, 但是根据诗歌写作的时间推断, 很可能还是与庞德的译介有关。无论如何, 中国古代的皇后在寿诞或者节庆日收到臣子或文士的赞夸文字, 是极为常见的。至少在这一点上, 叶芝的理解并无偏差。

在另外一首诗中, 叶芝曾误将中国舞蹈演员与日本舞蹈演员混淆。在《一九一九年》("1919")的第二部分, 诗人借舞蹈者的形象引出柏拉图年的循环概念:

> 当洛伊·富勒的中国舞蹈者缠绕出
> 一张闪光的网, 一条飘扬的绸带时,
> 就好像一条飞龙自云间
> 堕入舞蹈者中间, 把她们卷起旋舞
> 或把她们赶上它自己的狂暴的路子;
> 就这样柏拉图年

---

① Jeffares, A. Norman. *A New Commentary on the Poems of W. B. Yeats*, London: Macmillan and Co. Ltd, 1984, 302. 卫礼贤 (Richard Wilhelm, 1873—1930), 近代德国著名汉学家、传教士, 曾在山东传教有年。曾将《易经》《论语》《孟子》《大学》等儒家经典译为德文, 也翻译过大量的道家文献, 如《道德经》《庄子南华真经》以及《太乙金华宗旨》等。著名精神分析学家荣格 (Carl Jung) 曾为其《易经》《太乙金华宗旨》等作序。

② 傅浩:《叶芝评传》, 杭州: 浙江文艺出版社, 第 124 页。

③ 〔爱尔兰〕叶芝:《叶芝诗集》(中), 石家庄: 河北教育出版社, 2003 年, 第 362 页。

卷出新的是与非。①

研究者指出美国舞蹈家洛伊·富勒率领的舞蹈团实际是由日本演员而非中国演员组成。② 但是，日本演员也罢，中国演员也罢，叶芝对舞蹈的描写是客观而具体的。那些缠绕而飘扬的绸带，好比飞龙在天，又忽然俯冲入地，这些在中国古典的水袖舞中是常见的道具和动作。与诗人的其他诗作类似，叶芝只是将其拿来引出自己所想要表达的思想而已。

叶芝唯一一首直接与中国文化有关的诗作是《天青石雕》("Lapis Lazuli")。这首诗的副标题是"为哈里·克里夫顿而作"。克里夫顿③是当时一位颇有才华的年轻诗人，在叶芝七十岁寿辰时曾以一件乾隆年间的天青石雕为礼。叶芝对此颇感兴味，在第二天写给友人多萝西·韦尔斯利④的信中即谈到此事。诗歌分为六段，在第一段诗人写自己曾听见"歇斯底里的女人们"说她们厌恶"调色板、提琴和弓"和"那些永远快乐的诗人们"。这里的"女人们"可以视为当时欧洲人的代表，"调色板、提琴和弓则分别代表视觉艺术、音乐和文学，它们为热衷于政治的人们所鄙弃，面临毁灭的危险"⑤。而那些"永远快乐的诗人们"可能指诗人年轻时候的诗友道森⑥，而道森代表的是以凯尔特文化为底蕴的文学。接下来诗人"一语双关"地提到1690年波

---

① 〔爱尔兰〕叶芝：《叶芝诗集》（下），石家庄：河北教育出版社，2003年，第497页。

② 参见《叶芝诗集》（中）第497页注释1；Jeffares, A. Norman. *A New Commentary on the Poems of W. B. Yeats*, London: Macmillan and Co. Ltd, 1984, 232.

③ 哈里·克里夫顿（Harry Clifton, 1907—1978），爱尔兰诗人，出身富裕家庭。叶芝通过都柏林的好友奥利弗·圣约翰·果佳迪（Oliver St. John Gogarty, 1878—1957）认识克里夫顿。

④ 多萝西·韦尔斯利（Dorothy Wellesley, 1889—1956），贵族（头衔为"惠灵顿公爵夫人"［Duchess of Wellington］），诗人，叶芝晚年好友。

⑤ 〔爱尔兰〕叶芝：《叶芝诗集》（下），石家庄：河北教育出版社，2003年，第713—714页。

⑥ Jeffares, A. Norman. *A New Commentary on the Poems of W. B. Yeats*, London: Macmillan and Co. Ltd, 1984, 322.

义尼战争和第一次世界大战。[①] 这一段显然是写诗人隐约担忧欧洲的局势：文化不再得到维系，甚至被嘲笑、唾弃，而人们热衷政治，战争似乎风雨欲来。第二段写欧洲的悲剧，诗人以《哈姆雷特》和《李尔王》为例，说欧洲的悲剧里"哈姆雷特和李尔王都是快乐的"，而快乐改变着恐惧的人们。这显然是以莎士比亚剧中人物来指代西方，诗人认为西方人的悲剧是"快乐"的。在第三段，诗人描写西方悲剧中的视觉艺术，能够使"悲剧被表演到极致"。但是当"所有的吊装和布景同时降落在成千上万座舞台之上"，西方的悲剧就不能发展一丝一毫。显然，在这里悲剧被当作西方文明的代表。叶芝晚年笃信"历史循环论"，认为历史每 2000 年循环一次，每一次的循环从一个起点开始，不断螺旋式上升，到接近 2000 年的时候崩散。公元前 2000 年是希腊文明主导；公元元年开始，是基督教文明的起始；到了 19 世纪，基督教文明即将崩散。[②] 诗的第四段继续写历史和文明的循环，诗人提到埃及文明、伊斯兰文明、基督教文明、希腊文明，认为这些都将在循环的过程中崩散（"如今他的作品没有一件完好矗立"）。但诗人并不全然悲观，因为文明会被倾覆，但又会被重造，而能够重造一切的人们是"快乐"的。说完西方文明，诗人在第五段切入主题，对天青石雕做了描写：天青石上雕刻着三个中国人（两人在前，一人跟随），头顶上方飞着一只长腿鸟（long-legged bird，指仙鹤），这种鸟是长生不老的象征，跟随的人背着一件乐器。研究者认为，从第三段的描写

---

① 参见〔爱尔兰〕叶芝：《叶芝诗集》（下），石家庄：河北教育出版社，2003 年，第 714 页之注释 2。叶芝诗中提到的"比利王"（King Billy）以及"飞机、炸弹"等隐射 1690 年的波义尼战争，那场战争中英国威廉三世（William III，即光荣革命中与玛丽被邀请从奥尔良来到英国联合执政的威廉，亦称"奥尔良的威廉"，也是被英国议会驱赶的詹姆斯二世的女婿）战胜詹姆斯二世（James II，因倾向天主教并娶天主教妻子为妻生下天主教王子，而于 1688 年被英国议会驱逐，后长期在爱尔兰）；同时，这些也隐射第一次世界大战中的德国皇帝威廉二世（William II），他曾用飞艇空袭伦敦。两位国王的名字都叫威廉（William），而威廉的小名即比利（Billy）。此外，也可联想当时欧洲的几个事件，例如意大利 1935 年入侵阿比尼西亚、西班牙内战爆发等。

② 参见叶芝《丽达与天鹅》《再度降临》等诗；论文可参见欧光安：《〈再度降临〉：叶芝历史循环诗学再阐释》，《宁夏社会科学》，2014 年第 4 期。

到第五段的点题，其实是从"西方的视觉艺术过渡到东方的视觉艺术"。① 最后一段的内容则是从第五段的具体描述过渡到诗人的想象。这一段开端的描写极富"意象派"诗歌韵味：

> 石上每一片褪色的斑痕，
> 每一处偶然的凹窝或裂隙
> 都像是一道河流或一场雪崩，
> 或依然积雪的高坡峻岭，
> 虽然杏花或樱枝很可能
> 熏香了半山腰上那小小凉亭——②

如果说上述引诗是诗人看着天青石雕上的画面而做出的半客观、半带想象的描写，那么接下来的诗句就是诗人的纯粹想象了。诗人想象那些中国人攀登上凉亭后，会在那里坐定，并凝望山峦和天空，"注视着一切悲剧的场景"。诗人继续想象，走在前面的两个人中有一位请求弹奏一曲悲伤的曲子，熟练的手指便开始弹拨。在诗的最后，诗人想象那些中国人的眼角布满皱纹，而那古老而又炯炯有神的眼睛里，却充满了快乐。

从西方视觉艺术（调色板等、莎士比亚悲剧、希腊文化等）转到东方视觉艺术（雕刻、绘画、乐器等），叶芝在诗中探讨了东西方对待悲剧的不同态度：西方英勇，东方超然，但在快乐这一方面又是相同的。③ 联系诗人对西方文明的担忧以及历史循环论中新一轮历史的到来，诗人想到中国文明成为新文明构建因素之一的可能。在叶芝看来，新的历史或文明到底呈现何种样态，自己也并不全然清晰。在《再度降临》中，叶芝借用基督教中耶稣再度降临的叙事，描述了自己幻想

---

① 傅浩：《叶芝诗中的东方因素》，《外国文学评论》，1996 年第 3 期，第 57 页。
② 〔爱尔兰〕叶芝：《叶芝诗集》（下），石家庄：河北教育出版社，2003 年，第 716 页。
③ 傅浩：《叶芝诗中的东方因素》，《外国文学评论》，1996 年第 3 期，第 58 页。

中的新的文明的可能性，其中就有指向埃及的符号。从这个角度来观照《天青石雕》，上述可能性亦在情理之中。

有意思的是，在《天青石雕》中，叶芝对雕像中的"两个中国人"使用了"Chinamen"这个曾经饱含贬义的词语。不知是叶芝有意为之，还是当时在西方就是如此称呼中国人。受庞德影响，叶芝肯定读过《华夏集》，还认识著名汉学家阿瑟·韦利，而且其藏书中有不止一种的中国古诗英译本。① 但叶芝作品中极少谈及中国，也几乎看不出中国文化的影响。②也许中国文化对他而言，就像石雕上的山峦和天空，只可凝望，不可到达。

二、叶芝与古埃及文化

在作品中，叶芝还经常提到东方国度古埃及。③ 尤其是新柏拉图主义大师普罗提诺，叶芝更是多次称其为埃及人。④ 叶芝的作品中出现较多的埃及文化符号包括"不死鸟""托勒密天文体系"和埃及沙漠。

诗作《恋人因心绪无常而请求宽恕》（"The Lover asks Forgiveness because of his Many Moods"）一般被认为是写诗人与毛德·冈的复杂关系的，诗人用了爱尔兰和埃及的神话来写毛德·冈。关于埃及的两句是："曾经盘桓在最后的不死鸟就死之处，/ 那隐蔽而荒凉的地方。"埃及神话中的不死鸟⑤。源自古代埃及人的太阳崇拜，因此也被称为

---

① 傅浩：《叶芝评传》，杭州：浙江文艺出版社，第 123 页。阿瑟·韦利（Arthur David Waley，1889—1966），近代英国著名汉学家，翻译过《论语》《孟子》等多部中国古典文献。

② 除上述诗作外，叶芝还在《桂冠诗人的楷模》（"A Model for the Laureate"）中提到中国："从中国到秘鲁的宝座上 / 坐过各种各样的皇帝。"（《叶芝诗集》[下]，第 775 页）总体来看，叶芝对中国的印象与当时大多数西方人相差无几。

③ 在地理位置上，准确地说，埃及属于北非，但是对爱尔兰和英国而言，其位置是比较偏于东方的。本书为了论述的方便，也将埃及归入东方。此外，叶芝受犹太教卡巴拉神秘主义影响很深，但一般将此种影响归入神秘主义一类，因此在本章中不拟论述。

④ 普罗提诺（Plotinus, c. 205—270），罗马帝国时期的希腊哲学家，新柏拉图主义的创始人，据说出生于埃及。例如叶芝在《布尔本山下》称普罗提诺为"那个古板的埃及人"（参见《叶芝诗集》[下]，第 796 页）。

⑤ 埃及的"不死鸟"在英文中为 phoenix，而有些英汉词典中将 phoenix 译为"凤凰"。需要指出的是，中国古代文化中的凤凰与埃及的"不死鸟"在形象、文化意涵上截然不同。此外，在古代亚述文化中也有不死鸟的描写，而印度文化中也有近似的神鸟概念。

太阳鸟，每活五百或六百年后，会在火中自焚，然后在灰烬中重生。"重生"即意味着希望，重生再重生，也就是轮回，叶芝希望的就是"爱的轮回"。毛德·冈多次拒绝叶芝的求婚，但直到与乔吉结婚，叶芝都冀图一丝希望。因此，他在诗中经常以不死鸟来指代和象征毛德·冈或者自己与毛德·冈的关系。

收在诗集《库勒的野天鹅》中的《人民》（"The People"）一诗，同样以不死鸟来指代毛德·冈，这首诗最初的题目就是《他的不死鸟》（"His Phoenix"）。在诗歌开头，诗人抱怨自己服务最多，而受毁谤也最多，一生的名誉都丧失殆尽。诗人说自己本来可以利用自己的技艺（文学才能）来选择自己的伙伴，选择那些风景中最赏心悦目的东西。在此时，"我的不死鸟以责备的口吻回答"说自己赶走了醉鬼、不诚实的群众，即使那些她服务过和养育过的人回过头来攻击她，她都不会埋怨人们。诗人最后承认对方"不是在思想而是在行动中活着"，而且为自己的不行动感到羞愧。如上所述，叶芝不赞成激烈的革命行为，赞成用文艺（思想）来复兴民族，而毛德·冈赞赏的是以激进的革命甚至是暴力方式来实现爱尔兰的独立。排在《人民》之后的诗题目就是《他的不死鸟》，这首诗同样将毛德·冈比作不死鸟。诗歌分为四段，每一段的最后一行重复一句话："我年轻时认识一只不死鸟，那就让他们走运。"诗人在每一段写不同的世俗的美，例如中国王后、公爵夫人，欧美各国的芭蕾舞和戏剧演员，庞德的女友们，都被诗人认为是"野蛮的人群"，他们无法"与我的美人相比"。每一段结尾的重复诗行，更是强化了这种印象。但诗人在结尾也不得不承认，即使多年后"那最孤寂的尤物"仍在，但天意难违，自己仍然不能得到美人芳心。

除不死鸟外，叶芝在作品中还多次提到古埃及天文学家托勒密。①例如《内战期间的沉思》（"Meditations in Time of Civil War"）组诗的第四首《我的后裔》（"My Descendants"）中，诗人劝诫自己的后裔不

---

① 托勒密（Ptolemy, c. AD 100—170），古埃及希腊裔天文学家、地理学家，对中世纪基督教教义有所影响。

要耽于"过多的嬉戏"，也不要与"蠢货"结婚，要注重精神和灵魂的修养。这样做才能使"那将我们塑造成形的原动天/ 已使那真正的鸥䴙盘旋飞舞"①，意思是才能找到精神的自由。"原动天"就是托勒密天体学说中的一层。托勒密认为，天有十层，最外层即为原动天，是带动所有天体运转的关键。托勒密支持地心学说，认为地球为宇宙中心，外层的十层天围绕地球转动。叶芝一生中意"本原""原动"一类的概念，因为那些是造成身体、精神、社会、地球、宇宙、历史运转的原动力。故而，诗人在诗中以此谆谆告诫自己的后裔。在《一出剧里的两支歌》（"Two Songs from a Play"）中，叶芝谈到了类似"本原"的概念——"大年"。诗人所说的"一出剧"，指诗人 1931 年创作的戏剧《复活》（"The Resurrection"）。在诗歌中作者写道，神圣的狄俄尼索斯去世后，心被捧走，于是所有的缪斯女神"在泉边把'大年'歌颂/ 仿佛神的死亡只是一场游戏"。②对于"大年"，叶芝曾在《复活》的序言里做过解释：托勒密认为分点岁差每百年移动一度，在大约基督或恺撒时代，分点太阳回到了其在星座中的初始位置，结束并重新开始那三万六千年，或柏拉图所谓的"原人"的百年一度的三百六十次轮回再生。历史上，不同哲学家有不同的对"大年"的测量尺度，但是这个被称为"柏拉图年"的算法很快取代了其他尺度。显然，对于星体的转动和时间的推算，托勒密有一套分点岁差的体系，这与柏拉图的原人年度算法相近，而后来柏拉图的说法被普遍接受。叶芝在这里提到"大年"（无论是托勒密意义上的，还是柏拉图意义上的），只是为了使用轮回概念而已，因为诗人很快写道，另一个特洛伊必定兴起，也必定衰落。显然，叶芝对托勒密的学说相当熟悉，最主要的是托勒密学说中的"原动""轮回"等概念非常合叶芝的胃口，叶芝拿来其中的部分概念，为其所用，构建自己的轮回观和循环论。

　　此外，叶芝创作中期的一部重要诗作《再度降临》（"The Second

---

① 〔爱尔兰〕叶芝：《叶芝诗集》（中），石家庄：河北教育出版社，2003 年，第 486 页。
② 〔爱尔兰〕叶芝：《叶芝诗集》（中），石家庄：河北教育出版社，2003 年，第 510 页。

Coming"），也谈及了埃及的两个重要符号——狮身人面像和沙漠。该诗的第一段写在历史不断上升的螺旋中，万物崩散，中心不能够再维系，到处是一片狼藉。如上文所言，此诗主要表达叶芝的历史循环论，这里的"中心"指基督教文明。叶芝认为，公元前 2000 年的西方世界是希腊文明主导，公元后的 2000 年是基督教文明主导。基督教文明崩散之后，新的主导文明形成之前，叶芝利用基督教中耶稣"再度降临"的叙事，认为在再度降临之前会出现异象或启示：

> 确乎有某种启示近在眼前；
> 确乎"再度降临"近在眼前。
> "再度降临"！这几个字尚未出口，
> 蓦地一个巨大形象出自"世界灵魂"，
> 闯入我的眼界：在大漠的尘沙里，
> 一个狮身人面的形体，
> 目光似太阳茫然而冷酷，
> 正挪动着迟钝的腿股；它周围处处
> 旋舞着愤怒的沙漠野禽的阴影。①

"世界灵魂"（Spiritus Mundi）即柏拉图所谓的生命之源，在叶芝别的诗中也被称为"大记忆"（Great Memory）。② 从"世界灵魂"中流出的巨大形象出现的背景赫然就是埃及金字塔附近的沙漠，这"狮身人面"的巨大形象（Sphinx），目光茫然冷酷，因为巨大，所以挪动腿股不易，而周围还有愤怒的沙漠野禽在飞舞。研究者认为，这巨大的狮

---

① 〔爱尔兰〕叶芝：《叶芝诗集》（中），石家庄：河北教育出版社，2003 年，第 451 页。
② 转引自 Jeffares, A. Norman. *A New Commentary on the Poems of W. B. Yeats*. London: Macmillan and Co. Ltd, 1984, 204.

身人面形象是启示新文明的使者或导引（an agent of apocalypse）。① 集注版《叶芝诗集》、新版《叶芝诗歌评论集》等都指出诗中之所以出现这个幻象，是诗人一次参加秘术活动的经历。再者，《再度降临》主要以基督教叙述为背景，因此研究者大多把这巨大的形象与圣经启示文学中的启示独角兽（apocalyptic unicorn）相联系。而很少有研究解释为何幻象的背景出现在埃及金字塔附近的沙漠，还有那些沙漠野禽有何象征意义。当然这也可能是叶芝偶然的联想，尤其是在那种神秘的仪式中。但是，在如此重要的一部诗作中，作者对意象等的选取肯定是慎之又慎，更何况叶芝经常修改之前的诗作。笔者认为，诗人之所以这样描写，首先是对埃及文化的符号相当熟悉（如上文中的不死鸟和托勒密）；其次，诗人既然想象有这么一个巨大的形体，势必要挪动，而似乎没有什么背景比埃及广漠的沙漠更适合巨大形象挪动了；再次，更重要的是，诗人在诗的最后说这巨大的形象会走向伯利恒投生，那么与古代中东圣地有一定距离、又联系紧密的地方，埃及就是其中一个（例如《圣经》中雅各之子约瑟的故事和《出埃及记》等叙事）。而沙漠中的野禽，无非是猎鹰或鹰隼之类，对巨人形象（去伯利恒投生，即象征文明的衰败）虎视眈眈，象征的是吞噬文明的力量。同时，"吞噬"的动作又预示着新生文明的诞生。因此，沙漠野禽也具有二元特征：既象征摧毁力量，又预示新生力量。②

除了上述三种较明显的埃及文化符号外，叶芝还在作品中提到其

---

① David A. Ross. *Critical Companion to William Butler Yeats*. New York: Facks on File, Inc., 2009, 221.

② 参见《〈再度降临〉：叶芝历史循环诗学再阐释》，《宁夏社会科学》，2014 年第 4 期，第 173 页。熟悉英语诗歌传统的读者也许很快会想起雪莱《西风颂》中"西风"的象征意义。研究者指出，叶芝《再度降临》中的巨大形象受雪莱另一首诗作《奥西曼德斯》（"Ozymandias"）的启发（参见 David A. Ross. *Critical Companion to William Butler Yeats*, New York: Facks on File, Inc., 2009, 221. ）。值得注意的是，除古埃及外，古希腊也有狮身人面兽的说法，例如著名的古希腊悲剧《俄狄浦斯王》中的斯芬克斯。叶芝在《麦克尔·罗巴蒂斯的双重幻视》（"The Double Vision of Michael Robartes"）中也提到过斯芬克斯，但因为前后所指模糊，所以不能确定此处的斯芬克斯是否与古埃及有关。而《再度降临》中的斯芬克斯则可以确定与古埃及有关。

他几个与埃及有关的事物。在《题埃德蒙·杜拉克作黑色人头马怪图》（"On a Picture of a Black Centaur by Edmund Dulac"）中，叶芝提到"古老的木乃伊小麦"，这种小麦据说是在埃及底比斯古墓的木乃伊中发现的，用其培育出的小麦，后来在英国也有种植。研究者认为，叶芝提到这种小麦"暗示隐秘的智慧在播种以后数百千年才能成熟"[1]。这古老的"木乃伊小麦"还出现在组诗《超自然的歌》（"Supernatural Songs"）的第十首《会合》（"Conjunctions"）中："假如朱庇特与萨图恩相逢，/ 木乃伊小麦会有何等收成！"[2]朱庇特（Jupiter）是西方星相学中的木星，萨图恩（Saturn）是土星，两者会合当是怎样一种情形？诗人晚年痴迷星相学等神秘哲学，因此想象也更为天马行空。此外，叶芝在《天青石雕》中写到的"骑马人"，根据上下文推测，可能暗指埃及人。在《布尔本山下》提到的"那些圣贤"，则暗指古埃及救世主的传道使徒。[3]

　　相对中国文化而言，叶芝似乎更熟悉埃及文化。当然这与西方自古与埃及联系密切有关（例如《圣经》中的叙述，古希腊罗马时期的文化等）。具体到叶芝的作品，我们认为，与对待其他思想文化一样，叶芝仍是采取一种"拿来主义"的态度。埃及的不死鸟常被用来指代诗人对毛德·冈的爱情，然而，斯人已逝，诗歌长存，那不朽的诗艺和永恒的诗意才是叶芝的"不死鸟"。

---

①〔爱尔兰〕叶芝：《叶芝诗集》（中），石家庄：河北教育出版社，2003年，第517页注释2。
②〔爱尔兰〕叶芝：《叶芝诗集》（下），石家庄：河北教育出版社，2003年，第704页。
③〔爱尔兰〕叶芝：《叶芝诗集》（下），石家庄：河北教育出版社，2003年，第793页。

第三章　叶芝诗学思想与凯尔特文化

> 在她自己的人民治理这悲惨的爱尔兰的年月，
> 曾有一根翠绿的树枝悬挂着许多风铃；
> 从它那喃喃低语的绿荫里，仙女的幽静，
> 巫者的仁慈，向一切聆听者降落。
> ——《一部爱尔兰小说家作品选集献词》①

　　谈论叶芝诗学思想与凯尔特文化，表面看起来似乎没有必要。爱尔兰文化不就是凯尔特文化的分支吗？现代爱尔兰人不就是凯尔特人的后裔吗？实则不然。综观叶芝生平与作品，叶芝对爱尔兰民间故事、传说和古代凯尔特神话的运用可谓"出神入化"。叶芝的成名作《乌辛漫游记》，其主要内容就是古代凯尔特英雄乌辛与基督教圣徒圣帕特里克的对话。1888 年叶芝编辑的《爱尔兰民间神话与传说》在伦敦出版，显然是受到革命志士欧里尔瑞的影响，也是叶芝自觉接触、整理爱尔兰民间文学的开始。叶芝的第一部诗集《十字路口》中有一半的诗作与爱尔兰民间传说或歌谣有关。第二部诗集《玫瑰》中的大部分作品与爱尔兰民间故事、凯尔特传说有关。第三部诗集《苇间风》延续了前两部诗集的风格，其中接近一半的作品还是与爱尔兰民间故事有关。在之后的诗集中，叶芝虽然没有像在早期的三部诗集中那样密集地使用爱尔兰题材，但仍然时常以其为写作素材。在中后期的诗作中，随着哲学意味似日趋浓厚，叶芝已经不仅仅限于写作爱尔兰题材，而是

---

①〔爱尔兰〕叶芝：《叶芝精选集》，傅浩编选，北京：北京燕山出版社，2008 年，第 30 页。

将凯尔特文化的特质融入自己的诗学思想中。叶芝出版的小说集《隐秘的玫瑰》、散文集《玛瑙的切割》《凯尔特的曙光》（"The Celtic Twilight"）等几乎全都与爱尔兰民间故事、传说有关。而在叶芝的 28 部戏剧中，接近三分之二的题材与爱尔兰有关，其中重要的题材有凯瑟琳女伯爵的故事和古代凯尔特英雄库胡林的故事等。

就叶芝诗学思想而言，其受凯尔特文化的影响也不小。叶芝晚年的时候，将接触到的各种思想、文化、观念融为一体，构建出自己独特的思想体系。这种思想体系的集中代表是 1925 年发表的《幻象》，其核心观念带有强烈的神秘主义色彩。在哲学方面，叶芝最为独特的观点就是历史循环论。历史循环论不仅融汇了印度教与佛教思想中的轮回观、卡巴拉神秘主义的对立观、新柏拉图主义的太一流溢说，还包含了凯尔特文化中的"灵魂转世说"（metamorphosis or transfiguration）。而叶芝历史循环论中的重要概念"螺旋"（gyre）也与凯尔特文化有关。

凯尔特文化对于叶芝如此重要，但似乎是由于叶芝的爱尔兰身份，论者视凯尔特文化对叶芝的影响为理所当然，而少加研究。换言之，叶芝作品中的凯尔特文化如此普通，以至于没有必要对其单独进行探讨。实则不然。首先，厘清叶芝思想中的凯尔特渊源，可以使我们更清晰地理解叶芝作品及其诗学表达。其次，通过叶芝的个例，可以为凯尔特文化研究贡献些许力量。这是因为，近代以来，谈到西方文化的源头，莫不以"两希文化"（希腊文化［Greco-Roman Culture］、希伯来文化［Hebrew Culture］）为尊，而往往忽视了以萨伽为代表的古代北欧文化与以德鲁伊（Druid，也译祭司）为代表的凯尔特文化。近年来，随着《哈利·波特》系列小说、《指环王》系列小说的走红及相关影视节目的火热，凯尔特文化在西方似乎出现了"回潮"的迹象。但实际上，凯尔特文化一直影响着西方文化的进程，例如中世纪文学中重要的一支——骑士文学大多受亚瑟王传奇的影响，而亚瑟王及其圆桌骑士就是古代凯尔特的一支。著名学者冯象在《玻璃岛——亚瑟与我三千年》中写道，西方神话里，突破基督教会的防范或者是通过教士整理，流传至今并产生广泛影响的有三支：古希腊-罗马神话、北欧-日耳曼神话和凯尔特神话。其中第一支和第二支的译介已经卓有成果，"唯有凯尔特神话学者极少论说"①。这也许是因为语言难懂驳杂，材料稀少；也可能与凯尔特神话在历史上本来就不如古希腊罗马神话和北欧神话那般被较好地保存有关；还有，就是与凯尔特人群、地域的逐渐"边缘化"有关。

　　凯尔特人（Celts）是欧洲最早的民族之一，最初居住在莱茵河、罗纳河、多瑙河的源头及沿河地带。②大约在公元前 1000 年左右，他们开始在欧洲各地迁徙，到了公元 3 世纪时，凯尔特人已经遍及欧洲大部，东至小亚细亚土耳其平原一带，西到不列颠岛和爱尔兰。公元前 1 世纪，罗马帝国崛起，日耳曼部落也从北欧逐渐南下，凯尔特部落逐渐衰落。他们要么被驱逐，要么被消灭，要么被同化。时至今日，凯尔特人的后裔只在 6 个较小的区域生活，即爱尔兰、曼恩岛、苏格兰、威尔士、康沃尔和法国西北的布列塔尼地区。古代凯尔特部落是战争民族，而且凯尔特人坚持"口口相传"的口头传统，因此在古代很少有文字记载流传于后世。最早关于凯尔特人事迹与风俗的记载是古希腊历史学家的记载，"希腊人称这些金发碧眼、肤色白皙、慷慨性急而多才多艺的'蛮族'为 Keltoi，于是有了'凯尔特'这个名字"。③ 在希罗多德的《历史》一书中，也有两处关于凯尔特人的记载，但都非常简短。而关于凯尔特人的文化特性，从古希腊历史学家的叙述到近代史家（如汤因比）的观点，"可以说两千五百年来大致没有改变，那就是欧洲的野蛮人"④。历代欧洲史家只看到了凯尔特

---

　　① 冯象：《玻璃岛——亚瑟与我三千年》，北京：生活·读书·新知三联书店，2013 年，前言第 3 页。

　　② 这几条河流的名字就是来源于凯尔特文化。

　　③ 冯象：《玻璃岛——亚瑟与我三千年》，北京：生活·读书·新知三联书店，2013 年，前言第 1 页。

　　④〔爱尔兰〕托马斯·威廉·黑曾·罗尔斯顿：《凯尔特神话传说》，西安外国语大学神话学翻译小组译，西安：陕西师范大学出版总社有限公司，2013 年，第 301 页。

人"慷慨性急"的一面，却有意无意忽视了凯尔特人"多才多艺"的一面。凯尔特人不仅在工艺、音乐、服饰方面等有出色的才华，还有自己独特的神话系统和象征体系。近代以来，其文坛名家辈出，如彭斯、司各特、叶芝、辛格、乔伊斯、贝克特等，如果再加上斯威夫特、萧伯纳、王尔德等，那就更是蔚为大观了。19 世纪末至 20 世纪初，为了实现爱尔兰民族独立，一些作家文人从古代凯尔特神话传说中汲取养分，发动了史无前例的"爱尔兰文艺复兴"，为古老的凯尔特文化赋予了时代的新内容，令其重发焕彩。这其中的代表人物就是叶芝。

叶芝本人不识爱尔兰语，但并不影响他接触和认识凯尔特文化的精髓。从早期写作乌辛故事到晚年建构思想体系，凯尔特文化贯穿叶芝一生的创作。对于凯尔特神话、历史和传说，叶芝显然是有所取舍的，这与他对待其他思想文化的态度相似。在这些神话和历史中，叶芝最为看重的是库胡林故事，不仅多次以之为诗歌题材，更为其创作了一系列的戏剧故事。

第一节　库胡林系列作品中的凯尔特文化

在探究叶芝作品中的库胡林形象之前，有必要简要叙述一下叶芝对于亚瑟王故事的态度。

在凯尔特神话系统中，亚瑟王故事是最为著名的。但是叶芝在自己的写作中，很少提及这位英勇抗击日耳曼部落的凯尔特英雄。《月下》（"Under the Moon"）是叶芝唯一一首较多提及与亚瑟王故事有关事物的诗篇。诗人开篇便写："梦想到布莱西林德，或那碧草如茵的山谷/ 阿瓦垄，或有人看见朗斯洛在那里发疯/ 和暂时藏身的欢乐岛。"①布莱西林德（Brycelinde）是布列塔尼（Brittany）地区的一片森林，传说亚瑟王的军师梅林（Meilin）在此被女魔法师维维安（Viviane）迷惑囚困。② 阿瓦垄（Avalon）是传说中亚瑟王去世后被仙女接走的地方，是"另一个世界"般的仙境所在。③而快乐岛（Joyous Isle）是国王佩雷斯（King Pelles）赠给女儿爱莲娜（Elayne）与圆桌骑士兰斯洛（Lancelot）居住的地方。兰斯洛一度发疯，后来在快乐岛被爱莲娜的好友布兰森夫人（Dame Bryson）治愈。根据亚瑟王故事，爱莲娜虽然与兰斯洛相爱，但后来兰斯洛爱上了王后桂内维尔（Guinevere）。亚瑟王死后，兰斯洛去追求桂内维尔，发现她已经戴上了面纱（象征与尘世隔绝），于是他便去修道院当了教士，并守卫亚瑟王墓，死后被运回欢乐岛。显然，无论是梅林还是兰斯洛，都是被爱情拒绝的人。而叶芝引用这些典故，以及之后的安格斯、布兰雯、考德等传说，都是为了表现自己被毛德·冈拒绝的痛苦。诗人写道，读了这些故事后，"我并不快乐"，这些故事里的女人们的美被"包裹在沮丧中"，这些古老的故事是一种不堪承当的重负。所以有研究者认为，叶芝的作品只不过是以高度艺术化的形式，用生动的意象详细记录了诗人的一生经历和对经历的感知而已。④ 从《月下》这首诗来看，恐怕正是如此。此外，叶芝还在《将近破晓》（"Towards Break of Day"）中提到过亚瑟王和神奇牡鹿。⑤

　　除上述两首诗外，叶芝只在散文中偶尔提及亚瑟王故事。叶芝的这种态度显然与当时的时代背景和他本人的经历有关。自 12 世纪开始，爱尔兰就断断续续处在英国的统治之下。尤其是英国资产阶级革

---

① 〔爱尔兰〕叶芝：《叶芝诗集》（上），石家庄：河北教育出版社，2003 年，第 188 页。

② 梅林和维维安的故事，可参见《玻璃岛——亚瑟与我三千年》中"墨林与宁薇"一章。

③ 关于阿瓦垄以及凯尔特神话中的"另外的世界"，可参见《人类文明的彼岸世界》第三章第二节。

④ 〔英〕弗兰克·斯塔普：《叶芝：谁能看透》（中英双语），傅广军、马欢译，大连：大连理工大学出版社，2013 年，第 101 页。

⑤ 〔爱尔兰〕叶芝：《叶芝诗集》（中），石家庄：河北教育出版社，2003 年，第 445 页。

命和后来的复辟时期，爱尔兰是站在倾向天主教的几个国王一边的，因此遭到了不少镇压，最残酷的一次是克伦威尔带领军队登陆爱尔兰，一路烧杀劫掠。1800 年爱尔兰和英国签订《合并法案》(Acts of Union 1800)，次年爱尔兰正式被英国吞并。在这样的历史背景中，爱尔兰人民进行了不屈的反抗，1798 年爱德华·费兹杰拉德率领的起义就是典型的例子。从 1845 年开始，由于作为主食的作物土豆遭受病菌侵袭，大面积歉收，造成了将近五年的饥馑，史称"爱尔兰大饥荒"(The Great Famine)。大饥荒导致爱尔兰人口锐减，民众的反英情绪高涨。"武"的方面有爱尔兰共和兄弟会、芬尼亚运动、爱尔兰共和军等的武装行动，"文"的方面有叶芝等发起的爱尔兰文艺复兴运动。叶芝等人呼吁从爱尔兰古代历史文化传统和民间文化中找到民族文化复兴的力量，从而推动民族独立和复兴。在这样的背景下，亚瑟王故事题材显然是不宜被挖掘和使用的。首先，虽然亚瑟王故事属于凯尔特文化，但早已成为英国文化的一部分。作为凯尔特人首领，亚瑟王虽然曾经激烈反抗后来英国人的祖先盎格鲁-撒克逊人（Anglo-Saxons），但随着时间的推移、文化的融合，亚瑟王早已成为英国人的英雄，是只要英国人有难就会现身救助的传说人物。其次，作为凯尔特文化的重要分支，亚瑟王故事在欧洲流传甚广，影响深远，而其他的凯尔特神话就不太为人所知，因此有必要借助复兴这些不为人所知的神话和传说，来展现爱尔兰文化的重要。

　　另外，叶芝对亚瑟王故事的有意忽视，也与作家自己的经历有关。如上文所述，虽然祖先来自英格兰，但叶芝家族早已被视为爱尔兰人。叶芝上小学、中学都有过被欺负的经历，且多次因爱尔兰身份被同学辱骂。这样的经历势必使叶芝更为珍视自己的爱尔兰身份，而视英国及其文化为侵略者、掠夺者、殖民者。叶芝在早期的成名作《乌辛漫游记》中就借圣帕特里克的形象讽刺过英国。自然在选择凯尔特题材时，叶芝就不会考虑亚瑟王故事。因此，叶芝选择古代爱尔兰神话传说为题材。在选择这一题材时，叶芝受到了格雷戈里夫人，尤其是她编辑翻译的《莫斯莫纳的库胡林》(*Cuculain of Muithemne*)一书的影响。叶芝曾在信件中说，听庞德谈诗好比格雷戈里夫人把英语句子改写成爱尔兰方言那样清晰容易，从中可见格雷戈里夫人对爱尔兰民间故事的熟悉程度。叶芝不仅与格雷戈里夫人合作整理过爱尔兰民间文学，格雷戈里夫人家的库勒庄园更是叶芝长期居住、思考的地方，也是叶芝心目中贵族文化的象征。显然，格雷戈里夫人影响了叶芝写作题材的选择，其中，库胡林故事最为叶芝所喜爱。

一、叶芝诗作中的库胡林故事

在《致时光十字架上的玫瑰》("To the Rose upon the Rood of Time")中，叶芝最早在诗作中提到库胡林。诗人呼吁读者，来到近前，听他歌唱那些古代的故事，其中就有"奋勇与凶险的大海浪潮搏斗的库胡林"。诗人曾自己对这首诗做注，指出玫瑰是爱尔兰诗人喜欢使用的象征，但自己是在盖尔语文学的象征中使用"玫瑰"这一意象的。[①] 那么，库胡林显然是作为爱尔兰古代故事人物之一，被叶芝选为写作题材，诗人尚未赋予其特殊的哲学意味。排在此诗之后的是《库胡林与大海之战》("Cuchulain's Fight with the Sea")。全诗以库胡林故事为题材，以库胡林无意中杀子而发疯的故事为线索。诗歌开头，一个男子在落日下缓缓走到正在染衣物的艾玛[②]面前，说自己是"猪倌"，曾被吩咐去守望森林与海潮之间的道路，如今无须再守了。艾玛把织物扔在地上，高举染红的双臂，突然大喊。在对话中，库胡林说自己有了年轻情人（指伊思娜·英古巴）。听见这件事，艾玛猛挥拳头，然后来到儿子（即库胡林与艾芙的儿子康纳赫 [Conlaech]）放牛的地方，

---

① 〔爱尔兰〕叶芝：《叶芝诗集》(上)，石家庄：河北教育出版社，2003 年，第 53 页。

② 叶芝此处的记忆有误，这个故事里出现的应该是艾芙(Aoife)，而不是艾玛（见前一章论《艾玛的唯一嫉妒》一节），因为与库胡林生子、其子被误杀的是艾芙。参见《叶芝诗集》(上)第 59 页注释 2；A. Norman Jeffares, *A New Commentary on the Poems of W. B. Yeats*. London: Macmillan and Co. Ltd, 1984, 26.

用激烈的语言激怒儿子去跟她的负心人决斗，但并没有告知对方的名
字（库胡林从出生之后就受到一个誓言的约束：在用剑尖抵住喉咙索
命时才说出自己的名字）。康纳赫来到森林的边缘，在燃烧的篝火边找
到了那个"红枝英雄"的首领。①这时的库胡林虽然看似英勇，荣光
无限，心中却隐含悲伤的预兆：

> 那些欢宴的人们中间正好有库胡林，
> 身旁紧紧跪坐着他的年轻的心上人，
> 她凝视着他双眼中悲伤的诧异神情，
> 就好像春天女神凝视古老的天穹，
> 沉思着他的鼎盛之年的光荣。②

片刻之后，康纳赫和库胡林就交战起来，库胡林劝年轻人回去，并说
对方的面貌有点像自己以前爱过的一个女人。战斗继续进行，在激烈
的战斗中，"老剑锋攻破了新剑锋的防守"，刺穿了年轻人。在咽气之
前，康纳赫说出自己是库胡林之子。库胡林想要挽回，已经不可能，
只能眼睁睁看着约束自己的誓言实现。在诗的结尾，足智多谋的国王
康纳哈无法安慰悲痛中的库胡林，连伊思娜也不能安慰他。康纳哈只
好招来十一位巫师，希望能把魔法的幻觉念诵到他耳朵里。果然巫师
们施行秘术、念咒语三日之后，库胡林发疯了，他把大海奔腾的波浪
看作战马，听见波浪声以为是战车的隆隆声，于是便"向那不可损伤
的浪潮开战"。叶芝这一时期的作品均与毛德·冈有关，这一首诗也可

---

① 如前文所述，凯尔特神话大致可以分为两大系统，一是以亚瑟王故事为核心的不列颠神
话系统，一是古代爱尔兰神话系统。古代爱尔兰神话系统又可以分为三大子系统，分别是达努
神族与深海巨人族的斗争（Tuatha De Dnann vs. Fomorii）、以库胡林等英雄为主的阿尔斯特传说
（Cuchulain and other Ulster heroes）、芬恩与费奥纳英雄们的传奇故事（Fionn mac Cumhaill and
Fianna）。阿尔斯特传说又被称为"红枝英雄故事"。

② 〔爱尔兰〕叶芝：《叶芝诗集》（上），石家庄：河北教育出版社，2003 年，第 62 页。个
别字词有所变动。

看作诗人与冈的复杂爱情关系。值得注意的是，在该诗末尾，引入了对巫师仪式咒语的描写，以及仪式和咒语对库胡林的影响。这其中可以隐隐约约看出叶芝后来提出的"反自我"（anti-self）概念的滥觞。叶芝的"反自我"好比面具，是与人自身"自然状态"（natural state）相对的一种存在。如果说叶芝本人被"分析思维"所困或者陷入梦想的"寒雪"，那么库胡林恰好就是那个对立面——身心合一的存在，不受自我意识约束，只受"纯粹自然力的影响"。①

在《隐秘的玫瑰》中，叶芝再次写到库胡林的爱情故事。这一次写的是库胡林与女神芳德。叶芝在自注中解释说，自己无意识地改动了红枝英雄之王康纳哈之死的情节，为配合这一情节，诗人插入了库胡林和芳德的描写：

> 在那从无风吹的灰色海岸边
> 遇见芳德漫步在闪耀的露珠中间，
> 为了一吻而失去了人世和艾玛的汉子。②

库胡林曾到众神之国，在那里与芳德相爱一个月，并约定在某地相会。回到人间后，库胡林的凡间妻子艾玛重又得到他的爱，这时芳德的丈夫海神曼南南（Manannan Mac Lir）也来到人间，要求芳德在自己与库胡林之间做出选择，芳德选择了丈夫。③叶芝对这个故事的结尾做了增补，说当库胡林看见芳德时，对她的爱情又复苏了，于是他疯狂了，"不吃不喝，流浪在群山之间，直到最终被一个巫师的遗忘之饮治愈"④。显然，诗人此处写库胡林是为了强调俗世生活的美好，如果

---

① David A. Ross. *Critical Companion to William Butler Yeats.* New York: Facks on File, Inc., 2009, 453.

②〔爱尔兰〕叶芝：《叶芝诗集》（上），石家庄：河北教育出版社，2003年，第166页。

③ Peter Berresford Ellis, *Dictionary of Celtic Mythology*. Oxford: Oxford University Press, 1994, 95.

④〔爱尔兰〕叶芝：《叶芝诗集》（上），石家庄：河北教育出版社，2003年，第155页注1。

说"无风吹的灰色海岸"象征毛德·冈从事的危险斗争，那么显然叶芝希望她不要成为库胡林，失去俗世的幸福。与《库胡林与大海之战》一样，这首诗也写库胡林发疯，发疯后的库胡林和之前的库胡林可以视为自我和反自我的表征。而且，库胡林的发疯也是与爱情有关。

叶芝中期很少以库胡林为题材入诗，反而是在一系列的戏剧中创造了丰富的库胡林形象。叶芝在中期创作中日趋成熟的哲学思想，在后期创作中更为明显，甚至可以说，叶芝后期的作品都是其哲学思想的注脚。其中，以库胡林故事为题材的诗作也是如此。在《〈大钟楼之王〉中被砍掉的头颅选唱曲》（"Alternative Song for the Severed Head in 'The King of the Great Clock Tower'"）中，诗人回忆了自己年轻时创造过的一系列诗歌、戏剧和小说人物，其中就有库胡林：

> 是什么把他们带到那里远离家庭，
> 那彻夜与海浪搏斗的库胡林，
> 那大钟楼里的钟表说什么？①

钟表无疑象征时间，此时诗人已年老（此诗作于 1934 年），感慨时间的流逝，回忆过去，只能听见"一个缓慢低沉的音符和铁钟的鸣声"。"缓慢低沉的音符"象征艺术创作，诗人感叹自己从年轻到年老，还是创作了诸如库胡林、罕拉汉、凯瑟琳女伯爵等难忘的形象。叶芝认为人年老时会有一种"随时间而来的智慧"，当然这种智慧应该是"缓慢低沉的"。

在叶芝最后一部诗集《最后的诗》中，有三首以库胡林为题材的诗，即《得到安慰的库胡林》（"Cuchulain Comforted"）、《雕像》（"The Statues"）和《驯兽的逃逸》（"The Circus Animals' Desertion"）。《得到安慰的库胡林》是与戏剧《库胡林之死》有关的一首诗，或许诗人就

---

① 〔爱尔兰〕叶芝：《叶芝诗集》（下），石家庄：河北教育出版社，2003 年，第 683 页。

是受戏剧启发而作。诗的形式是三行连环体（terza rima），即三行为一段，第一行和第三行押尾韵，第二行与下一段的第一行、第三行押尾韵，如此连环往复。此诗叙述库胡林身披六处致命伤，来到幽灵国度，遭到其他幽灵指指点点。那些幽灵要么是被亲属屠杀，要么是被逐出家庭的懦弱者。他们说库胡林只要选中亚麻布，他们就能为其穿针引线制成尸衣，这样库胡林的生活才能过得更好。库胡林开始选布制衣，而那些幽灵则开始歌唱，只不过他们的嗓子变了，"而有了鸟儿的嗓子"。诗歌最后的这句话点出了主题：灵魂转世，那些在世的懦弱者在幽灵国度转世成为鸟儿。鸟儿歌唱象征艺术，诗人似乎在思考自己转世以后的艺术创作会如何。同样是谈艺术，在《雕像》一诗中，库胡林则被视为古代爱尔兰艺术的象征：

> 当皮尔斯把库胡林召唤到他身边之时，
> 什么阔步穿过了邮政总局？什么才智，
> 什么计算、数字、尺度，做出了响应？
> 我们，生于那古老的宗派里，却被抛掷
> 到这污浊的现代潮流之上，被其无定形、
> 多滋生的狂怒摧毁了的爱尔兰人，
> 登上我们固有的黑暗吧，以便我们可以
> 摸索一张用锤规测量的面孔的轮廓。①

皮尔斯是 1916 年复活节起义的主要领导人，② 他和自己的部分追随者崇拜古代英雄库胡林。叶芝曾在与友人的通信中说，政府在重建的

---

① 〔爱尔兰〕叶芝：《叶芝诗集》（下），石家庄：河北教育出版社，2003 年，第 822 页。
② 皮尔斯（Patrick Henry Pearse, 1879—1916），1916 年复活节起义的主要领袖，原来是教师，后转为律师，喜欢写作，演说极富煽动性。1916 年 4 月 24 日，一直暗中活动谋求独立的一些爱尔兰爱国志士，在都柏林发动起义，占领邮政总局，并以其作为起义总部，起义持续六天，被英军镇压，皮尔斯等十六位起义领袖被处决。

邮政总局里安置了一尊库胡林的雕像，是为了纪念皮尔斯等人对库胡林的崇拜。① 诗人憎恶现代艺术的污浊，对以库胡林为代表的古老宗派充满向往，那个古老宗派拥有"用锤规测量的面孔的轮廓"（古典）的文化，是诗人心目中的理想文化，而能够引导现代人进入到那个文化世界的人就是皮尔斯，或者说皮尔斯就是古典爱尔兰文化象征人物库胡林在现代的转世。上述引诗的第二行、第三行，与布莱克《老虎》诗中的问句极其相似。② 布莱克在那首诗中探讨艺术如何造就人生，而叶芝在这首诗中探讨艺术如何能够引领人生，由此可见布莱克对叶芝的影响。也有研究认为，叶芝想象中的库胡林雕像，其制作比例恰好是古希腊数学家、哲学家毕达哥拉斯的黄金定律。而如果爱尔兰人能够将古代传统复兴，一旦循环轮转（见历史循环论），爱尔兰人就会与古希腊文化并列。③

《驯兽的逃逸》与上述两首诗的主题大致相同：诗人在回忆中探讨转世和象征。在开篇，诗人写道，自己想要寻求一个诗作的主题，却徒劳无功。好几个星期以来诗人都在寻找这样的主题，但始终毫无进展，也许这是垂暮之人常有之事。接着，诗人逐一回忆年轻时创造的一系列形象——乌辛和仙女（《乌辛漫游记》等）、凯瑟琳女伯爵（《凯瑟琳女伯爵》等），还有库胡林：

> 还有，当傻子和瞎子窃取面包时，
> 库胡林却在与无羁的大海拼搏；
> 种种心灵的神秘，然而归根结底，
> 还是那梦幻本身使我着魔：

①〔爱尔兰〕叶芝：《叶芝诗集》（下），石家庄：河北教育出版社，2003 年，第 822 页注释 2。

② 布莱克《老虎》一诗几乎每一段都有"什么……"的问句，例如第一段："老虎！老虎！火一样辉煌，/燃烧在那深夜的丛莽。/是什么超凡的手和眼睛/塑造出你这可怖的匀称？"（飞白译，选自周家斑编著：《英国名诗详注》，北京：外语教学与研究出版社，2003 年，第 210 页）

③ S. B. Bushrui, Tim Prentki, *An International Companion to the Poetry of W. B. Yeats*. Gerrards Cross: Colin Smythe, 1989, 207.

> 人物性格被一种事业与世隔离
> 而专注于目前且把记忆掌握。
> 占据我全部爱情的是演员和舞台
> 而不是他们所象征的那些东西。①

如前文所述，在叶芝诗中，库胡林是"反自我"的象征，是那种不受理性、分析思维（丛杂人世）束缚的纯自然力量的象征，是叶芝心心向往的境界，或曰梦境（"梦幻本身使我着魔"）。叶芝向往的是库胡林那种因为一种事业而"与世隔离"的生活，而自己却被演员和舞台所代表的俗世生活所羁绊（指叶芝1902年至1910年间专心阿贝剧院管理），而不能去追求戏剧中象征的那些东西（梦想的精神世界）。

综上，叶芝在诗歌中创造的库胡林形象主要和库胡林与大海搏斗的情节有关。库胡林象征的"反自我"是诗人追求的理想人格，而与库胡林故事有关的转世观念是叶芝后期作品中的哲学思想之一。如果说叶芝诗歌中的库胡林形象或许还显得片段化，那么他的一系列戏剧中的库胡林形象就比较丰富了，也更富有诗学意味。

二、叶芝戏剧中的库胡林形象

叶芝创作过一系列以库胡林为主角的戏剧，按照创作和发表时间的先后，分别是：《在倍勒海滩》《绿盔》《鹰井之畔》《艾玛的唯一嫉妒》②和《库胡林之死》。③ 与作家的诗歌一样，在关于库胡林的一系列的戏剧中，叶芝逐渐完成了从仅仅利用其作为题材到形成成熟哲学思想的发展过程。

---

① 〔爱尔兰〕叶芝：《叶芝诗集》（下），石家庄：河北教育出版社，2003年，第849页。

② 叶芝后来重写了《艾玛的唯一嫉妒》，名为《与大海搏斗》（*Fighting the Waves*），因情节大致相近，因此本书不拟详细讨论。

③ 如果按照库胡林故事发展的前后，则应该是：《鹰井之畔》《绿盔》《在倍勒海滩》《艾玛的唯一嫉妒》和《库胡林之死》。本文拟按戏剧创作和发表的顺序来讨论，因为这样更能清晰地看出叶芝的创作历程和诗学思想发展的阶段。

　　《在倍勒海滩》的情节与《库胡林与大海之战》稍有不同。在诗歌中，将儿子送去决斗的是艾玛，而且是母亲用激烈的语言刺激儿子去决斗的。戏剧中，提到了儿子的母亲是艾芙，但艾芙并没有直接出现。在剧作开头，一个傻子和一个盲人躲在王宫议事厅旁边的房子里煮偷来的禽类。他们听到隔壁正在进行宣誓谈判：高王①康纳哈正要求库胡林宣誓效忠。盲人听到三只受伤的猎犬回到宫廷，王国的边境被一位红头发的年轻人攻破。盲人到过苏格兰，猜出这年轻人就是艾芙女王之子，也知道他是库胡林之子，但他无意泄露这个事实。在谈判中，库胡林发现红枝英雄们已经变得恋家、平静，而只有自己还是狂野不羁，而高王却以为库胡林声色俱厉是没有孩子之故。经过激烈谈判，库胡林同意向康纳哈宣誓效忠。这时年轻人出现，声言向库胡林挑战，但拒绝说出自己的名字。库胡林认出孩子的面貌有几分像艾芙，所以决定开战，但其他的部落首领认为这是耻辱，纷纷要求与年轻人决斗。库胡林不得已，说这个年轻人是要求与自己决斗，如果其他人要想挑战，就必须先与自己决斗。激动的库胡林一度还一把拽住康纳哈的衣襟，康纳哈以为库胡林中了巫术。库胡林进到盲人的房间，声称没有自己破不了的巫术，擦着手中剑上的鲜血，他问盲人年轻人是谁？盲人十分害怕，不敢说出。倒是傻子一语道出真相。得知真相的库胡林心中悲愤至极，突然想到康纳哈的诡计，想要找他算账，便冲出门外。盲人虽然看不见，但预见到库胡林并未找到康纳哈，而是发了疯，要与大海决斗，每个浪尖似乎都是康纳哈的王冠。

　　《在倍勒海滩》是叶芝 1903 年创作的戏剧，也是阿贝剧院开张后首演的三部戏剧之一（其他两部为格雷戈里夫人的《传播消息》和叶芝自己的《胡力汉之凯瑟琳》）。戏剧演出十分成功，结束时观众高呼想要知道作者的名字，叶芝也兴奋莫名，为此做了一个谢幕演讲，感谢观众的参与，也特意感谢促成剧院成立的霍尼曼小姐（Annie

---

　　① 高王（high king），是古代爱尔兰部落时期名义上的最高统治者，由各个独立的部落或王国选举。康纳哈就是古代爱尔兰北部阿尔斯特地区的高王。

Horniman)。除了演出的成功外，叶芝之所以兴奋，最重要的原因是《在倍勒海滩》印证了自己当时理想中的戏剧理念：从古老的凯尔特文化中寻找复兴的力量。叶芝认为，一个国家层面的剧院，其演出的剧目应该充分利用"历代累积而来的美，好比德国的瓦格纳和挪威的易卜生那样"①。因此，叶芝利用库胡林故事作为这样一个有标志意义的戏剧题材，就不难理解了。当然，叶芝选择库胡林故事为题材也与格雷戈里夫人有关，后者整理、翻译的《莫斯莫纳的库胡林》正好出版，叶芝还为其写了序言，从这一点也可看出叶芝对这一故事的熟悉。

　　虽然《在倍勒海滩》还体现不出叶芝成熟的诗学思想，但其中已经有了凯尔特文化的一些独特因素，最典型的就是"盲人"形象。与《库胡林与大海之战》不同，《在倍勒海滩》没有出现巫师，但显然盲人充当了这一角色。在凯尔特文化中，这一角色一般被称为德鲁伊，他们的身份一般都是诗人，但同时又是巫师和史家，地位相当高，据说要经过"十二年的严格训练，达到'七级智慧'，方能胜任"②。德鲁伊在英语中为"druid"，在威尔士语中为"derwydd"；这是按照发音翻译；按照意思翻译应该是"视者"（seer），意即能"看到"一切事物，例如最有名的视者梅林。在叶芝的这出戏剧中，盲人无疑是一位"视者"，虽然眼睛看不见，但他预见到事情的来龙去脉，而正因为自己知道悲剧不可避免，所以无法也不能告诉库胡林。也许正因为视者看透一切，而且知道这一切都自有安排，人力无法改变，这种知道悲剧却无法改变的心理负重或后果，也必须由视者承担。或许这也是叶芝在这出剧中将这一角色设置为盲人的缘故吧。

　　与《在倍勒海滩》相同，《绿盔》的题材来源也是格雷戈里夫人的

---

① David A. Ross. *Critical Companion to William Butler Yeats.* New York: Facks on File, Inc., 2009, 355.

② 冯象：《玻璃岛——亚瑟与我三千年》，北京：生活·读书·新知三联书店，2013 年，第 230 页。还有一种说法，认为得经过二十的训练。参见 Peter Berresford Ellis. *Dictionary of Celtic Mythology.* Oxford:Oxford University Press, 1994, 84.

《莫斯莫纳的库胡林》。不同的是，叶芝关于库胡林的其他几部戏剧都表现了主人公"悲剧式的喜悦"，而《绿盔》是唯一一部接近闹剧的作品，其副标题就是"一出英雄滑稽戏"（An Heroic Farce）。在剧作开头，里尔瑞（Laegaire）和科纳尔（Conall）站在靠海的大房子里，从后窗可以看见大海。里尔瑞说自己好像看到了猫头人，科纳尔说不可能。他们俩都希望身在苏格兰的库胡林马上回来，因为王后艾玛在宫廷里与所有妇女为敌。这时门口出现了一位身披绿色斗篷的人物，高声说为何大厅无人，酒杯空空，并嘲笑里尔瑞和科纳尔。后来他们俩才认出来人是库胡林。库胡林再次离开不久，又出现一位穿红色披风的粗壮男子，好像喝醉酒了，见到里尔瑞和科纳尔后要和他们打赌：互相砍头。男子让里尔瑞先砍，并嘲笑对方。受不了嘲笑，里尔瑞砍掉了男子的头，掉在地上的头还在笑，身子捡起地上的头，消失不见。一年后男子回来要求索回赌约，并在大厅地上放下一个绿色头盔，说是献给最勇敢的人。在争执中，库胡林再次现身。此时宫廷又出闹剧。那些所谓"勇士"的妻子们叽叽嚷嚷、吵闹不休，库胡林不胜其烦，说干脆把大厅的墙打通，让她们进来吵。在吵闹和争执中，库胡林勇敢地接受了砍头的赌约。艾玛恳求由自己代替库胡林。关键时刻，红衣男子显示身份，称自己为这片土地的国教牧师（rector），并将绿盔戴上库胡林的头顶，为其加冕，声称自己世世代代在寻找一位"就算被所有人背叛也不改其快乐心情之人"[①]，如今终于找到了。

　　这出戏剧有两个值得注意之处：一是上文指出的这是叶芝为数不多的喜剧或闹剧，二是叶芝选用的这个砍头故事是亚瑟王系列故事中《高文爵士与绿衣骑士》（Sir Gawain and the Green Knight）的源头。

　　叶芝之所以写这部喜剧题材的作品，与他当时的处境密切相关。1902 年之后，阿贝剧院的管理者主要是叶芝（发起者则有格雷戈里夫人、马丁、拉塞尔和叶芝），而剧院之所以能成立，主要得益于霍尼曼

---

① David R. Clark, Rosalind E. Clark ed. *The Collected Works of W. B. Yeats: Volume II The Plays*. New York: Scribner, 2001, 255.

小姐的投资，自然霍尼曼小姐对剧院就有所要求，甚至直接干涉剧院事务。叶芝与马丁的戏剧观念日趋不同，直至两人分道扬镳。拉塞尔则首鼠两端，在艺术观念上是两面派，并不全然支持叶芝。此外，早期主演库胡林的演员费伊（Fay）也与叶芝日益疏远。[①] 再加上当时民众和新闻报纸强烈呼吁叶芝创作民族主义的作品，以及英国戏剧界对阿贝剧院的轻蔑，使当时的叶芝（1910 年）有种"众叛亲离"的感觉。为此，就有了《绿盔》中大家都不愿意接受赌约，只有库胡林来承担的情节。但叶芝显然不愿向世俗屈服，而是坚持自己的艺术观念，就像他在《一些日本贵族剧》中所写的那样，不愿媚俗"大众"，戏剧中成为笑柄的里尔瑞和科纳尔、大厅中吵吵嚷嚷的妇女，都是叶芝心目中的"大众"，自己以库胡林"悲剧式欢乐"的姿态对他们嘲笑一番，自是有趣。当然，最后红衣男子把象征权威的绿盔戴上库胡林头顶，其进一步的象征意味则表明叶芝把自己当作库胡林一般的人物——只有他能拯救阿贝剧院。

　　叶芝选取砍头故事作为《绿盔》的题材也值得注意。库胡林砍巨人头的传说在凯尔特神话中流传甚广，在不同地域有不同版本，虽然砍头的情节大致相似，其他细节就各自不同了。[②] 叶芝选取的故事来自格雷戈里夫人的翻译和整理，在创作中叶芝也做了自己对故事的加工和修改。在主要情节上，叶芝设置了两个所谓的"勇士"（实则懦弱，与库胡林形成强烈对比）和砍头的戏剧化转折；这些与传统的库胡林砍巨人头故事一致。不一样的是，叶芝设置了戴头盔加冕为王的重要剧情，以及众多女子和女王艾玛的细节。如上所述，这两个重要细节一个指向叶芝自己，一个讽刺当时阿贝剧院管理上的吵闹。但需要进

---

① David A. Ross. *Critical Companion to William Butler Yeats.* New York: Facks on File, Inc., 2009, 337.

② 比较《玻璃岛——亚瑟与我三千年》第 92 页的"库胡林砍巨人库罗头"故事；参见 *Dictionary of Celtic Mythology* 第 74 页"库罗"条目。

一步指出的是，库胡林砍头的故事是《高文爵士与绿衣骑士》[①]的重要原型之一。考虑到叶芝素来不喜亚瑟王故事，他选择这样的题材，是否可以说也是在向英国戏剧界表现一种自己的姿态呢？如果说英国文化以亚瑟王故事为自豪，那么作为亚瑟王故事源头的凯尔特文化（即后来的爱尔兰文化），是否更为重要呢？

《鹰井之畔》在创作时间上（1917）晚于《在倍勒海滩》与《绿盔》，但是在情节上却比后两者要早，主要讲述少年库胡林故事。《鹰井之畔》的剧情已在第二章中介绍过，此处不再赘述。在分析叶芝与凯尔特文化时，应着重强调叶芝在《鹰井之畔》中所用道具的象征意义和希望传达的诗学意蕴。《鹰井之畔》中最重要的两个场景或曰道具，是神鹰和圣井。在凯尔特文化中，鹰（eagle, hawk, falcon）属于捕食性动物，象征智慧、看透的能力、权威，因此经常被勇士们当作头盔上的饰物。在威尔士神话中（凯尔特神话的一支），鹰被视为三种最古老的动物之一。[②] 在凯尔特文化逐渐融入基督教文化的时期，鹰还被赋予了重生和新生的象征。[③] 在《鹰井之畔》中，那只鹰显然具备神性，它所守护的井水据说能使喝了的凡人长生不死，因此剧情开头就是库胡林寻找圣井的情节。当然，凯尔特神话的另一特点是相信灵魂转世，而转世后一般会转为某种动植物，例如很多勇士就希望转世为鹰，因为鹰可以让他们安然进入"另外的世界"。除此之外，神仙或有法力的"视者"可以因物赋形，《鹰井之畔》中的鹰就附身在一位少女身上。井中的水涌上时，少女会翩翩起舞，将观者催眠，观者是以无法获得圣水。剧中的老人反复劝说库胡林离去，而在听说库胡林和少女争执之后又埋怨库胡林没有认出神鹰，以致错过井水涌出的时机。从这一点看，

---

① 当然，库胡林故事与《高文爵士与绿衣骑士》在诸多细节上有所不同，如库胡林故事没有高文爵士用一年时间寻找绿色城堡、城堡女主人诱惑高文爵士、城堡主人与高文爵士互换礼物、绿色腰带（girdle）等细节。此外，库胡林故事纯粹是远古异教神话传说，《高文爵士与绿衣骑士》则充溢着非常浓厚的基督教色彩。

② Sabine Heinz, *Celtic Symbols.* New York/London: Sterling Publishing, 1999, 103.

③ Sabine Heinz, *Celtic Symbols.* New York/London: Sterling Publishing, 1999, 109.

老人无疑象征理性，而少女（或神鹰）象征抽象力量或思维，库胡林在两者之间徘徊，象征叶芝自己在"自我"和"反自我"之间的挣扎。圣井是《鹰井之畔》中另一个重要的意象。井之所以神圣，主要与水有关。在凯尔特文化中，由动物守护的井被赋予了特殊的神圣性。在古代凯尔特神话里，圣水象征繁殖、生命和智慧。喝了圣水不仅可以长生不死，还是通往"另外的世界"的一条途径，而在"另外的世界"里，转世的灵魂永葆青春。如果说少年库胡林就是叶芝，那么库胡林渴望喝到圣水的剧情则象征着叶芝希望永葆艺术创作的灵感源泉。

　　《艾玛的唯一嫉妒》（1919 年）在写作时间上与《鹰井之畔》接近，但是在思想上却与库胡林系列的最后一部戏剧《库胡林之死》比较接近。这一点也可从叶芝后来重写《艾玛的唯一嫉妒》（改为《与大海决战》）看出来。《艾玛的唯一嫉妒》的剧情已在前文中有所叙述，此处只就其象征意蕴和诗学思想进行探究。叶芝在《艾玛的唯一嫉妒》中想要探究的是灵魂问题。一般认为，女神芳德象征毛德·冈（剧中正是芳德在库胡林杀死儿子、与大海搏斗之后摄取了他的魂魄），艾玛象征叶芝的妻子乔吉（为了使库胡林复活，艾玛最终愿意放弃自己的誓言，也就为了库胡林，她愿意放弃自己的爱），伊思娜象征伊秀尔特（库胡林的年轻情人，对所有情节均不知悉，身不由己随着大家走），库胡林象征叶芝自己（这与叶芝的多数诗歌和戏剧基本一样）。对叶芝而言，生活似乎在这几位女性之间流转。如果说之前对毛德·冈的一厢情愿和被拒绝，使自己的家庭生活在接近五十岁时仍然毫无进展（叶芝在《灰岩》和《序诗》等诗作中曾写到愧对祖先等），那么与乔吉的婚姻则拯救了这一切。艾玛宁肯放弃自己的誓言，可见对库胡林之忠贞不渝，就好比现实中的乔吉，以婚姻稳定了叶芝，即使她知道叶芝心中或现实中还有其他的女人。

　　除戏剧中人物关系的象征外，神使布鲁克留的角色值得注意，而这一点往往被忽视。叶芝的创作一般被分为三个时期：早期、中期和后期。1919 年正是叶芝创作从中期转入后期的关键时期。概括而言，叶芝的中期作品多涉及爱情与政治，技巧上多使用象征；而后期作品则多哲学思考，或如前文所言，后期作品可视为其哲学思想的注脚。《艾玛的唯一嫉妒》中的布鲁克留可以看作是作家转折时期的一个重要意象。从象征的多重性角度看，库胡林的还魂复活不仅象征叶芝的爱情生活，也可以象征叶芝在思考如何使自己的创作艺术或灵感"复活"。如果说以前的创作灵感多来自少年时的幻梦、被拒绝了爱情的痛苦、政治和文化的思考，那么，此时的叶芝似乎更希望得到哲学上的灵感。其中，乔吉为迎合丈夫所好而做的"自动写作"就是一个例子（叶芝的神秘主义有其仪式上的"迷信"色彩，但其观念完全可以归属于哲学范畴）。在《艾玛的唯一嫉妒》中，布鲁克留就是哲学灵感的象征，因为只有他知道库胡林复活的关键条件。布鲁克留在戏剧中不是被作为纯粹的正面形象或负面形象来描写的，而是一个"惯于在人神之间制造不和"的神使。① 这与叶芝对于哲学的看法极其相似：哲学是危险的主题。使用不好，作家的作品将变成哲学词汇、概念的堆积，而如果使用得当，则可以藉之创造出一套自己的体系来。无论如何，正如布鲁克留成为《艾玛的唯一嫉妒》中的关键，哲学成为叶芝后期作品中的关键。

　　《库胡林之死》是叶芝库胡林系列戏剧的最后一部，也是叶芝生前的最后一部戏剧。戏剧情节相当简单：（戏剧开头，一位"看似从神话中来"的老人用了一段很长的发言，来痛斥当时社会的邪恶和堕落；老人还说自己要写一部戏剧，台词越少越好，舞蹈越多越好，这时舞台变暗，幕布开启）在库胡林和梅芙女王（Queen Maeve）② 开战前夕，伊思娜来找库胡林，说带来艾玛的口信，要他无论如何立刻拿起武器战斗。库胡林半信半疑，突然发现伊思娜手中拿着一封信，信中

---

① 傅浩：《叶芝评传》，杭州：浙江文艺出版社，1999 年，第 127 页。也可参见 *Dictionary of Celtic Mythology* 第 47 页的 Bricriu 条目。

② 梅芙女王一度与库胡林建立为爱人关系，但因为两人分属不同阵营，最后分别带领两军决战。库胡林死于决战中。

说要库胡林不着急决斗，等到第二天再战。伊思娜随即明白了原来自己被战争女神莫丽谷（Morrigu）附体，以致忘了本来的使命。在争执中，库胡林要仆人善加保护伊思娜。决战后库胡林身负六处致命创伤，艾芙来送别，两人回忆从前的相遇，库胡林简述了当时杀子的情形。这时一位盲人到来，说自己误闯梅芙女王营帐，被许诺以十二个银币带回库胡林首级。戏剧最后，艾玛在库胡林被砍下的头前，对着带给库胡林致命伤的六个形象愤怒舞蹈。戏剧在街道歌手对历史模式的质问中落幕。

　　这出戏剧中有几个地方显示出库胡林的柔情，例如让仆人善加保护伊思娜等，这可以视作晚年叶芝身体衰落的写照。此外，戏剧的个别情节突兀，以至有研究者认为戏剧中充满了"晦涩与混乱"，不是一部完整的作品。[①] 但从诗学角度考虑，这出戏剧是叶芝探讨诗学的一个集中反映。首先，这出戏剧集中体现了叶芝的轮回观。年老的库胡林依然充满勇气，决心当即与敌军大战，但其中的几个细节表现出他对年老的担忧和对年轻的向往。库胡林不仅要求仆人保护好伊思娜，而且决定倘若自己不幸战死沙场，就让伊思娜归于科纳尔·凯纳赫——他的年轻对手。正是在科纳尔身上，库胡林看到了年轻时或是转世后的自己。库胡林所受六处致命伤中，有一处来自梅芙女王的年轻爱人，联系到库胡林与梅芙之前的关系，这位年轻爱人也可以被视为轮回后的库胡林。而年轻、青春等往往是灵魂转世之前所居的"另外的世界"的突出特点。此外，这出戏剧中再次出现"盲人"这一角色。如前文所述，"盲人"是连接人神世界的关键。在本剧中，正是盲人来询问库胡林是否准备好，即是否准备好进入灵魂世界转世。而根据凯尔特神话，只有德鲁伊才能自由出入人世间与"另外的世界"。在《库胡林之死》中，战争女神莫丽谷实际上出现过两次，一次是附体在伊思娜身上，另一次是库胡林战死后，她在库胡林的头颅附近漫游，并逐一介

　　[①] 参见海伦·文德勒的观点，转引自 David A. Ross. *Critical Companion to William Butler Yeats*. New York: Facks on File, Inc., 2009, 323.

绍带给库胡林致命伤的人物。在凯尔特文化中，莫丽谷是战争、死亡和屠杀女神。她曾经引诱库胡林，被拒绝后还被库胡林所伤。她的出现意味着死亡，而肉体的消亡则意味着转世的开始。莫丽谷经常赋影幻形，所以她又名玛卡（Macha）、巴布（Badb）、尼美（Nemain）。传说库胡林战死之后，莫丽谷化身为乌鸦，站在库胡林肩膀上，看着一只海狸吮吸勇士的鲜血。[①] 正如库胡林隐约担忧身后之事，老年叶芝也在想象自己会进入怎样的"另外的世界"。

叶芝从 19 世纪 90 年代末开始创作库胡林故事的戏剧，中间偶有间断，到晚年又回到库胡林故事，其历程好比他终生笃信的轮回。从青年库胡林开始，到库胡林之死结束，又轮回为"另外的世界"的库胡林。综括叶芝作品中的库胡林形象，可以说其与凯尔特文化中"灵魂转世"和"另外的世界"两个观念息息相关。

三、灵魂转世和"另外的世界"

凯尔特文化中的"转世"，其英文是"metamorphosis"或"transmigration"，主要指灵魂的转世，因此一般会使用词组"transmigration/transformation of souls"来指代这一概念。与佛教中"轮回转世"（reincarnation）观念不同的是：轮回转世一般指生命肉体消亡后，灵魂在一个新的机体里开始新的生命（在中国民间习俗中演变为"投胎"，也就是"前世"和"今生"）[②]，重在灵魂于后世的延续；灵魂转世则并不看重灵魂的延续，而是关注其对转世机体（新生命、新形象）的作用。凯尔特人也思考人去世后的所在。他们相信人有灵魂，肉体消亡后灵魂会转世为各种生物。与其他文化不同的是，凯尔特文化中似乎没有如希腊神话中的冥府、基督教文化中的地狱那样阴森的所在，其更看重灵魂转世前进入的那个世界，那个世界与人世间相对，被称

---

① Peter Berresford Ellis. *Dictionary of Celtic Mythology.* Oxford: Oxford University Press, 1994, 163.

② 比如上文中提到的《摩希尼·查特基》一诗中写道："有可能前世是国王，今生是乞丐"。

为"另外的世界",而这个"另外的世界"不仅不阴森,反而是个愉悦的所在。

"另外的世界"的拉丁文拼写为"Mag Mell",意思是"愉悦之园",英语则是"the Other World"。一种说法认为,爱尔兰史前时期的仙家是这一世界的入口,而只有死亡和荣耀才能使人通过这些入口抵达那个世界。另一种更普遍的说法则认为,它是灵魂在转世之前暂时停留的一块乐园,具体地点则可能是爱尔兰西部众多岛屿中的某一个。由于凯尔特人不立文字,历代文化口口相传,因此缺乏关于"另外的世界"的早期记载。较为详细的记录之一,来自拜占庭帝国时期的著名历史学家普洛科皮乌斯(Procopius of Caesarea),他在《战争史》(War of Justinian)一书的第八章写道,与布列塔岛(Britta)隔海而对的海岸边,有许多渔夫和农人居住的村庄,村庄的居民轮流负责将死者的灵魂护送到最终安息之处。一般认为,"另外的世界"在海底,而且极有可能是离爱尔兰不远的某个海面之下。这一说法,还是与凯尔特神话有关。根据神话,最早统治爱尔兰的是费伯格人(Forbolg)和深海巨人族弗莫尔人(Fomoire),后来他们被达努神族打败。而达努神族内部矛盾重重,最终被米利都人(Milesians)打败。达努神族沉入海底,他们所居住的地方就是"愉悦之园"。从此之后,爱尔兰俗世世界由米利都人统治,而"另外的世界"则由达努神族统领。有一种说法认为,"另外的世界"与人世只有一步之遥,只有那些视者和吟游诗人可以在两地之间自由出入。还有一种说法认为,在人世间和"另外的世界"之间有一道看不见的隐形屏障,据说是由达努神族的统领玛南南(Manannan)筑就,一般凡人不可穿越,只有视者或由仙女引领的英雄才可以穿越。

在叶芝的库胡林系列作品中,尤其是其晚年的作品中,视者被塑造为非常重要的角色。《在倍勒的海滩》中,正是那位"盲人视者"预知了库胡林的悲剧;而在《库胡林之死》中,也是那位"盲人视者"问库胡林是否准备好进入"另外的世界"。叶芝虽然在传记中很少直接谈及自己对"另外的世界"的理解，但他的散文集和小说集中大量的神仙故事，间接展示了他对那个世界的熟悉。早在《乌辛漫游记》中，叶芝就写过凯尔特神话中的另一位英雄乌辛进入"另外的世界"的故事。在那篇叙事诗中，正是仙境之国（"另外的世界"的另一个称呼，此外还有"青春之国""永生之国"等称呼）的仙女尼阿芙（Niamh）将乌辛引进了那"另外的世界"。而乌辛得以进入，除了仙女引路之外，他的诗人身份也是重要的原因。

进入"另外的世界"后，灵魂就要转世，转世后的灵魂被赋予新的形象，这就是化形（transfiguration）。有研究认为，库胡林是叶芝心目中古代爱尔兰英雄的化形。[1] 而笔者认为，库胡林其实也是叶芝心目中自己的化形。

少年时期的叶芝对梦境或仙境是极为向往的。这与叶芝青少年生活的不稳定以及他本人的性格都有关系。《乌辛漫游记》就反映出诗人对仙境的向往，其实乌辛也可以被看作叶芝塑造库胡林形象的一个预设，他对仙境的追求无疑是叶芝对梦境追求的折射。在《库胡林与大海之战》中，库胡林虽然因为误杀儿子而发疯并与大海搏斗，但他的行为也可以理解为即使无法战胜也要奋力一搏的精神。库胡林是按照自己的勇气也就是"自然之力"在行动。用哲学观点来看，库胡林是按照感性来行动的，因此成为被理性"缠身"的叶芝向往的形象，从而也就有了上文分析中"自我"和"反自我"的说法。现实中的叶芝虽然向往"另外的世界"，但他不可能像乌辛和库胡林那样行动。生活的不稳定（叶芝自都柏林首府艺术学校毕业后，很长时间并没有固定的职业）、爱情的受挫、剧院管理事务的繁杂、艺术创作的现实和理想等，都是叶芝需要面对和考虑的。而到了写作《得到安慰的库胡林》时，爱尔兰早已成为自由邦，叶芝也获得了诺贝尔奖，可谓功成名就。他早已无须过多考虑世俗事务，思考更多的是另世或来世的自己。叶

---

① S. Gilbert, *The Poetry of William Butler Yeats*. New York: Monarch Press, 1965, 102.

芝曾在《他想起前世作为天上星宿之一的伟大》（"He thinks of his Past Greatness when a Part of the Constellations of Heaven"）中这样描写自己：

> 我曾经在青春之乡把仙酿畅饮，
> 如今却因洞知一切而涕泪涟涟：
> 在无法追忆的遥远年代，我曾经
> 是一棵榛树，他们在我的枝叶间
> 悬挂着导航者之星和弯曲的犁铧：
> 我变成了马蹄践踏的小草一株：
> 我变成了一个人，一个恨风者。①

如果说青年叶芝向往在"青春之乡"（即"另外的世界"）里把仙酿畅饮，那老年叶芝却因为"洞知一切"而伤心。榛树在凯尔特文化中是知识和生命的象征，能转世为榛树，表现出叶芝对自己生平能创作出许多优秀作品的自豪。而转世成任马蹄践踏的小草，则象征诗人漂泊不定的大半生。知识也罢，人生也罢，就像莎士比亚在第十八首十四行诗里写的那样："艺术使人不朽"，叶芝在艺术创作中完成了自己的转世，实现了轮回和化形。

第二节　叶芝诗学思想与"视者"传统

在前文中我们已经讨论了"视者"的基本概念。大体而言，视者在古代凯尔特人的生活中身兼多种角色。首先，视者需要主持本部落

---

① 〔爱尔兰〕叶芝：《叶芝诗集》（上），石家庄：河北教育出版社，2003年，第166页。

的宗教或信仰仪式，因此视者有时被翻译为"祭司"。同时，他们又是类似部落首领的"军师"的人物，例如亚瑟王的军师梅林。当然，他们还是部落事务的审判和决定者，尤其是涉及部落内部争执时。此外，他们也担任部落之间交往的使者。由于掌握丰富的知识，他们还是知识的传授者。有些语文学家认为，英语词"Druid"来源于"dru"和"vid"两个词根，意思是"完全的知识"；而有些语文学家则认为该词是由"draoi"和"id"合成，意思是"橡树知识"。① 不管怎样，音译为"德鲁伊"的这一类人，是知识的拥有者。而按照意义来翻译，"德鲁伊"也可以译为"视者"（seer），其"兼巫、史之职，地位极高"。② 所谓"视者"，也就是说他们能"看见"事物的前因后果。比如，在梅林的故事中，宁薇（即维维安）用计迷惑梅林，梅林被堵在一个山洞里。宁薇试图引诱梅林说出自己法力的秘密（因为在那个时代，梅林是法力最强的"视者"），她以为自己的计谋得逞，而实际上梅林早已化身而出。视者的另一个身份就是诗人。在古代凯尔特文化中，视者都严守不立文字的禁令，因此口头传诵就显得十分重要。凯尔特传统正是在视者的口口相传中流传至今。

　　看透古今、传诵艺术，这是视者的两大主要功能，也是叶芝心心向往的两个境界。纵观叶芝生平与创作，其早期多直接以视者题材写作，中期则转向所看见的"幻象"，后期则重在总结那些看到的"幻象"。

　　《佛格斯与祭司》（"Fergus and the Druid"）是叶芝最早一首写视者的诗作。这是一首对话作品：首先佛格斯说自己整日在山岩间追寻视者，视者却频频变化身形，先是一只几乎没有任何羽毛的渡鸦，然后是一只穿行在乱石间的黄鼬，如今变成人形，瘦削斑白。视者问"骄傲的红枝众王之王"有何心愿。佛格斯回忆起从前因为欣赏侄子康纳

---

① Peter Berresford Ellis. *Dictionary of Celtic Mythology*. Oxford:Oxford University Press, 1994, 84.

② 冯象：《玻璃岛——亚瑟与我三千年》，北京：生活·读书·新知三联书店，2013 年，第229 页。

哈的智慧，将王位传给他，"以抛却我的忧愁"。佛格斯感觉自己虽然
退位，但似乎王冠依然在头顶。他的心愿是不再为王，而愿意学习视
者那"梦幻的智慧"。视者说自己灰发稀疏，双手无力，女人不爱他，
男人不求他。佛格斯坚持说，当国王不过是做愚蠢的苦力，浪费自己
的血，成就别人的梦。视者说，那就拿一个装梦的小袋子，解开绳索，
梦幻就会围住佛格斯。佛格斯最后回答：

> 我眼看我的生命漂流像条河，
> 变化不辍；我曾是许多东西——
> 波浪中一滴碧沫，一柄剑上
> 寒光一抹，山丘上冷杉一棵，
> 一个推着沉重的石磨的老奴，
> 一位坐在黄金宝座上的国王——
> 所有这些都曾经美妙而伟大；
> 如今我身成无物，心知一切。①

在视者给佛格斯造出的梦中，佛格斯接近达成自己的心愿，像视者那
样，能洞知一切。碧沫、剑上的寒光、冷杉、老奴、国王，指的是佛
格斯灵魂的轮回转世。叶芝这首诗的主旨与其早期大多数诗作一样：
向往那种无忧无虑的梦境。佛格斯本名佛格斯·麦克·罗斯（Fergus
Mac Roth），在兄长法赫纳（Fachtna Fathach）去世之后，继位为王。
他爱上寡嫂奈丝（Nessa），欲娶其为后。奈丝用计，说假如佛格斯能
将王位让给自己的儿子康纳哈一年，便答应佛格斯。佛格斯欣然允诺。
一年后，康纳哈没有退位，且统治有方。佛格斯也愿意奉侄子为王，
后来奈丝背叛儿子，佛格斯因此自愿被放逐到康诺特（Connacht），在

---

① 〔爱尔兰〕叶芝：《叶芝诗集》（上），石家庄：河北教育出版社，2003年，第58页。

森林中隐修，"以静修和梦术等方法获取诗人和哲人的痛苦智慧"。[①]
叶芝对此诗做过自注，说是从塞缪尔·佛格森爵士（Sir Samuel
Ferguson）的书中选取题材，自己在写作时任想象自由驰骋。实际上，
佛格森那本书中关于佛格斯的故事，与一般流传的版本有所不同。而
叶芝所做的只不过是又一次的"拿来主义"，用古代神话故事来写自己
青少年的"忧愁"；至于神话故事到底准不准确，就并不那么重要了。

在《库胡林与大海之战》中，叶芝写到了视者的"巫师"功能，
他们能够把魔法的幻觉念诵到库胡林的耳朵里，以致库胡林发疯。这
看起来是一种"秘术"，但实际上与《佛格斯与祭司》中所写的"梦术"
差不多，是视者必须学会的一种技艺。

《谁跟佛格斯同去》（"Who goes with Fergus?"）是另一首写佛格斯
的诗。在这首诗中，佛格斯俨然已成为与视者差不多的角色，他已经
能够用梦术制造幻梦，他隐修的那片森林和平而又充满了诗意，在那
里没有忧愁和恐惧，同样是青年叶芝向往的地方：

> 现在谁愿跟佛格斯乘车同走，
> 穿透那幽深树林密织的网，
> 在平坦的海岸上跳舞？
> 小伙子，扬起你棕红的眉头，
> 抬起你柔和的眼皮，姑娘，
> 别再寻思希望和恐惧。[②]

自此之后，叶芝在诗作中极少提到视者，一直到他写作《吾乃尔主》
（"Ego Dominus Tuus"）。这时叶芝已经从早期的以视者题材入诗，转
为对视者"看见"功能的看重。

《吾乃尔主》这个题目来自但丁的诗集《新生》（*Vita Nuova*），但

---

① 〔爱尔兰〕叶芝：《叶芝诗集》（上），石家庄：河北教育出版社，2003年，第55页注释1。
② 〔爱尔兰〕叶芝：《叶芝诗集》（上），石家庄：河北教育出版社，2003年，第89页。

丁曾在其中描述过一个幻景，叶芝借幻景的名目来创作。此诗也是对话体诗，一方是"希克"（Hic，拉丁语，意为"此，这里"），另一方是"伊勒"（Ille，拉丁语，意为"彼，那里"）。在诗的开头，希克说伊勒年华已逝，却依然被"那不可征服的幻想"所迷惑。伊勒回答说，借助一个图像，自己就能召唤自己的"对立面"，就是那些自己接触最少、正视最少的东西。希克回答宁肯做自我。伊勒说没有那种"幻想"，艺术家只不过是评论者，很少具有创造性。希克回答说，基督教不是使但丁找到了自己吗？（指但丁的杰作《神曲》）伊勒则反驳说，但丁的灵感并不来自基督教，而是一个"男人所爱、备受赞美的女人"，也就是贝雅特丽齐。希克说，现实也能创造艺术；伊勒则反驳说，艺术只不过是艺术家看见的"现实的幻景"。希克以浪漫主义诗人济慈（John Keats）为例，说热爱人世，无须"幻景"，依然可以写出艺术杰作。伊勒则反驳说，谁了解济慈的心思，济慈写出的是"排斥在人间一切奢侈之外"的歌。希克最后说，伊勒通过"伏案辛劳和模仿大师"就可以形成艺术风格，何必去那"幻景"中寻找灵感？伊勒回答说，自己寻找的是一个图像，而那些书本中的最聪明的人只有盲目、呆滞的心，自己要召唤一位神秘人士：

> （他仍将）漫步在那溪边潮湿的沙滩上，
> 与我极其相像，确是我的副本；
> 却原来在所有可以想见的事物中
> 最与我不同，是我的反自性；
> 并且站在这些人物旁边揭示出
> 我所寻求的一切。①

显然，诗中的希克是客观的象征，伊勒是主观的象征。伊勒的主张也

---

① 〔爱尔兰〕叶芝：《叶芝诗集》（中），石家庄：河北教育出版社，2003年，第391页。

就是诗人的想法，伊勒在极力为自己辩护，也看得出叶芝对自己的主观想象（也就是"幻象"）的重视。

《麦克尔·罗巴蒂斯的双重幻视》（"The Double Vision of Michael Robartes"）是叶芝集中写"幻视""幻景"的诗作。在第一部分，诗人写，坐在卡舍尔的灰色岩石上，用"心灵之眼"招来了那些黎明前诞生的冰冷的精灵。与精灵相比，诗人感叹自己没有过"自己的意愿"。在第二部分，诗人看见一个长着女人胸脯和狮爪的斯芬克斯（象征古希腊文化）和一个佛陀（象征印度教和佛教），在中间是一个嬉戏的女子（或象征爱尔兰）。诗人写道：

> 虽然我是在心目中看见的这一切，
> 但直至我死去都不会有什么更真确；
> 我借月亮的光辉观看，
> 此刻正值它第十五个夜晚。①

以心视物，洞知一切，这就是视者。只不过叶芝此处更进了一步，将视者能看到的"幻景"与占星学上的月相观念相结合，希望形成一套自圆其说的系统。诗人写斯芬克斯自恃才智得意扬扬，而那佛陀却有凝固的眼神，是悲哀的仁爱者。而在这两者之间的那个舞者，像是一只"旋转的陀螺"②，使头脑沉静下来。诗人最后写自己愚昧了许久，才悟出道理，因此把"悲声编进一支歌曲"，在廓尔马克毁弃的宫殿里得到报酬。廓尔马克宫殿是古代爱尔兰东部王国历代君王的宫殿，叶芝在诗歌最后这样写，意谓希望通过融合古希腊文化和东方文化（佛陀）使爱尔兰得到复兴。

在《来自前世的一个影像》（"An Image from a Past Life"）中，叶

---

① 〔爱尔兰〕叶芝：《叶芝诗集》（中），石家庄：河北教育出版社，2003 年，第 431 页。
② 参看前文中关于历史循环论的说法。叶芝自小就对旋涡、陀螺等形状感兴趣，后来据之形成了螺旋对立式的历史循环观。

芝将灵魂转世与视者看穿古今相结合，不过写的还是诗人自己的生平，尤其是爱情经历。此诗也是对话体，诗人在对话中感叹自己青春的痛苦，把最好的日子抛洒，而不曾吸取教训。幻象中一个来自"前世的情人"在飘荡，那种幻象能呈现将眼睛逼疯的影像，或是"使我更添爱意的影像"。

《再度降临》和《拜占庭》是叶芝两首有名的诗作，这两首诗之所以被称誉，其中一个原因就是对幻象的精彩描写。

可以说，《再度降临》整首诗就是诗人看见的"幻象"。在第一段，诗人在幻象中看见猎鹰在不断扩大的盘旋中上升，已经听不见驯鹰人的呼声，这已经隐隐约约表明文明失控。诗人接着就写道："万物崩散，中心难再维系。"世界一片狼藉，血污泛滥，纯真的礼俗消失，优秀的人缺乏信念，卑劣之徒却狂嚣一时。根据写作背景，这段描写指战争的频发（例如第一次世界大战、俄国十月革命等），诗人担忧基督教文明崩散之后人类将走向何处。在这样的背景下，诗人看到一个类似于基督再度降临的幻象：一个出自"世界灵魂"的巨大形象，突然闯入诗人的眼界，那是在大漠中的狮身人面体，目光茫然冷酷，正挪动迟钝的腿股，周围到处是愤怒的沙漠野禽。诗人最后写，那巨大的形象懒洋洋走向伯利恒去投生。正如题目所显示的，诗人看见的这个幻象近似于基督重临，但诗人似乎又不太确定基督教文明崩散后的新一轮循环的文明是什么样。但可以肯定的是，诗人看到的那个巨大形象，显然象征着新一轮文明循环之前的破坏力量。当然，在基督教文化中，这指的就是"敌基督"（anti-Christ）。在《再度降临》中，诗人已经开始有意识地利用"看见的幻象"来表达自己的哲学观念。

与《再度降临》展现历史循环论不同的是，叶芝在《拜占庭》中用看见的幻象来表达灵魂轮回转世前的最后一次净化。在第一段中，诗人写道，白天种种不洁形象隐退，星光和月光照着一切。第二段写道，浮现在眼前的"幻影"，是那些精灵来召唤灵魂回归永恒。在第三段，诗人谈到艺术的不朽，相对于自然中的物体和人类来说，那些"奇迹、鸟或金制的玩意"，身上披着不朽金属的光华，蔑视那些平凡的飞鸟或花瓣，以及那些"淤泥或血液的聚合体"（人类）。第四段的幻象最为独特：

> 夜半，皇帝的甬道上飘闪
>
> 不假柴薪和钢镰燃点，
>
> 狂风不扰，生自火焰的火焰，
>
> 血生的鬼魂来到其间，
>
> 一切怒气的聚合体于是撤离，
>
> 消逝在一个舞蹈，
>
> 一阵失神的迸发，
>
> 一种烧不焦衣袖的火焰的痛苦里。[①]

"甬道"指叶芝曾经看到的君士坦丁堡广场上镶嵌图案的通道，是诗人心目中艺术的象征；那些"生自火焰的火焰"据说可以涤除灵魂身上的不洁；而火焰中的舞蹈，很可能是叶芝曾经看见过的日本能剧中的舞蹈场景。[②] 这些叶芝曾经看见过的真实场景，被高度艺术化为诗中的"幻景"。而只有兼具看见和诗人的双重功能，才能像视者那样，通过梦术或幻术找到自己的哲学智慧。叶芝无疑在这些幻象中找到了自己理想中的智慧。

---

①〔爱尔兰〕叶芝：《叶芝诗集》（下），石家庄：河北教育出版社，2003 年，第 603 页。

②〔爱尔兰〕叶芝：《叶芝诗集》（下），石家庄：河北教育出版社，2003 年，第 603 页之注释 1，2，3。

第三节 叶芝作品中的土地意识

一、凯尔特人的历史与土地

在古罗马帝国崛起之前，凯尔特人拥有广大的地域和强大的军事力量，甚至一度还洗劫过罗马。但随着古罗马帝国的崛起，尤其是恺撒大帝的扩张，凯尔特人逐渐衰落。恺撒曾率军攻打高卢，而高卢就是由凯尔特人的一支——法兰克人（Franks）统领，在战争中，不列颠的凯尔特人曾一度帮助过自己的族亲。恺撒打败法兰克人之后，曾亲自率军进入不列颠，攻打凯尔特人，以作为对不列颠的凯尔特人曾经帮助法兰克人的惩罚。古罗马军队占据了英格兰的主要城镇，极力压缩凯尔特人的居住地域，因此凯尔特人退到威尔士、苏格兰和爱尔兰等地。公元5世纪时，罗马面临内部分裂，因此，将驻不列颠的军队撤回，凯尔特人重新掌控不列颠岛。不过，这时的欧洲见证了日耳曼人的崛起，其中的三支日耳曼部落来到不列颠，打败凯尔特人，占领了英格兰的大部分地域。欧洲大陆的凯尔特人也日趋凋零。经历数代变迁，时至今日，凯尔特人只居住在爱尔兰、威尔士、苏格兰和布列塔尼等地区。面对强邻的威胁和土地日益减少的事实，凯尔特人在流徙过程中形成了强烈的土地或国土意识。例如，亚瑟王故事中亚瑟王反抗撒克逊人的斗争，苏格兰人历代反抗英格兰的斗争，以及近年来苏格兰要求公投脱离英国的事件，连同2016年英国公投脱欧，都可以视为这种土地意识的反映。而爱尔兰由于自己独特的历史和地理环境，其土地意识更为突出。

爱尔兰是不列颠西部的岛国。历史学家曾考证，在如今的爱尔兰东北部和苏格兰之间，曾经有相连的陆地，是为"陆桥"，约在公元前

8000 年就有人类经陆桥从苏格兰来到爱尔兰。到了大约公元前 3000 年的新石器时代，又有人来到爱尔兰，其存在的标志是现在仍矗立着的"纽格兰奇仙冢"（New Grange）。现代爱尔兰人真正的祖先凯尔特人或曰盖尔人（Gaelic）[①]，大约于公元前 100 年来到爱尔兰，比凯尔特人进入不列颠岛要晚了几百年。有趣的是，不列颠岛在公元前 50 年左右被古罗马人入侵和占领，但是却没有一个古罗马士兵进入爱尔兰。凯尔特人的生活方式在爱尔兰得到了完整的保存。大约在公元 432 年，基督教圣徒圣帕特里克来到爱尔兰，使得信奉异教的盖尔人国王皈依了基督教。而原来的视者们逐渐转变为基督教徒，他们一方面接受新思想，一方面又保存了原有的文化传统。可以说，视者的转变是基督教能够在爱尔兰扎根的关键因素。公元 7～8 世纪，被称为盖尔-基督教的黄金时代。[②]这是因为自公元 4 世纪开始，古罗马帝国内部开始分裂，外部则遭受日耳曼人的攻击，连罗马城也一度被攻陷。公元 476 年，西罗马帝国灭亡。那些被称为蛮族的日耳曼人目不识丁，他们制造的混乱使古罗马政权断了气，商业交易和城镇在萎缩。而那些各自拥有武装的蛮族首领们纷纷自立为王，小邦小国纷纷建立，"王国之间互相残杀，迅速（楼起）迅速楼塌"[③]。在如此纷乱的背景下，当西罗马帝国遭受侵略时，爱尔兰不仅安然无恙，甚至"让英格兰重返基督教怀抱，并派出传教士前往欧洲"。虽然后来英国人看不起爱尔兰人，称他们为"白丁""乡巴佬"（Paudeen），但爱尔兰人则心知肚

---

① 凯尔特人衰落之后，分散在爱尔兰、苏格兰等地。从语言上来看，古代的凯尔特语包括盖尔语（Goidelic / Gaelic）和古代不列颠语（Brythonic / British）两部分。从前者发展出今天的爱尔兰盖尔语（Irish Gaelic）、苏格兰盖尔语（Scottish Gaelic）、马恩岛语（Manx）；从后者发展出今天的威尔士语（Welsh）、康沃尔语（Cornish）、皮克特语（Pictish）。将今天所有这些语言统称为凯尔特语的情况也比较常见。参见陈丽：《爱尔兰文艺复兴与民族身份塑造》，天津：南开大学出版社，2016 年，第 24 页。

② 〔英〕罗伯特·基：《爱尔兰史》，潘兴明译，上海：东方出版中心，2010 年，第 1 页。

③ 〔澳大利亚〕约翰·赫斯特：《你一定爱读的极简欧洲史》，席玉苹译，桂林：广西师范大学出版社，2011 年，第 27 页。

明，"基督教世界的命可是他们给救回来的"①。不仅圣帕特里克带入爱尔兰的是一种独特的基督教——非罗马化的基督教（de-Romanized Christianity），一种没有受古希腊罗马文化影响的基督教；② 而且，在古罗马帝国衰落到查理曼崛起之间，欧洲大陆的学术和文化正因不断的争战而消亡时，正是爱尔兰保存了欧洲文化，尤其是基督教的基石。不断被派出的圣徒们纷纷去到不列颠和欧洲大陆，基督文化得以延续。这就是爱尔兰的盖尔-基督教黄金时期。

　　遗憾的是，也正是从公元 8 世纪末开始，爱尔兰开始遭到入侵。首先是乘船而来的北欧海盗维京人（Vikings），他们经常劫掠爱尔兰沿海地区。爱尔兰本来由松散的部落组成，各个王国之间甚至互相为敌。只有在面临威胁之后，他们才意识到组成联盟的必要。因此，在爱尔兰的四个王国之间出现了所谓"高王"。1014 年，时任高王的布莱恩·博鲁曾率领军队攻打北欧入侵者，但很快本人被刺杀，爱尔兰各部的统一未能完成。自北欧海盗之后，真正的危险来自英格兰。1170年，诺曼·盎格鲁军队进入爱尔兰，次年"强弩"彭布洛克伯爵成为爱尔兰伦斯特地区的王（参考前文中解读《骸骨之梦》一段文字）。1171年，英王亨利二世亲自率军来到爱尔兰，爱尔兰各部落之王纷纷宣誓效忠。同年亨利二世开始在都柏林建立王宫，将都柏林定为盎格鲁-爱尔兰（Anglo-Ireland）之首府。教会法也被颁布，爱尔兰教会隶属英格兰教会和罗马教会。之后，亨利二世将爱尔兰交由约翰·德·考西管辖，并形成了"英格兰在爱尔兰东南部的设防地带'界内'"③。虽然向英王称臣，但实际上爱尔兰还是由各个凯尔特部落国王自己管理。不过，爱尔兰人也越来越感受到土地所受到的威胁。

　　有意思的是，随亨利二世而来的那些诺曼人，逐渐爱尔兰化，其

---

　　① 〔澳大利亚〕约翰·赫斯特：《你一定爱读的极简欧洲史》，席玉苹译，桂林：广西师范大学出版社，2011 年，第 92 页。

　　② Thomas Cahill. *How the Irish Saved Civilization.* New York: Anchor Books, 1995, 148.

　　③ 钱乘旦、许洁明：《英国通史》，上海：上海社会科学院出版社，2012 年，第 48 页。

中不少人变得"比爱尔兰人还要爱尔兰化"。为了阻止这种趋势，1366年，英国国王采取措施，在基尔肯尼（Kilkenny）召开爱尔兰议会，通过《基尔肯尼法案》，禁止在爱尔兰出生的英国人说爱尔兰语，穿爱尔兰服装等。但实际效果甚微，因为代表英国国王利益的范围其实很小，只不过是在都柏林周围数百英里的被称为"佩尔"（Pale）的地区。在，而这种情况在都铎王朝时期被彻底改变了。

1534 年，历代作为英国王室在爱尔兰的代表的菲茨杰拉德家族（House of Fitzgerald）发动叛乱，公然反抗英国王室。亨利八世因此下令：爱尔兰的所有土地，不管是为盖尔爱尔兰人所有，还是为同化后的英国人所有，都必须将所有权上交给英国国王，国王重新进行授予或分配。[①] 这样做的目的显然是为了实现对爱尔兰土地的实际控制。亨利八世的这一命令，一直到其女儿伊丽莎白一世即位后才真正付诸实施。伊丽莎白一世采取强硬措施实施此项法令，甚至不惜残酷镇压盖尔爱尔兰人和盖尔化英国人的反抗。在打败休·奥尼尔的反抗之后，英国彻底实现了在爱尔兰的实际统治。大量英国官员和移民进入爱尔兰，而这些官员和移民基本都是新教教徒，因此爱尔兰的国教变为新教，而不再是原来的天主教。这些新教教徒逐渐成为统治爱尔兰数百年之久的"优势阶层"（Ascendency），占据爱尔兰的大部分土地，叶芝家族就是其中的一员。占爱尔兰人口多数的天主教徒（包括本土的盖尔爱尔兰人和盖尔化了的"老英国人"）拥有的土地十分有限，而且大部分人成为佃农。1641 年，天主教徒拥有爱尔兰的土地比例是59%，当年还发生了要求归还土地的大暴动。1649 年，英国资产阶级革命的胜利者克伦威尔率领军队进入爱尔兰；次年，大部分爱尔兰天主教地主被放逐。1688 年，英国发生光荣革命。1689 年，威廉三世在波义耳战役中打败爱尔兰支持的詹姆士二世，当年天主教徒占有的爱尔兰土地只剩下 22%。到 1695 年，该比例进一步下降到 14%。到 1714

---

① 〔英〕罗伯特·基：《爱尔兰史》，潘兴明译，上海：东方出版中心，2010 年，第 22 页。

年，这一比例下降到 7%。

占爱尔兰人口多数的天主教徒，却占有如此之少的土地，爱尔兰百姓的反抗心理可想而知。1782 年，爱尔兰议会从英国那里获得立法独立。百姓争取土地的斗争也日益增多。1798 年，爱德华·菲茨杰拉德发动起义，但起义很快被镇压。1800 年，《合并法案》通过，次年爱尔兰正式被英国吞并。1845 年开始，爱尔兰大面积的土豆种植因真菌病而歉收，百姓饥馑无食，为了生存流离失所。这种悲惨状况一直延续到 1849 年，是为"爱尔兰大饥荒"。大饥荒进一步增强了爱尔兰普通百姓要求收回土地的意识，大量佃农要求"耕者有其田"，爱尔兰各地出现烧毁土地契约、捣毁地主产业的活动，历史学家称之为"土地战"（Land War）。叶芝家族的地产就是在这一波的"土地战"中逐渐萎缩以至破产的。1870 年，为了解决爱尔兰的土地问题，当时的英国首相格莱斯顿（Gladstone）颁布《土地法》，这是第一部爱尔兰土地法。1879 年，爱尔兰发生地主驱逐佃农事件，而在同一年，爱尔兰土地同盟成立。驱逐佃农事件使爱尔兰百姓争取土地权益的斗争激化，导致了 1879 年至 1882 年集中爆发的"土地战"。1903 年和 1909 年，英国政府两次颁布《土地购置法》，希望通过改变土地权现状，来缓解土地问题激起的民族情绪。《土地购置法》的主要内容是先由国家买下地主的土地，然后向佃农提供长期贷款，而佃农则通过分期付款的方式来偿还本金和利息，而这样的利息比原来地主定下的租金要低一些。1909 年的《土地购置法》还规定了强制地主出售土地的内容。[①] 通过这些法律的实行，到 1920 年，超过一半的爱尔兰土地所有权归属普通百姓。

二、叶芝作品中的土地意识

无论是古代凯尔特人的土地意识，还是近代爱尔兰人为争取土地

①〔英〕罗伯特·基：《爱尔兰史》，潘兴明译，上海：东方出版中心，2010 年，第 145 页。

权益而进行的斗争，都反映出强烈的地域和国土情怀。叶芝祖上虽然属于移民爱尔兰的英国人，但是到了叶芝的时代，他早已将自己视为爱尔兰人（见第一章的相关论述）。而对于爱尔兰人为争取土地权益而进行的斗争，叶芝也是相当熟悉的。在其一生的创作中，土地意识或国土意识一直是叶芝作品中的一个重要主题，而这个主题却经常被研究者忽略。

爱尔兰是岛屿国家，因此叶芝作品中突出反映其国土意识的一个意象就是"小岛"。尤其是叶芝的早期作品中，美好小岛生活的意象更为突出，而这些小岛又大多与斯莱戈有关。

《被拐走的孩子》（"The Stolen Child"）是叶芝第一首突出美好"小岛"生活意象的诗作。在开头诗人就写道：

> 斯利什森林所在的陡峭
> 高地侵入湖水之处，
> 有一个蓊郁的小岛，
> 那里有振翅的白鹭
> 把瞌睡的水鼠惊扰；
> 在那里我们已藏好
> 盛满着讲过的魔桶，
> 还有偷来的樱桃红通通。①

斯利什森林在斯莱戈郡吉尔湖南岸，是叶芝少年时熟悉的地方。从上述诗节的语气看，显然是岛上精灵的语气。精灵说，在岛上生活惬意，藏好了浆果和红樱桃。叶芝曾经为这首诗做注，说斯莱戈郡罗西斯角的海滨，有不少岩石，据说要是有人在岩石上睡着了，醒来就会变成

---

① 〔爱尔兰〕叶芝：《叶芝诗集》（上），石家庄：河北教育出版社，2003 年，第 30 页。

痴呆，因为仙女和精灵会带走他们的灵魂。[①] 果然在第一段的末尾，诗人模仿精灵的口吻写道：来呀，人类的孩子，到湖水和荒野中来，在这里跟仙女手拉着手，因为"人世充溢着你无法明白的悲愁"。第二段写罗西斯角的海滨，月光如浪潮一般，冲洗着银色的沙滩，在那里精灵们彻夜舞蹈，编织着古老的舞步，眼神交流，手臂交缠，直到天亮。仙女们追逐着飞溅的水泡，而人世却充满烦恼。在这一段的末尾，诗人重复精灵的话，说：来这湖水和荒野吧，跟仙女手拉手，因为人世充满了无法明白的悲愁。第三段写格伦卡湖上的山沟里，泉水流淌，那里有水草丛生的浅潭，能找到沉睡的鳟鱼，还有年轻的溪水。末尾也重复精灵的话。最后一段写眼神忧郁的孩子（诗人自指）就要跟仙女去了，孩子再也听不见牛群的低吼、火炉上水壶的冒气声，看不见棕色的家鼠在食物壁橱前前后后找东西吃。末尾诗人写那孩子跟着仙女去了，从一个他无法明白的悲愁的世界里。

　　整首诗的大意主旨是青年叶芝希望遁入没有"悲愁的世界"，也就是梦境般的所在。这个梦境般的所在是一个"小岛"，而这个小岛显然是斯莱戈的某个地方。对于为何选择斯莱戈，叶芝曾经解释说："在写作中，我会永远将诗的背景设置在我自己的国家（"never go for the scenery of a poem to any country but my own"），这一点我会坚持到底。"[②] 在爱尔兰，叶芝住过的地方中，他最向往的就是斯莱戈。那块土地上迷人的风景、纯朴的人情和多姿多彩的民间传说，是叶芝创作的源泉，也是叶芝"土地意识"反映最集中的所在。

　　《去那水中一小岛》（"To an Isle in the Water"）延续了《被拐走的孩子》中的"小岛"意识。在第一段中，诗人写"自己的心上人"忙忙碌碌，心事重重，不肯走近。第二段写"心上人"忙着做家务，而

---

　　① 转引自 Norman A. Jeffares. *A New Commentary on the Poems of W. B. Yeats*. London: Macmillan and Co. Ltd, 1984, 11.

　　② 转引自 Norman A. Jeffares. *A New Commentary on the Poems of W. B. Yeats*. London: Macmillan and Co. Ltd, 1984, 12.

"我"愿带着她一起去到那水中的小岛。第三段写"心上人"拿起蜡烛，照亮屋子，羞答答地站在门口的暗影里。第四段写"我"认为羞答答的人是好人，好比小兔子，"我"愿意带上她一起逃到那水中的小岛。在诗人那里，"水中的小岛"俨然是容纳甜蜜爱情的所在。

《湖岛因尼斯弗里》("The Lake Isle of Innisfree")则进一步深化了上述两首诗中的"小岛"意识，且因其突出的意象和成熟的技巧，而成为叶芝早期诗作中脍炙人口的名篇之一。

在诗的第一句，作者就引用《圣经》中的句式[①]，说要起身前去因尼斯弗里：

> 现在我要起身离去，前去因尼斯弗里，
> 用树枝和泥土，在那里筑起小屋：
> 我要种九垄菜豆，养一箱蜜蜂在那里，
> 在蜂吟嗡嗡的林间空地幽居独处。[②]

因尼斯弗里是斯莱戈郡吉尔湖中的一个小岛，也很可能是《被拐走的孩子》里的那个小岛。诗人想象在那里过着自给自足的生活：自己动手筑起小屋，种菜养蜂，幽居独处，无人打扰，也无世间烦恼。在第二段，诗人接着写湖岛的美好：

> 我将享有些宁静，那里宁静缓缓滴零，
> 从清晨的薄雾到蟋蟀鸣唱的地方：
> 在那里半夜清辉郯郯，正午紫光耀映，
> 黄昏的天空中布满着红雀的翅膀。[③]

---

① 此诗的第一句模仿《圣经·新约·路加福音》中的句子"我要起来，到我父亲那里去"（15：18）。

②〔爱尔兰〕叶芝：《叶芝诗集》（上），石家庄：河北教育出版社，2003年，第75页。

③〔爱尔兰〕叶芝：《叶芝诗集》（上），石家庄：河北教育出版社，2003年，第75页。

在这个仙境般的湖岛上，不仅能享有宁静，而且那里的时间也过得特别慢，在缓缓流淌的时光中，正好可以享受一天的美好：在清晨的薄雾中听蟋蟀鸣唱，正午的阳光照着水波粼粼，而在黄昏的时候，天空中云雀飞翔，尽是大自然的美好恩赐。在最后一段，诗人用人世的喧嚣和大都市的嘈杂反衬那湖岛生活的美好：

> 现在我要起身离去，因为在每夜每日
> 我总是听见湖水轻舐湖岸的响声；
> 伫立在马路上，或灰色的人行道上时，
> 我都在内心深处听见那悠悠水声。①

叶芝青少年时期主要在都柏林和伦敦居住，只是在假期或家中经济拮据时由母亲带着回斯莱戈。斯莱戈的自然山水，是叶芝最为向往的。在前文中我们曾提到叶芝的一个童年故事，就是在都柏林广场看到人工喷泉，他和妹妹立刻想起斯莱戈的湖水，眼泪都快流下来了。都市的马路和灰色的人行道，远远比不上那湖岛的宁静和美好。这首诗写于叶芝居住在伦敦贝德福德公园时期，诗人曾说写作这首诗的时候"特别想念家乡（斯莱戈）"（very homesick），也提到自己对独居生活的向往可能受梭罗的影响。② 宁静幽美的湖岛生活，当然也是叶芝心目中对爱尔兰人美好生活的憧憬。湖岛独特的地理位置，以及岛屿的独属感，是凯尔特人代代相传的土地意识的反映。

不仅斯莱戈附近的"湖岛"是叶芝心目中爱尔兰的象征，有时叶芝直接将这种岛屿和土地意识与古代的达努神族联系起来。

---

① 〔爱尔兰〕叶芝：《叶芝诗集》（上），石家庄：河北教育出版社，2003 年，第 75～76 页。
② 转引自 Norman A. Jeffares. *A New Commentary on the Poems of W. B. Yeats*. London: Macmillan and Co. Ltd, 1984, 29～30. 亨利·大卫·梭罗（Henry David Thoreau, 1817—1862），美国浪漫主义作家，受老师爱默生的影响，曾在一片森林里的湖边筑屋独居，后写出描写其独居生活的名著《瓦尔登湖》（*Walden*）。

在《白鸟》（"The White Birds"）一诗中，诗人想象自己与爱人是浪尖上的一对白鸟，心中有那么一缕不绝的忧伤；诗人也希望自己和爱人是玫瑰（象征女性）和百合（象征男性）的结合，就像那仙境中的浪尖上的白鸟：

> 我心头萦绕着无数岛屿，和许多妲娜的海滨，
> 在那里时光肯定会遗忘我们，悲伤不再来临；
> 很快我们就会远离玫瑰、百合和星光的侵蚀，
> 只要我们是双白鸟，亲爱的，出没在浪花里！①

如前文所提到的，达努神族（即诗中的妲娜）被打败后，沉入爱尔兰西部的海底，那里就是凯尔特神话中"另外的世界"，是仙境，是青春永驻的地方。诗人想象那仙境的所在，显然与爱尔兰西部的岛屿联系起来。那里不仅是凯尔特神话中传说的仙境所在，也是叶芝心目中爱尔兰纯朴生活的象征。叶芝曾和辛格漫游西部的阿兰群岛，并鼓励辛格从那里居民的生活中寻找创作灵感。在叶芝看来，与都柏林不一样（都柏林是亨利二世所建，是历代英国王权统治爱尔兰的所在），爱尔兰西部（无论是斯莱戈，还是阿兰群岛）是真正的爱尔兰，那里的土地保存有最古老的凯尔特文化，是爱尔兰人真正的土地。

《梦想仙境的人》（"The Man who dreamed of Faeryland"）是青年叶芝心愿的一个总结：青少年时期的叶芝梦想的就是那个"湖岛"一般的仙境。在诗的第一段，诗人想象自己伫立在一个海滨乡村，慢慢懂得了人生的况味，当他看见渔夫倾倒收获时，想象到了那种仙境般的所在：

> 但是当一人把鱼儿倒成一堆时，

---

① 〔爱尔兰〕叶芝：《叶芝诗集》（上），石家庄：河北教育出版社，2003 年，第 85 页。

仿佛鱼儿都抬起银色的小脑袋，

歌唱金色的清晨或黄昏洒落在

一座编织的世外海岛上的东西，

在那里人们相爱在纷乱的海边。①

在那"世外海岛"的仙境，时光永远不会毁坏恋人之间的誓约。诗人接着写，这个仙境的南方或西方某地居住着"一个快乐狂放温和的民族"，这个民族的舞者，不会停下自己舞蹈的步伐。这个"快乐狂放温和的民族"，显然就是叶芝心目中的爱尔兰，而那个仙境就在爱尔兰西部某个岛屿附近。这首诗中的舞者，好像吉尔湖岛的那些仙女一样，停不下自己的舞步，而那些舞步都是古老的达努神族的舞步吧。

　　如果说《梦想仙境的人》是叶芝对"湖岛"土地意识的总结，那么《致未来时代的爱尔兰》（"To Ireland in the Coming Times"）则标志着叶芝从"湖岛"这种微观土地意识到"爱尔兰"宏观国土意识的转折。在诗歌的开头，诗人写自己愿被视为一个群体中的"真兄弟"（叶芝曾加入过爱尔兰共和兄弟会），为了减轻爱尔兰的伤痛，要把谣曲和民歌诵唱。这与叶芝早期的艺术理念是一致的，那时候他收集整理爱尔兰民间故事、歌谣，后来又发起爱尔兰文艺复兴。诗人接着写爱尔兰的悠久历史：

因为她那红玫瑰镶边的长裙

拖曳过每一页文字：

她的历史早已开始

在上帝创造天使的家族之前。②

红玫瑰象征爱尔兰，爱尔兰的历史（凯尔特人）早在基督教（上帝创

---

①〔爱尔兰〕叶芝：《叶芝诗集》（上），石家庄：河北教育出版社，2003年，第90页。

②〔爱尔兰〕叶芝：《叶芝诗集》（上），石家庄：河北教育出版社，2003年，第106页。

造天使的家族）来到之前就已开始了。诗人接着写爱尔兰古代的文化，如蜡烛闪耀，照亮每一个舞步。在诗的第二段，诗人希望自己的诗句能够比拟戴维斯等爱国者的韵文，能够道出更多"海洋深处发现的东西"（海洋深处暗指达努神族和"另外的世界"）。这无疑是指，叶芝希望自己的诗作能比肩前辈，甚至能更好地利用古代爱尔兰的文化传统。诗人想象脑海中想象力的爆发，如洪水和大风般喧闹，诗人呼吁爱尔兰人要永远追随那红玫瑰镶边的长裙，因为这是一个视者（巫者）的国度：

> 啊，在明月下舞蹈的仙女，
> 一个巫者的国土，巫者的乐曲！①

叶芝经常用"妲娜"来称呼爱尔兰神话中的祖先，"妲娜的孩子们"则代指爱尔兰人民（例如《无法平息的大军》["The Unappeasable Host"]的第一句）。此外，叶芝还经常用盖尔语"爱尔"（Eire）来指代爱尔兰，从而表现其强烈的爱尔兰土地意识。例如在《到曙光里来》（"Into the Twilight"）中，诗人呼吁衰残的心要摆脱是非的罗网，因为：

> 你的母亲爱尔她永远年轻不老，
> 露滴永远晶莹，曙光永远灰白；
> ……
> 来吧，心，到这层峦叠嶂之地：
> 因为太阳和月亮，山谷和森林，
> 大川和小溪的神秘的兄弟亲情
> 在这里将努力实现它们的意志。②

---

① 〔爱尔兰〕叶芝：《叶芝诗集》（上），石家庄：河北教育出版社，2003年，第107页。
② 〔爱尔兰〕叶芝：《叶芝诗集》（上），石家庄：河北教育出版社，2003年，第123～124页。

"爱尔"是爱尔兰人对爱尔兰的爱称，与爱尔兰苍翠的草地和翡翠般的海水一样，"爱尔"是永远年轻的。这样的称呼在诗人笔下被赋予了丰富的涵义，她既是长青的盖尔文化，又是那翡翠般的大地母亲。

　　如果说"湖岛"形象是叶芝早期作品中土地意识的集中体现，那么"库勒庄园"就是叶芝中后期作品中土地意识的理想缩影。"湖岛"形象更多是一种地理概念，诗人理想中的"湖岛"好比世外桃源，是一种仙境般的所在。如果说年轻时的叶芝还耽于"追寻梦境"，那么步入中年的诗人历经生活的磨炼，对土地意识的感触又深了一层：对爱尔兰人来说，土地不仅重要，这片土地上的居民也很重要，叶芝希望能由格雷戈里夫人这样的贵族和文艺人士创造出一种贵族文化，来"教化"这片土地上的居民。而这种贵族文化的象征就是"库勒庄园"。

　　在"《西部浪子》风波"之后，叶芝对百姓的缺乏"教养"深有感触。他认为当时的爱尔兰百姓受到民族情绪的鼓动，认为凯尔特是完美无瑕的，因此在作品中将人民描写成理想化人物。"叶芝指责他们不懂怎样欣赏艺术，坚持个人言论自由。"① 自《苇间风》之后，象征就成为叶芝标志性的艺术手法，而叶芝受能剧影响之后所作的戏剧，更是被赋予了多重象征意义。"《西部浪子》风波"的结果是叶芝等少数人的观点不为大部分百姓和新闻媒体所接受，因此叶芝和格雷戈里夫人等去意大利旅游散心。在意大利，叶芝被文艺复兴时期由意大利贵族赞助而产生的辉煌艺术触动，因此对库勒庄园所富含的土地和文化意识满怀期待。

　　年轻时的叶芝曾经因事业的颠簸、爱情的受挫而痛苦，库勒庄园给他带来了难得的宁静。在《在那七片树林里》（"In the Seven Woods"），诗人写库勒庄园带给自己的宁静：

我听见那七片树林中的野鸽

① 傅浩：《叶芝评传》，杭州：浙江文艺出版社，1999年，第112页。

> 造出隐隐雷声，花园里的蜜蜂
> 在菩提树花丛中低吟；抛开了
> 使心变得空虚的徒劳的哭喊
> 和旧日的苦痛。①

在这里，诗人暂时忘却了嘈杂和平庸的叫喊；在这里，诗人心满意足，因为他知道凯尔特神话中的和平女神就在树林间。如果说这片树林还有叶芝早期"湖岛"形象的痕迹的话，那么《库勒的野天鹅》（"The Wild Swans at Coole"）中的天鹅就带有文化的象征意义了。叶芝自从1897年认识格雷戈里夫人之后，便经常在库勒庄园度夏。十九年后（1916），叶芝再次来到库勒庄园，今夕的对比使诗人颇多感慨。诗人写自己在一个美丽的秋天来到库勒庄园，十月的暮霭笼罩，湖水中映出一片宁静的天空，看见乱石间溪水中的五十九只天鹅。诗人正开始数那些天鹅时，天鹅突然全部飞起，在天空盘旋。诗人观赏着这些漂亮的生灵，感慨今昔对比，不觉把脚步放轻。而那些天鹅：

> 它们尚未厌倦，情侣双双，
> 在冰冷而可亲的溪水中
> 划行，或向空中飞升；
> 它们的心尚未衰老；
> 无论将漫游到何处，
> 它们依然带有热情或征服。②

这些"神秘、美丽"的天鹅就如同庄园的主人一样，带着"热情或征服"。天鹅是高雅的象征，庄园主人则是高雅文化的象征。诗人感叹自己日益衰老，因此心中悲酸。但诗人没有意识到天鹅的变化，天鹅的

---

① 〔爱尔兰〕叶芝：《叶芝诗集》（上），石家庄：河北教育出版社，2003年，第173页。
② 〔爱尔兰〕叶芝：《叶芝诗集》（中），石家庄：河北教育出版社，2003年，第306页。

生命既是有限的，但在新旧交替的循环中其生命又是无限的。天鹅的命运还与库勒庄园这片土地紧密相连。正是因为这片宁静幽美的土地，天鹅们才能保持那"未曾衰老的心"。正是有这片贵族式的庄园，才有格雷戈里夫人以及夫人的儿子罗伯特·格雷戈里这样的贵族文化代表。

在《纪念罗伯特·格雷戈里少校》（"In Memory of Major Robert Gregory"）一诗中，诗人将罗伯特·格雷戈里视为爱尔兰土地上培养出的"优秀骑手"：

> 他从前常随着戈尔韦的猎狐犬
> 纵马从泰勒堡奔驰到罗克斯镇边缘
> 或埃色凯利平原，少有人跟得上；
> 在穆宁，他跃过了一个危险的地方，
> 使得参加围猎的一半人都惊恐得
> 闭起了眼睛；那又是在哪儿
> 他不用缰绳参加了一次赛马？
> 然而他的心思比马蹄更敏捷。①

诗中的地点都在戈尔韦郡，这可以视为指代爱尔兰。而那位"心思比马蹄更敏捷"的骑手，无疑是贵族的象征，在叶芝心目中，就是贵族文化的引领者。

遗憾的是，随着土地改革运动的开展，以及格雷戈里夫人独子的去世（罗伯特·格雷戈里在第一次世界大战中牺牲），库勒庄园日益衰败，后来竟然被政府下令夷平。叶芝对这片庄园曾经孕育出的高雅文化念念不忘。在《库勒庄园，1929》（"Coole Park, 1929"）中，叶芝回忆起诸多爱尔兰文人作家在库勒庄园盘桓、停留、创作、思考，在

---

① 〔爱尔兰〕叶芝：《叶芝诗集》（中），石家庄：河北教育出版社，2003 年，第 312～313 页。

那里构思出"杰作巨著"，其中有爱尔兰民主运动代表人物道格拉斯·海德、剧作家辛格、土地改革运动积极分子萧-泰勒、艺术收藏家休·雷恩等。把所有这些人联系起来的是一位坚强的女性：

> 他们（海德等人）像燕子一样前来像燕子一样离去，
> 但是一个女人的坚强有力的性格
> 能够使一只燕子保持它最初的意图；
> 在那里仿佛围着一个圆规的中点
> 旋转的五六个被造就的燕雏
> 在梦想的空中找到了实在真切——
> 那些横向切入或反向跨越
> 时间的诗句的理性之美。①

在这里，学者和诗人曾聚集，一起讨论爱尔兰文化的未来。但如今，所有的房间和走廊都消逝了。荨麻在不成形状的土丘上摇摆，树苗在破裂的石缝里扎根。诗人呼吁，请敬献片刻的纪念给那"戴桂冠的头颅"。

在《库勒和巴利里，1931》（"Coole and Ballylee, 1931"）中，诗人再次充满温情地回忆了库勒庄园这片土地曾带来的文化辉煌。诗人回忆自己曾经在庄园的树林里获得心灵的平静和创作的灵感：

> 在那里的一小片榉树林里我曾经伫立，
> 因为自然女神上演了她的悲剧，
> 那所有的怒吼都是我的心境的镜子：
> 听见天鹅起飞的骤然的雷霆巨声，
> 我转过身去看树枝在何处击破

---

① 〔爱尔兰〕叶芝：《叶芝诗集》（下），石家庄：河北教育出版社，2003 年，第 587 页。

那泛滥的湖波的粼粼闪耀的水波。[①]

诗人接着写，在那里曾经有"一根手杖戳在地板上的声音"（指格雷戈里夫人，她的年纪比叶芝等人都大），这种声音是来自"某个从椅子到椅子辛劳的人的声音"（格雷戈里夫人的丈夫格雷戈里爵士又比妻子大许多，因此爵士去世后庄园全由夫人管理）。叶芝回忆，夫人那"著名的手装订过可爱的书籍"（指格雷戈里夫人曾经大量搜集整理爱尔兰民间故事，也创作过不少以爱尔兰民间故事为题材的戏剧），曾经庄园里"古老的石雕头像，和古老的绘画到处都是"。石雕头像和绘画无疑是文化甚至是高雅文化的象征。诗人感慨，庄园最后的继承人（罗伯特·格雷戈里）本来可以继续那"伟大的荣耀"，却不幸牺牲，庄园的荣耀不再。诗人在诗的最后称自己和在庄园里盘桓过的诗人、作家为继承浪漫主义文化的人：

> 我们是最后的浪漫主义者——曾选择
> 传统的圣洁和美好，诗人们
> 称之为人民之书中所写的
> 一切，最能祝福人类心灵
> 或提升一个诗韵的一切作为主题；
> 但现在一切都变了，那高大的骏马没了骑手，
> 虽然荷马曾经跨上那鞍辔驰骋在
> 如今那天鹅渐黑的洪水上浮游之处。[②]

无论是海德，还是叶芝自己，库勒庄园这片土地给他们提供了难得的宁静和思考文化的绝佳环境。海德致力保护、发扬盖尔语言和文化，一度担任"盖尔学会"主席。叶芝自己早年致力于搜集爱尔兰民间故

----

① 〔爱尔兰〕叶芝：《叶芝诗集》（下），石家庄：河北教育出版社，2003 年，第 590 页
② 〔爱尔兰〕叶芝：《叶芝诗集》（下），石家庄：河北教育出版社，2003 年，第 591～592 页。

事，出版爱尔兰诗人作品，他早期的戏剧多以爱尔兰民间传说为题材。
这些创作既是浪漫的，也是人民之书。遗憾的是，能够引领人民的文
化舵手没有了。那"高大的骏马"暗指希腊神话中的神马珀伽索斯，
据说其脚踏之处即有喷泉涌出，象征文艺创作的泉涌。荷马曾骑着那
"高大的骏马"，意谓西方文化有了荷马史诗这个重要的标志和源头。
诗人感叹如今没有了那"骑手"，这片土地将走向何处？这片土地孕育
的文化又将走向何处？

　　在土地改革运动中，库勒庄园终于不能幸免，叶芝为此专门写了
一首诗《关于一幢被土改运动摇撼的房子》（"Upon a House Shaken by
the Land Agitation"），盛赞庄园曾带来的文化辉煌：

　　　假如这幢房子——在这里很久以往
　　　激情和规矩曾经是一体——变得过于
　　　颓败，而无法孕育那热爱太阳的
　　　无帘的眼睛，那在翅膀忆着翅膀之处
　　　成长的欢畅大小的鹰一般的思想，
　　　以及从最好的编结到最好的编结的
　　　一切，这世界又怎会更幸运？①

在诗人眼中，库勒庄园这片土地是"激情和规矩"合为一体的地方，
激情是年轻诗人"浪漫主义的激情"，规矩是以格雷戈里夫人为代表的
贵族文化的象征。诗人认为，只有在这里，才能孕育出老鹰一般的思
想，因为据说只有鹰是可以迎着太阳直视而不眨眼的。没有了这一切，
世界怎能变得更幸运？

　　叶芝曾经在信件中表达了自己对库勒庄园的由衷赞美，他在庄园
的房间、花园、书房和树林里找到了美、慰藉、陪伴、休息和健康（叶

---

①〔爱尔兰〕叶芝：《叶芝诗集》（上），石家庄：河北教育出版社，2003 年，第 222 页。

芝说，这里是他唯一的"健康没被破坏的地方"）。更重要的是，库勒庄园这片土地象征的秩序和传统以及贵族文化，是叶芝创作的主要灵感来源之一。[①] 遗憾的是，19 世纪末兴起的土地改革运动（"土地战"），以及夫人独子的去世，让库勒庄园风雨飘摇。庄园的土地被逐步出售或收归国有。罗伯特·格雷戈里去世之后，庄园的产权归于其遗孀玛格丽特。格雷戈里夫人虽多次想方设法，希望保住庄园地产，但终究敌不过民族情绪鼓动下的土地改革。1920 年，庄园的大部分地产被以 9000 英镑的价格卖给佃农；只剩下房子、花园和 350 英亩（约 1.42 平方公里）的土地，这些的花费均由格雷戈里夫人负责，而收益归给玛格丽特。1927 年 4 月 1 日，玛格丽特将房子和剩下的地产卖给爱尔兰土地和农业部，只留下格雷戈里夫人还住在房子里，直至其去世。1941 年，爱尔兰土地和农业部将庄园的房子卖给一家建筑商，房子很快被夷平。[②]

从早年的"湖岛"到后来的"库勒庄园"，叶芝在作品中表达了强烈的土地意识，"湖岛"和"庄园"一样，都是爱尔兰的象征。叶芝的这种土地意识，来源于凯尔特历史的变迁，来源于家族历史的变迁，也真实反映了 19 世纪末 20 世纪初爱尔兰土地改革的状况。

---

① 转引自 David A. Ross. *Critical Companion to William Butler Yeats*. New York: Facks on File, Inc., 2009, 449.

② 转引自 David A. Ross. *Critical Companion to William Butler Yeats*. New York: Facks on File, Inc., 2009, 450.

第四章　叶芝诗学思想与西方哲学

> 一架旋梯，一间有石拱顶的卧室，
> 一个炉膛开敞的玄武石壁炉，
> 一支蜡烛和写有字迹的稿纸，
> 《沉思的人》里的柏拉图主义者曾在
> 某个类似的房间里不断辛劳，预示着
> 魔鬼般的狂热如何
> 想象一切。
>
> ——《我的住宅》①

　　叶芝曾认为，哲学是个危险的主题。叶芝也曾引用歌德的话，认为诗人应该将哲学摒弃在作品之外。② 但实际情况是，叶芝的作品，尤其是后期作品中，充满了哲学的思考。如果将神秘主义也纳入哲学的范畴，那么叶芝 1925 年发表的《幻象》可以说是作家神秘哲学的系统性总结。《幻象》也是理解叶芝后期作品的一把钥匙，如果理解了《幻象》中的内容，那么理解叶芝后期的许多作品就容易得多。当然，神秘哲学只是叶芝哲学思考的一部分，而且因为其方法接近秘术，所以也有研究者将其归为神秘主义（mysticism）或秘术崇拜（occultism）。

---

① 〔爱尔兰〕叶芝：《叶芝精选集》，傅浩译，昆明：云南人民出版社，2015 年，第 150 页。
② 原话是："歌德说过，诗人需要哲学，但他必须使之保持在他的作品之外。"转引自叶芝：《叶芝诗集》（中），石家庄：河北教育出版社，2003 年，第 417 页。

假如将秘术部分从叶芝的哲学思考中剥离[①]，我们依然可以看到叶芝所受到的西方传统哲学之影响，这其中又以新柏拉图主义、贝克莱为代表的"爱尔兰前辈"和尼采的影响较为突出。

第一节　叶芝诗学思想与新柏拉图主义

一、新柏拉图主义概说

顾名思义，新柏拉图主义继承发扬的是柏拉图的理念和学说。对关于柏拉图思想的解读，古代就有两种传统。一种是学院派，代表人物是阿凯西劳斯（Arcesilaus）。这一派主张"回到柏拉图对话中所昭示的论辩方法，……主张'怀疑论'，好穷究不舍，从柏拉图那里继承了依对方观点进行辩论的传统，不偏听，不盲从，不随便将柏拉图理论当作颠扑不破的真理"。[②] 而另一种解释的传统被称为"柏拉图主义"。其对柏拉图对话中的论辩方法并不感兴趣，而是集中论述柏拉图那些已经确定了的论断。这一派的哲学家为柏拉图的论断做注疏，撰写"柏拉图纲要"一类的著作，将柏拉图的论断组织成了一个包括逻辑学、格致学和伦理学等在内的哲学体系。近代研究者又将这一派分为"中期柏拉图主义者"和"新柏拉图主义者"。二者虽然有所区分，但主旨和方法基本一致，那就是遵奉柏拉图确定的论断，支持柏拉图关于"灵魂、宇宙、德行和幸福的具体学……对这一派哲人而言，哲

[①] 叶芝一生笃信秘术，这是不争的事实。如果离开其神秘哲学，对叶芝作品的理解是不可能完整的。在这一章，笔者只是为了厘清叶芝作品中的传统哲学影响，因此对叶芝的哲学思考做了上文中的论断。

[②]〔美〕安娜斯：《解读柏拉图》（双语版），高峰枫译，北京：外语教学与研究出版社，2013年，第140页。

学活动就等于忠实地钻研柏拉图的著作，与时迁徙，发展他的理论，或者二者兼而有之"①。

　　新柏拉图主义起始于公元 3 世纪，创始人就是普罗提诺（Plotinus）。据说普罗提诺出生于埃及（参看前文论述），二十七岁时开始研究哲学。在二十八岁那年，他来到亚历山大城，想要学习哲学。一开始他对碰到的老师都不满意，直到有人建议他去听阿曼纽斯（Ammonius Saccas）的讲课。阿曼纽斯的讲课使他着迷，因此普罗提诺拜其为师学习哲学。阿曼纽斯讲求"述而不作"，而且要求学生不要传播他的思想。在亚历山大城，普罗提诺跟随阿曼纽斯学习哲学十一年。在三十九岁时，普罗提诺想要到东方去研究波斯哲学和印度哲学。因此，他加入了古罗马的军队，参加了古罗马对波斯的军事征服。军队由古罗马皇帝戈尔迪安三世（Gordian III）率领，但是这次征服却以彻底的失败告终。古罗马军队不仅未能征服波斯，戈尔迪安三世还命丧沙场。普罗提诺艰难地从波斯逃回古罗马地界。在四十岁那年，普罗提诺来到罗马城，并且在此度过后半生的大部分时光。很快，在普罗提诺周围聚集起了一批哲学的爱好者，他们尊普氏为精神导师。学生中不乏达官贵人，甚至连皇帝加列努斯（Gallienus）和皇后萨罗妮娜（Salonina）也对他礼敬有加。普罗提诺曾经向皇帝建议，在康帕尼亚（Campania）的废弃地区建立一座"哲学家城"，人们就可以按照柏拉图的"理想国"的理念生活。但是，这项计划并未被执行。在普罗提诺六十岁时，来自泰尔（Tyre）的波菲利（Porphyry）成为他最忠诚的学生和追随者。由于对普罗提诺的学说笃信不移，波菲利一度改变自己的饮食，从而严重损坏了健康。普罗提诺建议波菲利去西西里岛住几年，以恢复健康。正是在西西里，波菲利收到老师寄来的讲稿和文章。在将近十七年的时间里，普罗提诺将自己讲学和与人辩论时的笔记、文章保留了下来，但是普氏本人视力不好，笔迹也糟

①〔美〕安娜斯：《解读柏拉图》（双语版），高峰枫译，北京：外语教学与研究出版社，2013年，第 140～141 页。

糕，因此很不愿意自己来编辑这些笔记和文章。于是，他把这些笔记和文章分批寄给在西西里的波菲利。波菲利对这些资料做了校对和整理。全部资料被整理为六集，每一集包含九篇文章，因此普罗提诺的这部作品名为《九章集》（*Enneads*）。在《九章集》的正文前面，有波菲利写的关于普罗提诺生平的序言，这成为后人了解普罗提诺生平的权威资料。

　　虽然《九章集》成为新柏拉图主义的开派文献，但"新柏拉图主义"这个名称要迟至 19 世纪才出现，是当时的研究者对普罗提诺及其弟子发扬柏拉图理论而形成的一派哲学的总称。新柏拉图主义发展的主要是柏拉图关于灵魂、宇宙等的论断。在《理想国》里，柏拉图用"洞穴"的比喻提出两个世界的说法——可感世界和理念世界。① 就像洞穴里的那些被绑的人一样，普通人只能居住在可感世界里。柏拉图认为创造宇宙（包括人类所在的可感世界）的是"得穆革"（Demiurgos，意思是神或父亲）。"得穆革"首先便创造出"世界灵魂"（参见前文论述），这个世界灵魂是"弥漫于世界并在内部推动形体运动的力量，由同和异两个部分构成，按相反方向做圆周运动"。②（柏拉图的这种"同异相反"的辩证法与中国古代道家的辩证相近；叶芝在作品中也曾将这个世界灵魂称为"大记忆"。）柏拉图还提出灵魂转世说，他认为灵魂与身体既紧密相连，又各有含义。肉体消亡之后，灵魂依然存在，

---

① 柏拉图反对用物质的观点来观察世界，但是他也担心人们对他的抽象理论无法理解，因此他使用了"洞穴"比喻的例子。简而言之，"洞穴"比喻的故事是：想象有那么一群人，手脚被铁链绑住，全部被关在一个幽暗的洞穴之中。他们背靠着洞穴的一面墙壁，因为手脚被绑，因此看不见背后，只能看到对面的墙壁。有一天，他们看到墙壁上有影子显现，原来是洞穴外面的路上，有一个大火炬照着路上来往的人和车辆。于是这些被绑着的人就对这些影子评头品足，给它们起名字，并且互相辩论，认为这些影子是真实的存在。后来，其中一个人的锁链无意中被解开，他走出山洞，看到外面的世界与洞穴里的影子不是一回事。柏拉图对两个世界的划分，可能受到了毕达哥拉斯数学理论的影响；柏拉图似乎认为："一切知识都能像数学一样经久不变且没有实质性。"（戴维·鲁宾森、朱迪·葛洛夫：《视读哲学》，杨菁菁译，合肥：安徽文艺出版社，2007 年，第 23 页）

② 张志伟：《西方哲学十五讲》，北京：北京大学出版社，2004 年，第 89 页。

柏拉图的一些对话中讲述了死后善有善报、恶有恶报的故事，总结起来，大概可以理解为："今生是前世的结果，也包含来生的凭借。……个体灵魂历经千百劫数，仍能保持同一。灵魂因前生所为，或上升、或沉沦，只不过当灵魂再次投生时，不复意识到前世的生活。"

　　普罗提诺进一步发展了柏拉图关于灵魂的学说。① 普罗提诺学说的核心观念是"三本体说"，这一学说认为"太一、理智和灵魂是三个首要本体（hypostasis），本体指最高的、能动的原因……严格地说，本体并不是抽象的原则，而是具体的神"②。"太一"（the One）指的是无所不包的统一性③，普罗提诺接受了柏拉图认为善是最高原则的观点，认为太一就是善本身。但太一的这种善并不是伦理意义上的善，而是指本体的圆满和完善。换言之，太一是生命和力量之源，它不具备多样性，"无形式、无德行、无意志、无思想、无意识、无运动、无变化，是不可分割的原初的单纯的统一性。……太一不可名状，也不可认识"④。与柏拉图一样，普罗提诺也喜欢使用太阳来做比喻（柏拉图用太阳比喻善，因为太阳是可感世界中最崇高、最伟大的，善在可知世界中的地位与太阳在可感世界中的地位相同）。他认为太一是太阳，是源泉，从这个第一本体中生成其他本体，这个生成的过程被普氏比喻为"流溢"。因为太一是善，因此太一的流溢就是善的自然流露，又因为太一是圆满自足的，所以太一的流溢不会损伤自身。最先从太一中流溢出来的是"理智"（the Intellect），是为第二本体，这个第二本体因为是流溢而成，所以不具备太一那样的原初统一性。理智是可

---

　　① 〔美〕安娜斯：《解读柏拉图》（双语版），高峰枫译，北京：外语教学与研究出版社，2013年，第180页。

　　② 赵敦华：《西方哲学简史》，北京：北京大学出版社，2001年，第108页。

　　③ "太一"的译名来自《庄子·天下》："以本为精，以物为粗，以有积为不足，淡然独与神明居。古之道术有在于是者，关尹、老聃闻其风而悦之。建之以常无有，主之以太一；以濡弱谦下为表，以空虚不毁万物为实。"（庄子：《庄子》，方勇译注，北京：中华书局，2010年，第580页）

　　④ 赵敦华：《西方哲学简史》，北京：北京大学出版社，2001年，第109页。

以区分的，因此可以用一般的概念和范畴来表示；但它又是从太一而出，也具有太一的统一性（不是原初统一性），因此"理智"是一和多的统一。从理智中又流溢出"灵魂"（the Soul），是为第三本体。好比柏拉图思想中艺术是对理念之第三重模仿（艺术模仿现实，现实模仿理念；换言之，从理念生现实，从现实生艺术），普罗提诺认为灵魂是对太一的第三重模仿。普氏观念中的灵魂就是柏拉图思想中的世界灵魂，它"变动不居，活跃于各个领域。……它既是一，又是多：当它与理智和太一相通时，它复归于原初的统一，因而是一；当它被分割在个别事物之中时，作为推动事物变化的内部动力，它是多"①。普罗提诺对太一、理智和灵魂关系的论说，还影响了后来基督教中三位一体观念的形成。

　　普罗提诺认为，在三大本体之外，还有质料，第三本体的灵魂与质料相结合，产生单个的、可以感知的事物，这就是可感世界。人生活的这个可感世界，充满了灵魂（与第三本体的灵魂不同，可以认为是从第三本体即柏拉图的"世界灵魂"流溢而出），人的灵魂与周围的灵魂相通，这是一种自然的无形力量，推动人的活动。因为"世界灵魂"有反向运动能力，所以它既可以上升到最高本体太一，也可以下降到人的灵魂所在的可感世界。但是，人的灵魂并没有自我完善的能力，容易受到外部灵魂的影响。普罗提诺认为，人的灵魂被禁锢在肉体当中，而摆脱肉体的唯一途径就是朝本体灵魂上升。因为第一本体就是善，所以人的灵魂的这一上升活动就有了趋善避恶的伦理价值。普罗提诺进一步提出，人的灵魂回归本位或曰回归神（灵魂上升）的过程的实现，要通过"德行的修养，使灵魂得到净化，通过对神的沉思，最后达到观照神的最高境界"②。在观照的过程中，人会达到迷狂的境界，而迷狂境界又是一种比"幸福更强烈、更充实的生命体验，是灵魂出窍、舍弃躯体与至善的太一合一的不可名状、无与伦比的神

---

① 赵敦华：《西方哲学简史》，北京：北京大学出版社，2001年，第110页。
② 赵敦华：《西方哲学简史》，北京：北京大学出版社，2001年，第112页。

秘状态"①。波菲利在普罗提诺的传记中就记载了老师的这种迷狂状态。波菲利在去西西里岛之前，在罗马城跟随普罗提诺学习了六年，在这六年中波菲利四次目睹普氏进入迷狂状态。在普罗提诺那里，太一不是抽象的存在，它就是那最高的神，通过德行修养与神相通、神人合一乃人生之最高境界。虽然普罗提诺在罗马城居住多年，但他显然是一神论者，那唯一的神就是太一。普罗提诺与神沟通那种舍弃躯体、与善合一的神秘状态，也被认为影响了西方神秘主义思想。普罗提诺提倡神人合一的观念，显然并不来自希腊哲学传统，而更多地与东方神秘主义相近，例如印度教吠檀多派中的不二说，"就是这样一种关于人内部的神灵与外在绝对的神相同一的教义"②。虽然现存的资料无法显示普罗提诺到底是从什么渠道接触到东方神秘主义，但可以推测的最大可能是，他跟随古罗马军队东征波斯的时候，接触到了东方神秘思想。

二、叶芝作品与新柏拉图主义

普罗提诺关于灵魂的学说受到叶芝的欣赏，尤其是神人合一的那种神秘状态，与叶芝终生笃行的秘术实验可谓不谋而合。柏拉图"世界灵魂"和灵魂转世的概念，也是叶芝颇为熟悉的。叶芝对柏拉图及普罗提诺等哲学家的阅读从早期就开始了，叶芝年轻时的诗友莱昂纳尔·约翰逊曾经认为叶芝"粗鄙不文"（unlettered lad），因此建议他阅读柏拉图的作品。③布拉瓦茨基夫人也建议叶芝阅读新柏拉图主义诸哲学家的作品，当然这与布氏本身对神秘主义的着迷有关。不过，正是因为阅读了这些哲学家的作品，叶芝在其中后期的创作中逐渐形成了自己的哲学体系。

---

① 赵敦华：《西方哲学简史》，北京：北京大学出版社，2001年，第112页。
② 赵敦华：《西方哲学简史》，北京：北京大学出版社，2001年，第112页。
③ 转引自 Edward Malins & John Purkis. *A Preface to Yeats* (second edition). New York: Longman Publishing, 1994, 49.

在《再度降临》中，叶芝写一个巨大的形象出自"世界灵魂"。叶芝曾经对此做过解释，说这个世界灵魂是"一个不再属于任何个人或鬼魂的形象仓库"，他也在其他诗中称其为"大记忆"。[1] 叶芝接受柏拉图关于"世界灵魂"的观点，认为灵魂有许多生命，之所以在此世，是因为灵魂从别处投生在此具躯体之中，肉体的消亡也就意味着灵魂与身体的分离。叶芝有时候将柏拉图视为古希腊哲学的代表，与古希腊罗马演讲家、诗人等并列。例如在《或许可谱曲的歌词》（"Words for Music Perhaps"）组诗的第十八首《像雾和雪一般狂》（"Mad as the Mist and Snow"）中，诗人将柏拉图与贺拉斯和荷马并列：

> 贺拉斯与荷马并立，
> 柏拉图站在下方，
> 还有图里翻开的书页。
> 多少岁月以往，
> 你我曾是不识字的少年，
> 像雾和雪一般狂。[2]

显然，在这首诗中，诗人感叹自己年少时读书不多（叶芝未曾像父亲与先祖那样，进入大学学习），因此对古希腊罗马的作家、哲学家、演说家充满敬仰。在同一组诗的最后一首诗《关于普罗提诺的德尔斐神谕》（"The Delphic Oracle upon Plotinus"）中，叶芝将柏拉图与希腊神话中的角色和古希腊数学家并列：

> 或疏散闲坐于平坦的草地
> 或蜿蜒穿行于小树林间，
> 柏拉图在那边，走过的是弥诺斯，

---

[1]〔爱尔兰〕叶芝：《叶芝诗集》（中），石家庄：河北教育出版社，2003年，第451页注释1。
[2]〔爱尔兰〕叶芝：《叶芝诗集》（下），石家庄：河北教育出版社，2003年，第647~648页。

那边是尊贵的毕达哥拉斯

和爱神的所有合唱队员。①

传说弥诺斯（Minos）是宙斯和欧罗巴三子之一，也是克里特岛的第一任国王。他设置迷宫，要求雅典人每年送七个童男七个童女给迷宫里的牛首人身怪兽（Minotaur）。这一要求直到忒休斯杀死怪兽才终止。弥诺斯死后成为冥界的判官之一。在《关于普罗提诺的德尔斐神谕》中，弥诺斯作为神话中的角色出现，显然是与神谕有关。柏拉图是哲学家，代表的是知识，疏散闲坐在草地，蜿蜒穿行于树林，使人想起他创立的"学园"的状况。毕达哥拉斯是数学家，也是哲学家，同时还是"音程的数理基础的发现者"②，因此与合唱队有关。这样的并列显示出诗人对古希腊文化的敬仰。

在《一出剧里的两支歌》中，叶芝再次将柏拉图作为古典世界的代表。在诗的第一段，诗人想象缪斯女神在泉边歌颂"大年"的情景（参见前文论述）。在诗的第二部分，诗人描写了在一片异样的、无形的黑暗中，基督被害时的血腥，"使一切柏拉图式的宽容成空，使一切陶立克之学徒然"。"基督被害时的血腥"在叶芝那里，意味着新文明的开始，而按照叶芝的历史循环论，基督文明的兴起就意味着古希腊文明的衰败。对于叶芝而言，古希腊文明的集中体现就是柏拉图的哲学和陶立克的建筑风格。将柏拉图哲学和陶立克建筑风格对比，可能也隐含将雅典的文明和斯巴达的军事纪律进行对比的意思——它们是古希腊文明的两个典型，也是两个相对立的极端。③

在《在学童中间》一诗中，叶芝还提到了柏拉图著名的"合体"比喻：

①〔爱尔兰〕叶芝：《叶芝诗集》（下），石家庄：河北教育出版社，2003年，第658页。

②〔爱尔兰〕叶芝：《叶芝诗集》（下），石家庄：河北教育出版社，2003年，第658页注释5。

③ Norman A. Jeffares. *A New Commentary on the Poems of W. B. Yeats*. London: Macmillan and Co. Ltd, 1984, 244.

> 我想象一个丽达那样的身体，低俯于
> 渐熄的炉火之上，她讲的一个故事，
> 说的是一次严厉的责备，或区区
> 琐事把童年的某一天变成了悲剧的事——
> 讲过后，我们两人的天性仿佛出于
> 青年人的同情而混合成了一个球体，
> 或者说——把柏拉图的比喻略加修改——
> 成了同一蛋壳里的蛋黄和蛋白。①

"丽达那样的身体"显然是指毛德·冈，"渐熄的炉火"让人想起叶芝早期作品《当你老了》（"When You are Old"）中的诗句："当你年老，鬓斑，睡意昏沉，/在炉旁打盹时，取下这本书。"②《当你老了》是写给毛德·冈的，叶芝在其他诗作中也经常以海伦、丽达等形象来指代毛德·冈。在写作《在学童中间》时，叶芝已经六十一岁，看着和蔼的修女和专心学习的学童，诗人不禁回忆自己的青春。诗人和毛德·冈的关系从世俗角度看，确实是悲剧：叶芝大半生都在追求冈，却多次被拒。"柏拉图的比喻"指的是柏拉图关于男女合一的观点。在《会饮篇》（*Symposium*）中，柏拉图记录了古希腊喜剧作家阿里斯托芬（Aristophanes）的论断，说原始人是双性的，好像一个球体，后来被宙斯一分为二，就好像用头发切开煮熟的鸡蛋，因此就分了男女。世间男女追求爱情和结合，就是想要重新合一。诗人说自己和毛德·冈的关系，不完全是柏拉图观念中的各占一半的男女关系，而是同一蛋壳里的蛋黄和蛋白的关系。从诗人的生平看，蛋黄应该指毛德·冈，蛋白则是诗人自己。在这首诗的第六段，诗人再次提到了柏拉图：

柏拉图认为自然界不过是游戏

---

① 〔爱尔兰〕叶芝：《叶芝诗集》（中），石家庄：河北教育出版社，2003年，第520页。
② 〔爱尔兰〕叶芝：《叶芝诗集》（上），石家庄：河北教育出版社，2003年，第82页。

在精神的万物变化图上的一颗泡沫；
较壮实的亚里士多德则舞弄着鞭子
在一位万王之王的屁股上薄施惩戒；
举世闻名的金股毕达哥拉斯
在提琴弓或琴弦上运指弹拨
星星所唱、无心的缪斯们所听的乐章：
用以吓唬鸟儿的旧竿子上的旧衣裳。[①]

显然，这里的柏拉图和亚里士多德一样，只是作为古希腊哲学的代表。不过，诗人也精确地总结了柏拉图的思想：自然界不过是精神（或灵魂）流溢出来的质料而已，精神最重要。柏拉图的学生亚里士多德则不一样，"舞弄着鞭子"象征亚氏与老师相反，着重从物质的角度看世界；那位"万王之王"显然指的是亚历山大大帝。而据说是毕达哥拉斯发现了音程的数理基础，因此他在叶芝诗中经常与音乐有关。叶芝把这三位代表人物并置在此，是为了说明最后那一句诗：就算再伟大的人，到老了（过时了）也只不过是"旧竿子上的旧衣裳"[②]。

除了把柏拉图视为古希腊文化的代表外，叶芝还接受了其世界灵魂和灵魂转世的学说，而且常常与普罗提诺的学说放在一起探讨。在《战时冥想》（"A Meditation in Time of War"）中，叶芝借普罗提诺的学说写自己的领悟：

在被风吹折的老树荫中
静坐在那古老的青石之上时，
由于脉搏的猛一下跳动，
我悟知太一是活生生的存在，

---

① 〔爱尔兰〕叶芝：《叶芝诗集》（中），石家庄：河北教育出版社，2003 年，第 522～523 页。
② 叶芝此处的观点与《航往拜占庭》一诗中的看法相近："年老之人不过是件无用之物，一根竿子撑着的破衣裳。"（《叶芝诗集》，第 464 页）

人类则是无生命的幻影。①

这首诗与《内战时期的冥想》("Meditations in Time of Civil War")组诗中的作品一样，显然是针对战争有感而发。战争的残酷，秩序的被破坏，生命在枪口下的脆弱，使诗人发出"只有灵魂才是永恒、人类只是幻影"的感慨。"太一是活生生的存在"简直就是普罗提诺学说的宣言，因为在普罗提诺那里，太一就是神，就是圆满自足的存在。"人类则是无生命的幻影"则活脱脱是柏拉图灵魂观点的翻版：柏拉图将灵魂与身体的关系比作舵手和船只的关系，人的身体只是灵魂暂时寄居的"一件外套罢了"。

　　在《塔堡》("The Tower")一诗中，叶芝写自己年岁增长时，有着一种从未有过的兴奋的、激情的、奇妙的想象力——就连小时候钓鱼、爬山时也没有过，这种想象力来自柏拉图和普罗提诺：

似乎我必须命令诗神去收拾行李，
选择柏拉图和普罗提诺做朋友，
直到想象力、耳朵和眼睛
能够满足于论证、经营
抽象的事物；或者被一种
拖在身后的破水壶所嘲弄。②

叶芝曾经有一段时间找不到写作的灵感，这时以柏拉图和普罗提诺为代表的哲学给诗人带来了创作上的启发。《塔堡》这首诗写于巴利里塔堡，也就是诗人结婚后购置的房产。因为年代久远，塔堡的神秘、阴森反而让诗人欣喜。诗人在自注中也写到过关于这个塔堡的传说。不过更重要的是，塔堡给诗人带来一种新的象征力量，尤其是其中旋转

①〔爱尔兰〕叶芝：《叶芝诗集》(中)，石家庄：河北教育出版社，2003 年，第 458 页。
②〔爱尔兰〕叶芝：《叶芝诗集》(中)，石家庄：河北教育出版社，2003 年，第 467 页。

上升的楼梯，是其螺旋观念形成的重要来源意象。还有就是历经风雨的塔堡，物是人非，居住的主人代代更替，而塔堡就像一个灵魂的储存器，只要有灵魂在，就能不朽。诗人写道，有了"柏拉图和普罗提诺做朋友"，自己就能够"论证、经营抽象的事物"，而这些抽象的事物不就是诗人心心念之的幻象的哲学体系吗？如前文所指出的，叶芝阅读柏拉图的时间较早（19 世纪 90 年代），阅读的可能是托马斯·泰勒（Thomas Taylor）翻译的五卷本《柏拉图》（Plato）。而叶芝在布拉瓦茨基夫人的建议下，选择性地阅读了新柏拉图主义者的作品，系统阅读普罗提诺可能要到 1920 年之后了。叶芝曾经为《塔堡》一诗做注，解释自己写作柏拉图和普罗提诺诗行的原因：

> 在写作关于柏拉图和普罗提诺的诗行时，我忘记了是我们自己眼里的某种东西使得我们把他们看作完全的超然存在。难道普罗提诺不曾写道，"那么，就让每个灵魂回忆最初的真实，即灵魂是一切生物的作者，它把生命呼入它们全体，地上和海里的任何生物，空中的一切生物，天上的神圣星宿等；它是太阳的创造者；它本身塑造和整理了这广袤的天宇并且指导那一切律动——它是一个本原，与它赋予规律、运动、生命的所有这一切不同，它必须比它们更荣耀，因为它们随着灵魂带给它们生命或抛弃而聚合或解体，而灵魂属于永恒的存在，既然它绝不可能抛弃它自身"？①

叶芝这里引用的普罗提诺论述来自麦克肯纳（Stephen MacKenna）的翻译，麦氏曾在给友人的信中谈到当听说叶芝在读自己翻译的普罗提

---

① 〔爱尔兰〕叶芝：《叶芝诗集》（中），石家庄：河北教育出版社，2003 年，第 466 页注释 1。

诺文章时的兴奋心情。^① 柏拉图和普罗提诺关于灵魂不朽的看法，与叶芝在塔堡时的心情极为相近。塔堡外表已微有损坏，周围的环境也显得破败，但正如上文指出的那样，塔堡的灵魂是不朽的。

诗人在《塔堡》中继续回忆自己年轻时创作罕拉汉的情景，接着叙写塔堡周围的景象和传说。诗人想象几百年来塔堡里住过的"粗鲁的士兵"，那些士兵的幽灵（灵魂）好像在诗人眼前闪现：

> 从前在那里有某些兵士，
> 他们储存在"大记忆"里的形象
> 现在大呼小叫胸膛起伏着前来，
> 突然显现在一个睡眠者的安歇处。^②

叶芝在接下来的诗段中写到自己身为爱尔兰人的自豪——既不是奴隶也不是奴隶主，诗人为自己与伯克和格拉坦同属爱尔兰人而骄傲。诗人在写作《塔堡》的时刻，显然是把塔堡当作自己最后的栖身之所，因此也希望自己的灵魂能超越生死，达至永恒。所以在接近末尾时，诗人要宣布自己的信仰：嘲笑普罗提诺的思想，公然对柏拉图叫嚷。因为柏拉图和普罗提诺的灵魂说认为，灵魂在脱离一个身体后会投入另一个身体，而叶芝却希望自己的灵魂超越"转世"，而直接到达那"死与生并不存在的超越月亮的乐园"（Translunar Paradise）。值得注意的是，叶芝在《塔堡》中也表达了通过直觉使灵魂接触或回归到"世界灵魂"（"大记忆"）的看法。在《九章集》中，普罗提诺就明确提出人具有想象和记忆的灵魂，人的灵魂不是通过逻辑推理回到"世界灵魂"，

---

① Norman A. Jeffares. *A New Commentary on the Poems of W. B. Yeats*. London: Macmillan and Co. Ltd, 1984, 217. 叶芝引用的普罗提诺论断出自麦克肯纳翻译的《普罗提诺：〈九章集〉第五篇中的神圣思维》（Plotinus: the Divine Mind Being the Treaties of the Fifth Ennead, 1926）。在给友人的信中麦氏提到叶芝当时在伦敦的书店里找到这本书之后，便一口气读完，并且对周围的朋友大谈普罗提诺。

② 〔爱尔兰〕叶芝：《叶芝诗集》（中），石家庄：河北教育出版社，2003 年，第 471 页。

而通过直觉思维。这一点与叶芝对神秘主义的笃信正好相契。叶芝认为人与神灵是能相通的，他也参加过不少的降神会。直觉思维而非逻辑推理，是叶芝最为欣赏也最为擅长的。

关于普罗提诺的灵魂回归观念，叶芝在《关于普罗提诺的德尔斐神谕》中也有提及：

> 看，那伟大的普罗提诺游泳，
> 在这一片汪洋中颠簸；
> 温和的拉达曼堤斯把他欢迎，
> 但那金色的种族显得朦胧，
> 咸腥的血水淤塞了他的双眼。①

波菲利撰写的普罗提诺传记，曾记录普氏请阿弥琉斯（Amelius）叩问德尔斐神庙里的神谕，因为据说这里的阿波罗神殿的神谕极为灵验。普罗提诺要问的，是自己去世后灵魂的去向。神谕说，"他将象征性地回归，经过生命之海，受到冥界乐土判官们的欢迎，并受到柏拉图、毕达哥拉斯和不朽的唱诗班的众神的喜爱"②。叶芝这首诗就是根据普氏传记中的描写所作。希腊神话中拉达曼堤斯也是宙斯和欧罗巴之子，与弥诺斯一样后来成为冥界的判官之一。"金色的种族"指希腊神话中的诸神，在正在奋力游泳的普罗提诺看来，他们是模模糊糊的，因此"显得朦胧"。而那"咸腥的血水"（salt blood）虽然使普罗提诺看得不清楚，但是他仍然有幻视的能力。灵魂的回归是普罗提诺的核心观念之一，叶芝写这首诗突出了灵魂回归的艰难。

相比于普罗提诺而言，叶芝较少提到其弟子波菲利，但也并非绝无仅有。在《一九一九》中，叶芝就写到了波菲利的灵魂观：

---

① 〔爱尔兰〕叶芝：《叶芝诗集》（下），石家庄：河北教育出版社，2003 年，第 658 页。
② 〔爱尔兰〕叶芝：《叶芝诗集》（下），石家庄：河北教育出版社，2003 年，第 658 页注释 1。

> 某位柏拉图主义者断言，在我们
> 应抛弃肉体和交易的地位中，
> 古老的习惯黏着不离；
> 只要我们的作品能够
> 与我们的呼吸一起消亡，
> 那就是一种幸运的死亡，
> 因为成功只能损毁我们的孤独。①

一般认为，这位"柏拉图主义者"指的就是波菲利。波菲利曾在《关于山林女仙的洞府》(*De Antro Nympharum / On the Cave of the Nymphs* ）中解释说："去世的灵魂渡过冥河（ Styx ）之后，他们完全不知它们早先在地上的生活……然而，借助血，离世的灵魂便能认出物质形体，回忆起它们先前在地上的状况。"② 波菲利的这一看法将哲学与神话相联系。柏拉图认为，灵魂脱离身体的禁锢即身体消亡的那一刻，就会转世到另一个身体。普罗提诺认为，人的灵魂可以上升，可以下降。波菲利则认为，去世的灵魂要渡过冥河，而且要借助"血"才能认出物质的形体，回忆起前世的种种状况。叶芝在这首诗中认为可以将哲学暂时抛在一边，回到那个"古老的习惯中"。这个古老的习惯就是指诗人的作品能与诗人的呼吸一起消亡，这就回到了欧洲文学的一个悠久传统：艺术使人不朽。③叶芝在其中后期的创作中经常思

---

　　①〔爱尔兰〕叶芝：《叶芝诗集》（中），石家庄：河北教育出版社，2003 年，第 499 页。

　　②〔爱尔兰〕叶芝：《叶芝诗集》（中），石家庄：河北教育出版社，2003 年，第 499 页注释 1。叶芝读到的波菲利文章可能是托马斯·泰勒的译文，参见 Norman A. Jeffares. *A New Commentary on the Poems of W. B. Yeats*. London: Macmillan and Co. Ltd, 1984, 233.

　　③ 比较叶芝诗中的两句"只要我们的作品能够/与我们的呼吸一起消亡"和莎士比亚第十八首十四行诗中的诗句"但是你永久的夏天绝不会凋枯，/你永远不会失去你美的形象；/死神夸不着你在他影子里蹰躇，/你将在不朽的诗中与时间同长；/只要人类在呼吸，眼睛看得见，/我这诗就活着，使你的生命绵延。"（屠岸译，引自胡家峦编著：《英国名诗详注》，北京：外语教学与研究出版社，2003 年，第 36～37 页）以及斯宾塞第七十五首十四行诗中的诗句"我的诗将使你罕见的美德长留，/并把你光辉的名字写在天国"（胡家峦译，引自《英国名诗详注》，第 22 页）。

考艺术与不朽的关系，在《航向拜占庭》《拜占庭》等诗中就已经表达了类似的观点。与灵魂一样，艺术可以不朽。

除此之外，叶芝在《在学童中间》中还提到过波菲利论述"生殖之蜜"的观点：

> 年轻的母亲——一个形象在她膝上，
> 为"生殖之蜜"所捉弄，
> 且必将睡眠，哭叫，挣扎着要逃亡，
> 一如回忆或那药物所决定——
> 会怎样看她的儿子？①

"生殖之蜜"（honey of generation）的说法来自波菲利的《关于山林女仙的洞府》。叶芝曾写道，自己不确定波菲利是否认为"生殖之蜜"就是摧毁出生之前自由的"药物"。《关于山林女仙的洞府》实际上是波菲利对荷马史诗第二部《奥德赛》象征意义的解释，当然主要是解释仙女和洞府的象征。洞府出现在《奥德赛》第十三章，里面有碗和神圣的人工器皿，蜜蜂正往碗和器皿里倒蜂蜜。波菲利的解释很长，主要叙述了蜂蜜的净化和保存功能。波菲利还写道，蜂蜜的甜美，好比生殖时带来的愉悦。最终，波菲利将"生殖之蜜"与水边的仙女相联系。②叶芝说自己并不能确定波菲利的所谓"生殖之蜜"是否是那种"药物"？因此他在诗句中加入了"回忆"，而"回忆"在柏拉图那里是重要的认知观念，在波菲利那里则指灵魂要借助外物（血）才能想起前世种种。叶芝在这里使用波菲利的概念，是为了突出那位"母亲"，以便和后来第七段中的母亲形象相呼应。值得注意的是，叶芝对波菲利的阅读主要集中在《关于山林女仙的洞府》这篇长文，而叶芝对洞

---

① 〔爱尔兰〕叶芝：《叶芝诗集》（中），石家庄：河北教育出版社，2003 年，第 522 页。
② 关于"生殖之蜜"的论述引自 Norman A. Jeffares. *A New Commentary on the Poems of W. B. Yeats*. London: Macmillan and Co. Ltd, 1984, 252.

府、女仙象征意义的理解又是和雪莱联系在一起的。雪莱在《阿特拉斯女巫》（"Witch of Atlas"）等诗作中描写过类似的洞穴，叶芝又把雪莱的这种描写与柏拉图的洞穴理论相联系。在《雪莱诗歌哲学》（"The Philosophy of Shelley's Poetry"）一文中，叶芝对此有过专门讨论。叶芝认为，雪莱在短诗和散文中经常使用洞穴、泉源做比喻，可能是雪莱的潜意识触动了某些过往的场景，因此在作品中将其塑造成古代某种象征符号。叶芝认为雪莱不需要借助任何帮助，只要"大记忆"即可：

> 柏拉图的洞穴就是整个世界，像雪莱这样优秀的柏拉图主义者，如果想不到柏拉图的洞穴，那几乎不可能想到作为象征符号的洞穴。如此优秀的学者或许在他的心灵中早就想到了"仙女洞"中的波菲利。波菲利描述了一个洞穴，费阿刻斯人的船就是从这个洞穴离开奥德修斯。雪莱也描述过一个洞穴，那是阿特拉斯女巫的洞穴。[①]

对于叶芝而言，除了将柏拉图、普罗提诺和波菲利作为古希腊罗马文化的代表，在作品中涉及他们的一般观点外，最重要的是从他们的学说里发展出了"螺旋"观念和历史循环论。

柏拉图的"纺锤"（spindle）是叶芝感兴趣的形象之一，他曾专门写了一首诗《他的契约》（"His Bargain"）来谈"纺锤"意象：

> 谁在谈论柏拉图的纺锤；
> 是什么使它开始旋转？
> 永恒会缩小衰退，
> 时光被放松解散，

---

① 〔爱尔兰〕威廉·巴特勒·叶芝：《生命之树》，苏艳飞译，成都：四川文艺出版社，2015年，第85～86页。

　　　　丹和杰瑞·劳特

　　　　到处更换他们的爱。①

"柏拉图的纺锤"出自《理想国》（*Republic*）第十卷。在这一卷中，格罗康讲述了厄尔在阴间的经历，以及他看见"纺锤"的幻视：现在，在草地上逗留了七天之后，鬼魂们在第八天被迫继续赶路；四天以后，他说他们来到一个地方，在那里他们能够看见一道光线，像一根柱子从上面垂下来，贯穿整个天和地，颜色近似霓虹，不过更亮更纯；又赶了一天的路，他们来到一处地方，在那里，在光明之间，他们看见那光固定的一端从天上延伸下来，因为这光是天的束带，像船的底箍，把宇宙束成一体。从这些端点延伸出必然性的纺锤，万物都在其上旋转。② 叶芝感兴趣的是纺锤的形状，从某一个点（"固定的一端"）出发，延伸下来，万物都是从这一点出发延伸的。这就与叶芝的"螺旋"形状非常相近了。虽然不能肯定地说叶芝的"螺旋"形状就是从柏拉图"纺锤"形象而来，但叶芝受到柏拉图"纺锤"形象的影响则是可以肯定的。在《他的契约》中，叶芝借用"纺锤"的形象来表达有关爱情的观点。纺锤旋转，永恒衰退，时光松散，人们似乎不再专注于爱情，普通人到处更换爱人。而诗人却自信地说，不管别人相不相信，自己一开始就与纺锤上的一根发丝订立了一份契约，就算最后一缕线纺尽，自己也不会终止那一份契约。这应该是指叶芝自己与毛德·冈的关系。

三、历史循环论

　　柏拉图的纺锤形象，与普罗提诺的流溢说也有联系。普罗提诺认为，从太一流溢出理智，从理智流溢出灵魂，而从灵魂流溢出物质，

---

　　① 〔爱尔兰〕叶芝：《叶芝诗集》（下），石家庄：河北教育出版社，2003年，第642页。

　　② 转引自〔爱尔兰〕叶芝：《叶芝诗集》（下），石家庄：河北教育出版社，2003年，第642页注释1。

也就是物质世界（包括人类的身体和灵魂）。那么太一或者灵魂就是那一个起点，从起点流溢出万事万物。这就好比车轮的辐条，从中心点辐射出许多轮条。叶芝吸收了这样的形象和观点，更进一步完善了自己的"螺旋"。螺旋就是从一个点出发，不断呈螺旋形地旋转。而正是从螺旋形象出发，叶芝形成了历史循环论。不过，叶芝历史循环论的最终形成，除了柏拉图和普罗提诺的影响外，另一位西方哲学家维科的影响也不容忽视。

1924 年，叶芝在伦敦聆听了关于意大利美学家克罗齐（Benedetto Croce）《美学》的讲座，并且读到了克罗齐的《维科的哲学》（*The Philosophy of Giambattista Vico*）。叶芝不谙意大利文，因此读的是英译本。次年，叶芝一家去意大利度假，叶芝夫人将一些意大利哲学家著作的段落翻译给叶芝看，这其中就有维科。维科的思想是近于新柏拉图主义的，尤其是他的历史观念。维科早年受笛卡儿（Descartes）影响较大，后来挣脱其影响，形成了自己的理论，其代表作是《新科学》（*Scienza Nuova / New Science*）。维科思想对叶芝影响最大的，是宗教和历史的循环运动观（cyclical view）。维科认为，宗教起始于结合的一体（unity），之后走向异端（heresy），再终结于无神论（atheism），之后重新循环；国家也是这样，起始于君主制（monarchy），之后走向名不副实的君主制或民主制（enfeebled monarchy or democracy），之后是混乱（chaos），混乱之后再次循环至君主制。宗教历史和国家历史的循环是互为倚靠，也互相渗入：文明起始于诸神，之后是英雄、诗人，在这个阶段宗教变成了道德和有缺点的政治，之后便是野蛮世界，从野蛮又走向统一的君主制。[1]

叶芝将维科的循环论放入新柏拉图主义，再加上自己早已初具雏形的螺旋形象，形成了历史循环论。

前文的论述，已稍微涉及叶芝历史循环论的一些方面。概括而言，

---

[1] 以上关于维科循环观念的论述引自 Edward Malins & John Purkis. *A Preface to Yeats* (second edition). New York: Longman Publishing, 1994, 52.

叶芝认为，人类历史（或文明）好比一个双向运转的圆锥体。其中一个圆锥体从锥尖不断向外扩大，呈螺旋形扩散。而文明以两千年为一个循环，到两千年的时候，这个圆锥体（也就是代表某个文明）就会崩散，而另一个新的文明则兴起，做同样的旋转运动。叶芝历史循环论的大致图形如图 1 所示：

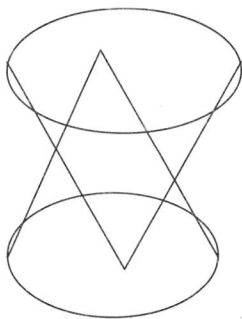

图 1　叶芝的历史循环论

叶芝认为，就西方文明而言，公元前两千年受希腊文明主宰，起点是希腊神话，尤其是宙斯和丽达的神话。之后文明日益崩散，至公元元年，新的文明兴起，那就是基督教文明。基督教文明主宰公元以后将近两千年的时间。到了 20 世纪初期，叶芝认为基督教文明难以维系世界秩序，面临崩散，而新的文明即将代替基督教文明，新一轮的历史循环又将开始。

叶芝集中表现历史循环论的作品是《再度降临》《丽达与天鹅》等诗。

在《再度降临》的第一段，诗人给我们描述了那个逐渐扩大的螺旋和物质世界的象征意义：

> 盘旋盘旋在渐渐开阔的螺旋中，
> 猎鹰再听不见驯鹰人的呼声；
> 万物崩散；中心难再维系；

> 世界上散布着一派狼藉，
> 血污的潮水到处泛滥，
> 把纯真的礼俗吞噬；
> 优秀的人们缺乏信念，
> 卑劣之徒却狂嚣一时。①

螺旋的形象是叶芝早就描述过的，② 这里用来比喻猎鹰从驯鹰人手中脱离，不断盘旋上升的情景。猎鹰越飞越高，已经听不见驯鹰人的呼声。从这样一个形象或比喻，诗人进入主题：万物崩散，中心难再维系。中心显然指的是基督教文明，这个自公元元年起，维系了近两千年西方历史的文明终将崩散。研究者指出，叶芝的这两句诗可能暗指但丁在《神曲》中描写自己和维吉尔（Virgil）坐在格力庸（Geryon）背上，到达地狱第八圈的场景。无论是在《神曲》的英译中还是插画里，格力庸的背部呈现的都是椎体上的螺旋之路。因此，叶芝诗中的猎鹰指代人或文明，它脱离了基督，而基督的诞生标志着两千年历史循环的起点。③诗人接下来用具体的例子来写文明崩散时的状况：世界没有了维系的中心，也没有了秩序，变得一片狼藉；"血污的潮水"暗指战争的残暴和带来的无序、荒凉，如第一次世界大战、爱尔兰内

①〔爱尔兰〕叶芝：《叶芝诗集》（中），石家庄：河北教育出版社，2003 年，第 450～451 页。

② 例如《魔鬼与野兽》的第一段："至少有几分钟之久，/那日夜折磨我的/狡猾的魔鬼和喧闹的野兽/跑出了我的视野之外；/虽然我在螺旋体中久久旋转，/但我的仇恨与欲望之间/我看见我的自由取胜，/全都在阳光里大笑。"（叶芝：《叶芝诗集》（中），石家庄：河北教育出版社，2003 年，第 446 页）在这首诗里，叶芝显然看重的是螺旋体的两极，一极是魔鬼，一极是野兽；一极是仇恨，一极是欲望（象征身体和灵魂、自我与反自我等）。诗人感叹自己在这两极间徘徊。

③ Norman A. Jeffares. *A New Commentary on the Poems of W. B. Yeats*. London: Macmillan and Co. Ltd, 1984, 203.

战等①；纯真的礼俗早已不再，优秀的人们再也没有了信念，而那些卑劣之徒却似乎很是得志。"优秀的人们"可能暗指雪莱《解放了的普罗米修斯》（*Prometheus Unbound*）的诗句，② 而卑劣之徒则很可能是暗指造成战争的人。正是在这样的背景下，诗人眼前出现了基督"再度降临"前的"破坏之神"降临场景。③ 在诗的末尾，诗人写道：

> 黑暗重新降临；但如今我明白
> 那两千年僵卧如石的沉睡
> 已被一只摇篮搅扰成噩梦，
> 于是何等怪兽——它的时辰终于到来——
> 懒洋洋走向伯利恒去投生？④

正如公元之前两千年的古希腊文明一样，基督教文明主宰了西方近两千年，如今其面临崩散。这时黑暗来临，但是两千年的沉睡，等来的是何等模样的怪兽呢？叶芝提出了每两千年文明一循环的看法，但是对于这个新的文明到底为何却似乎也没有明确的答案。不过，从诗歌最后一句"懒洋洋走向伯利恒去投生"看，诗人也许暗示这个主宰新

---

① 研究者认为，叶芝写作此诗时想到的是爱尔兰的内战和俄国十月革命。叶芝曾在给拉塞尔的一封信中，谈到当时的俄国政府报道的在革命中丧生的民众数字。参见 Norman A. Jeffares. *A New Commentary on the Poems of W. B. Yeats*. London: Macmillan and Co. Ltd, 1984, 204。叶芝也曾在自传中表达过对爱尔兰内战的看法："当战争的日子迫近，掌握大权的阶级无法再保护人民时，便会用恐吓、说辞和精心梳理的柔懦，将他们推上战场；当武力均等之时，他们又如何面对东方那心无杂念的国家？在我的有生之年，我已经看到爱尔兰从奥康内尔时代和学派的那种夸夸其谈和叽叽喳喳的幽默中脱离出来，为他自己准备了孤独和高傲的帕内尔，作为自我的对立。我开始满怀希望，或是带着些许憧憬，愿我们能成为欧洲第一个有意识地寻求一体性的民族，就像十一到十三世纪的神学家、诗人、雕塑家和建筑家一样。"（叶芝：《凯尔特的曙光》，徐天辰、潘攀译，南京：江苏文艺出版社，2013年，第127页）

② Norman A. Jeffares. *A New Commentary on the Poems of W. B. Yeats*. London: Macmillan and Co. Ltd, 1984, 204.

③〔爱尔兰〕叶芝：《叶芝诗集》（中），石家庄：河北教育出版社，2003年，第450页注释1。

④〔爱尔兰〕叶芝：《叶芝诗集》（中），石家庄：河北教育出版社，2003年，第451～452页。

的两千年的文明会带有基督教元素。

《丽达和天鹅》（"Leda and Swan"）写的是公元前古希腊文明的起点。根据希腊神话，丽达本来是斯巴达国王廷达瑞俄斯（Tyndareus）的王后。宙斯喜欢上了她，便化身为一只天鹅。天鹅被老鹰追赶，乘机逃进丽达怀中。当晚丽达怀孕，生下两个蛋，从两个蛋中生出她的四个孩子。古希腊神话有不同版本，在叶芝读到的版本中，从其中一个蛋生出卡斯特（Castor）和克吕泰涅斯特拉（Clytaemnestra），从另一个蛋中生出海伦（Helen）和波吕克斯（Pollux）。后来，海伦成为特洛伊故事的主角之一，正是她被帕里斯拐走一事，导致了长达十年的特洛伊战争。而克吕泰涅斯特拉成为希腊国王阿伽门农（Agamemnon）的王后，后来和自己的情人埃癸斯托斯（Aegisthus）在阿伽门农从特洛伊回来时杀死了他。① 丽达诞下的几个孩子带来了战争，而这些战争又意味着比希腊文明更早的上古文明的终结。因此，丽达和宙斯的结合是古希腊文明的起点，这就是公元之前两千年的历史循环的起点。叶芝在诗中这样写道：

> 腰股间的一阵战栗便造成在那里
> 墙垣坍塌断残，屋顶和塔楼烧燃，
> 阿伽门农惨死。②

诗的第一行描摹丽达和宙斯的结合，第二行暗指特洛伊战争，第三行是特洛伊之战后的悲剧。特洛伊战争和阿伽门农的故事在荷马史诗中都有记述。研究者认为，叶芝诗中所写"预示旧的文明（上古时代）

---

① 阿伽门农在特洛伊战争期间，按照神谕向神祭祀了自己的女儿伊菲革涅亚，为此克吕泰涅斯特拉心生仇恨。这恰好为埃癸斯托斯所利用，两人合谋在阿伽门农沐浴时杀死了他。但很快阿伽门农和克氏的儿子俄瑞斯托斯为父亲报了仇。参见古斯塔夫·施瓦布：《希腊古典神话》，曹乃云译，南京：译林出版社，2010年，第457～468页。

② 〔爱尔兰〕叶芝：《叶芝诗集》（中），石家庄：河北教育出版社，2003年，第516页。

行将终结，新的文明（荷马时代）即将到来，而变化的根源即在于性爱和战争"①。

如果说在《丽达与天鹅》中叶芝写的是公元之前两千年历史循环中古希腊文明到来的预报，那么《一出剧里的两支歌》等诗就是对基督文明到来的预报。在《一出剧里的两支歌》的第一段，诗人写"我"看见一个凝眸的处女站在神圣的狄俄尼索斯死去的地方，并从他的肋下掏出其心脏，放在手里捧走了。于是，所有的缪斯女神在泉边把"大年"歌颂。狄俄尼索斯和缪斯女神是希腊神话的代表。狄俄尼索斯是酒神，是宙斯和大地女神塞墨勒所生之子。塞墨勒曾要求宙斯显示其神的原型，而宙斯的原型是闪电，塞墨勒无法忍受闪电之热而遭受厄运。狄俄尼索斯由仙女们抚养长大。宙斯的妻子赫拉嫉妒狄俄尼索斯，因此狄俄尼索斯曾被泰坦巨人（Titans）吞食，但是智慧女神雅典娜及时将其心脏抢出来交给宙斯，宙斯将狄俄尼索斯的心脏吞下，酒神狄俄尼索斯得以再生。叶芝接着写道：

> 另一个特洛伊必定兴起而衰落，
> 另一个世系必定喂乌鸦之口，
> 另一个阿尔戈的彩画船舶
> 必定驶向一个更其俗艳的赝货。
> 罗马帝国惊骇得呆呆站立：
> 它掉落了和平与战争的缰绳，
> 当那刚烈的处女和她的星
> 从那不可思议的黑暗中呼唤之时。②

上诗中的"另一个特洛伊""另一个世系"和"另一个阿尔戈"都指向古希腊文明，而"更其俗艳的赝货"显然指古希腊文明衰落之后继起

---

① 〔爱尔兰〕叶芝：《叶芝诗集》（中），石家庄：河北教育出版社，2003 年，第 516 页注释 1。
② 〔爱尔兰〕叶芝：《叶芝诗集》（中），石家庄：河北教育出版社，2003 年，第 510～511 页。

的古罗马文明。但是，叶芝显然认为古罗马文明不足以支撑新的历史循环，它不仅"掉落了和平与战争的缰绳"（暗喻古希腊文明，意思是古罗马文明连古希腊文明都未能很好地继承)，而且面对新兴的基督教文明（"刚烈的处女"指圣母玛利亚，"不可思议的黑暗"暗指基督教会的开始①），古罗马帝国只能惊骇得"呆呆站立"，丝毫不能有所作为。正是从罗马帝国那里，耶稣创始的基督教文明成为叶芝心目中公元之后两千年主宰西方的文明。继古希腊文明之后，基督教文明开始了新的历史循环。不仅如此，叶芝还在接下来的诗段中进一步描写了基督被害时的场景：人类的思想渐渐变得黑暗，基督在进最后晚餐的地方踱步；因为他的传教活动，引发了加利利地方的骚乱，占星学带来了一片"异样、无形的黑暗"，基督被害。而基督的被害，意味着古希腊文明的终结（"一切柏拉图式的宽容成空""一切陶立克之学徒然"，参考前文相关论述），更意味着基督教文明的兴起。从此以后两千年的西方世界里，基督教文明成为那个不断"扩大呈螺旋形旋转的"历史和文明。

《智慧》（"Wisdom"）一诗，是叶芝另一首预报基督教文明到来的诗作。叶芝在这首诗中对基督到来的描写，与福音书显然有所不同，

---

① 公元4至5世纪的新柏拉图主义哲学家曾经对基督教会有过解释，他们"预言基督教会是'主宰世上美好事物的一片荒唐而无形的黑暗'"。而叶芝这一节诗中预告基督文明到来的场景，"借用古罗马诗人维吉尔《第四牧歌》（公元前40年）的内容重述基督降生故事。据希腊传说，在黄金时代末，宙斯与正义女神忒弥斯所生之女阿斯忒瑞亚升离大地变成了室女星座。维吉尔在《第四牧歌》里预言阿斯忒瑞亚的回归之时即为新的黄金时代之始。自公元325年尼色阿宗教会议始，阿斯忒瑞亚即被基督教会附会为圣处女玛利亚，室女座中最亮的角宿（阿尔法星）则为伯利恒的报喜之星。维吉尔还预言了另一次特洛伊战争和另一次阿尔戈英雄寻找金羊毛的远征"（上述两个论述均引自《叶芝诗集》（中）第511页之注释）。值得注意的是，这首诗的主旨虽然是预报基督文明的到来，但是在诗中诗人也暗指了古希腊文明对远古文明的颠覆，即第二个部分中的"巴比伦星光"（the Babylonian starlight）。"巴比伦星光"一般被认为是比古希腊文明更久远的远古文明。参见 David A. Ross. *Critical Companion to William Butler Yeats*, New York: Facks on File, Inc., 2009, 262。此外，《一出剧里的两支歌》的第一部分是叶芝戏剧《复活》的开幕诗，第二部分是结尾时的歌。《复活》这出剧写的也是基督教文明的到来：在耶路撒冷的街道上，狄俄尼索斯被追随者抬着走向墓地（象征古典文明的终结）；基督复活（犹如狄俄尼索斯复活，意味着基督教文明的到来）。

其中加入了诗人自己的理解。首先，圣母玛利亚已经不是那个普通的木匠的妻子，而是一个浑身镶金嵌玉、受艺术熏陶的女王。诗人写，那些"彩画壁板、雕塑、玻璃镶嵌画"能纠正某个农夫传道者说的错误的教义，地板上木匠（指玛利亚的丈夫约瑟）留下的锯末被扫除时，真正的信仰才被发现：

> 当庄严的圣母身衣
> 锦缎，端坐在镶金
> 嵌玉的檀木宝座上，
> 缝制着一袭以备他在
> 诺亚的洪流从未淹及的
> 高接星汉的巴比伦塔里
> 高贵地穿用的绛袍时，
> 神迹尚在儿戏。①

从诗句中可以看出，圣母在缝制绛袍时，她期待中降生的儿子似乎是巴比伦占星王朝的后裔（参考《一出剧里的两支歌》中的"巴比伦星光"）。诺亚的洪流淹不到的巴比伦高塔，似乎暗喻圣母并不能理解其子降生带来的智慧为何。② 在诗的最后，诗人写到基督教文明的到来：

> 丰裕之王给他披上
> 纯真；他则披上智慧。
> 那名号听起来最是悦耳，
> 想想何等狂野的婴儿期

---

① 〔爱尔兰〕叶芝：《叶芝诗集》（中），石家庄：河北教育出版社，2003 年，第 528～529 页。
② David A. Ross. *Critical Companion to William Butler Yeats*, New York: Facks on File, Inc., 2009, 289.

> 曾把恐怖逐出他母亲的胸怀。①

"丰裕之王"当指上帝，上帝赋予基督纯真。但基督自己"披上智慧"，就显出基督的主动性，这一点也与传统的福音书描写有所不同。"智慧"二字点题；更为重要的是，叶芝认为，在历史循环的节点上，智慧是非常重要的因素。此外，叶芝还认为，在历史循环中，更替循环的节点都不会是顺利的过渡，而是伴随着猛力甚至暴力，例如《智慧》中的最后两句描写，又如《再度降临》中描写的基督重临前的混乱、狂嚣。"智慧"和"力量"（甚至是暴力）是叶芝所认为的在历史循环节点上的两个特征。除《智慧》外，在《丽达与天鹅》的最后，诗人写道：

> ……就如此遭到劫持，
> 如此听凭那空中兽性的生灵宰制，
> 趁那冷漠的喙尚未把她放下之前，
> 她可曾借他的力量汲取他的知识？②

在叶芝那里，丽达与宙斯的结合开始了公元之前两千年主宰西方的古希腊文明。丽达是否从宙斯那里获得了"知识"（即智慧）呢？诗人在此处用的是设问句（rhetoric question），答案要见仁见智了。但是在《智慧》一诗中，诗人给出的是肯定答案，即基督从上帝那里得到了智慧，而且与丽达不同，基督似乎还是主动得到的。

　　由此，我们可以对叶芝历史循环论中的预报做一总结：《丽达与天鹅》预报了古希腊文明；《一出剧里的两支歌》和《智慧》预报了基督教文明；《再度降临》预报了新的文明。对于那新的文明，叶芝自己似乎也不能完全明白，毕竟对于过往的历史做出总结是相对容易的，而

---

① 〔爱尔兰〕叶芝：《叶芝诗集》（中），石家庄：河北教育出版社，2003 年，第 529 页。
② 〔爱尔兰〕叶芝：《叶芝诗集》（中），石家庄：河北教育出版社，2003 年，第 516 页。

对于未来，谁也不能说自己就完全能预料得到——即便睿智如叶芝者，恐怕也是如此。

第二节　叶芝诗学思想与"爱尔兰前辈"

一、"爱尔兰前辈"概述

在诗作《血与月》（"The Blood and Moon"）中，叶芝曾将贝克莱等人列为自己的"爱尔兰前辈"：

> 我宣布这座塔是我的象征；我宣布
> 这架似盘旋、绕圈、螺旋的踏车般的楼梯是我祖传的楼梯；
> 哥尔斯密和那主教，贝克莱和伯克曾经旅行到那里。①

"这座塔"指"巴利里塔堡"（盖尔语 Thoor Ballylle，英语 Ballylee Tower），是叶芝于 1917 年购买的一座塔堡，离库勒庄园三公里。1917 年至 1918 年叶芝对其进行了整修，1919 年他和家人正式搬入，不过只是作为度夏的居所。后来由于健康原因，叶芝于 1928 年放弃去塔堡度夏。虽然叶芝在巴利里塔堡居住的时间不长，但其象征意义却是重大的（详见第五章论述）。塔堡一共有四层，每两层之间由"盘旋、绕圈和螺旋似的"楼梯连接，诗人宣称这些楼梯是"祖传的楼梯"（ancestral stairs），也就是要声明自己受到盎格鲁-爱尔兰新教传统的影响（Protestant Anglo-Irish tradition）。诗人接下来列举了四位盎格鲁-爱尔兰新教传统的代表人物——作家奥利弗·哥尔斯密、作家和曾任

---

① 〔爱尔兰〕叶芝：《叶芝诗集》（下），石家庄：河北教育出版社，2003 年，第 569 页。

都柏林圣帕特里克大教堂住持主教的乔纳森·斯威夫特、哲学家和主教乔治·贝克莱、政治作家及演说家埃德蒙·伯克。

哥尔斯密（Oliver Goldsmith, 1730—1774），其父亲是盎格鲁-爱尔兰牧师，曾在都柏林三一学院学习，后来一度想学医，但最终以写作为业，代表作有小说《威克菲尔德牧师》（*The Vicar of Wakefield*）、戏剧《屈身求爱》（*She Stoops to Conquer*）和散文集《世界公民》（*The Citizen of the World*）。斯威夫特（Jonathan Swift, 1667—1745），出生于都柏林，毕业于都柏林三一学院，曾在特姆坡爵士门下担任秘书，后来一直在教会任职，直至担任圣帕特里克大教堂住持主教。斯威夫特也是大作家，代表作有《一个小小的建议》（*A Modest Proposal*）、《书的战争》（*The Battle of the Books*）、《一只木桶的故事》（*A Tale of a Tub*）和讽刺巨著《格列佛游记》（*Gulliver's Travels*）。贝克莱（George Berkley, 1685—1753），出生于爱尔兰基尔肯尼郡，在基尔肯尼学院和都柏林三一学院学习。1724 年被任命为爱尔兰德里郡地区主教，1934 年被任命为科隆尼主教，因此也被世人称为主教贝克莱（Bishop Berkeley）。[①]伯克（Edmund Burke, 1729—1997），其父亲为爱尔兰新教律师，母亲是天主教徒。他也曾就学于都柏林三一学院，后一度修习法律，但终究对政治思想的兴趣胜过了法律。

叶芝年轻的时候曾一度放弃阅读哥尔斯密和伯克的作品，因为那时他认为这两人及其作品更接近英国，而与自己以爱尔兰题材写作的初衷"不相谋"。叶芝也曾一度认为斯威夫特没有"浪漫主义风格"。后来，叶芝改变了自己年轻时的观点，他在文章中写道：已经好几个月连续阅读斯威夫特的作品；读伯克和贝克莱少一些，但读他们俩的作品时总是很兴奋，后面要开始读哥尔斯密了。[②] 如果说在诗歌技巧

---

① 贝克莱一度到美国施行自己的教育理论，如今赫赫有名的加州大学伯克利分校（University of California, Berkeley）就是以他的名字命名的（汉语译名有所差别）。

② 转引自 Norman A. Jeffares. *A New Commentary on the Poems of W. B. Yeats*. London: Macmillan and Co. Ltd, 1984, 273.

和象征方面，雪莱和布莱克（这两位是英国诗人）是叶芝的前辈，那么在智识或者说在哲学思想方面，叶芝则以上述四位先哲为前辈，而这四位先哲都有爱尔兰背景。在叶芝创作的中后期，他对当时爱尔兰的暴民政治或群氓政治（mobbism）颇为失望，因此将自己对爱尔兰的爱与文学和智识传统相结合，这也符合叶芝一贯的浪漫加保守的性格—《血与月》就是这种转向的反映。[1] 叶芝曾经在《贝克莱主教》一书[2]的介绍中写道：

> 我们有幸出生在这样一个国度：贝克莱相信知觉，他认为抽象的概念只不过是话语而已；斯威夫特热爱完美的自然，热爱慧骃群体（the Houyhnhnms）[3]，不相信牛顿那一套和所有关于机械的学说；哥尔斯密对日常生活细节的热衷，使他的同时代人目瞪口呆；伯克笃信所有的国家要是不能像一片森林中的树那样慢慢成长，就会变成专制国家。[4]

叶芝在这些先哲的思想中无疑找到了一些契合之处。1933 年 1 月 18 日的《爱尔兰时报》（Irish Times）报道了叶芝在皇家都柏林学会（Royal Dublin Society）的讲座。在讲座中，叶芝声称在爱尔兰诞生了三位世界人物：其一是乔治·贝克莱，一位哲学家，据柏格森所言，是现代哲学的创造者；其二是乔纳森·斯威夫特，第一个否认生命价值的伟人；其三是埃德蒙·伯克，他的思想将法国大革命带来的无政

---

[1] David A. Ross. *Critical Companion to William Butler Yeats*, New York: Facks on File, Inc., 2009, 56～57.

[2] 《贝克莱主教》（Bishop Berkeley），由 J. M. Hone 和 M. M. Rossi 于 1931 年编写出版，叶芝为之介绍。

[3] "慧骃"是斯威夫特《格列佛游记》第四部分中描写的群体，是那个国度的统治者，是一些具有马的形象的生物，但是很有智慧。而那个国度还有一些生物，有人的形体，但是野蛮粗鄙，被称为雅虎（yahoos）。从这种对比可见斯威夫特讽刺的深刻。

[4] 转引自 Norman A. Jeffares. *A New Commentary on the Poems of W. B. Yeats*. London: Macmillan and Co. Ltd, 1984, 273.

府状态翻转了过来，甚至可以说，是他拯救了欧洲。^① 因为此章的内
容是讨论叶芝所受西方哲学之影响，因此我们将集中讨论贝克莱和伯
克对叶芝的影响，以贝克莱为主，兼及伯克。

二、贝克莱与伯克

且看在《血与月》中叶芝如何评价贝克莱：

> 以及证明万事万物都是一场梦，尘世这头务实
>
> 而愚蠢的猪猡，及其看起来十分结实的幼崽，
>
> 只要心灵一变换主题就必定立即消亡的、上帝任命的贝克莱。^②

其关于贝克莱"万物是梦"以及心灵学说的总结可谓一语中的。叶芝
重新对这些爱尔兰背景的智识先哲感兴趣，主要在其担任参议员期间。
在1922年冬天，他在参议院遇见被称为"革命战士"的麦克马努斯上
校（Captain D. A. MacManus），上校建议叶芝阅读贝克莱的作品。^③很
快叶芝的年轻友人，同时也是阿贝剧院董事会成员的罗宾逊（Lennox
Robinson）^④，借给叶芝两卷本的贝克莱作品集。叶芝对贝克莱思想的
熟悉应该主要缘于这两次经历。

　　贝克莱在都柏林三一学院毕业后不久就被任命为牧师，其一生行

① 转引自 Edward Malins & John Purkis. *A Preface to Yeats* (second edition). New York:
Longman Publishing, 1994, 57.

② 〔爱尔兰〕叶芝:《叶芝诗集》（下），石家庄：河北教育出版社，2003年，第570页。

③ 叶芝曾经在1932年写的一篇文章中回忆："一位爱尔兰自由邦战士（即麦克马努斯上校），
从事着为政府服务的危险工作，告诉我说，一个人需要的所有哲学在贝克莱的作品中就能找到。
受这些话的鼓励，我开始阅读贝克莱的《席勒斯与菲洛诺斯对话录》（即《席勒斯与菲洛诺斯的
三篇对话》）。" 参见 David A. Ross. *Critical Companion to William Butler Yeats*, New York: Facks on
File, Inc., 2009, 556.

④ 罗宾逊出生于新教家庭，1907年在观看了阿贝剧院上演的叶芝和格雷戈里夫人的戏剧
后，对戏剧产生浓厚兴趣。1909年，他的第一部戏剧《十字路口》（*The Cross Roads*）在阿贝剧
院上演。之后，罗宾逊担任剧院经理一职，一直到1914年，剧院在美国演出时演员被捕，他辞
去经理职务。1919年，罗宾逊重新回到阿贝剧院，任董事会成员，直至去世。

状也多与维护宗教权威有关。但正是在这些维护和辩论中贝克莱发展出了自己的一套经验论哲学，他称之为"非唯物主义"（immaterialism）。[①] 1709 年，贝克莱发表了早期代表作《视觉新论》（*An Essay towards a New Theory of Vision*）。在著作中，贝克莱探讨了人类视力的局限，他认为视觉的对象只是光和颜色，视觉不能真正感知到形状、距离、空间等，而形状、距离、空间等只能被触觉感知到。贝克莱的这种视觉理论，把空间关系解释为视觉观念与触觉观念之间的关系，"这种主观主义的空间观与牛顿力学中的'绝对空间'（absolute space）的观念是针锋相对的"[②]。从常识来看，牛顿的空间观念是客观的、科学的，因此贝克莱的视觉理论与常识便发生了冲突。每当遇到这种情况，贝克莱便会搬出上帝来支持自己的逻辑。贝克莱在《视觉新论》中的观点，在他的下一部代表作《人类知识原理》（*A Treatise Concerning the Principles of Human Knowledge*）中得到进一步发挥。之后，贝克莱很快发表了他的第三部代表作《席勒斯和菲洛诺斯的三篇对话》（*Three Dialogues between Hylas and Phlonous*）。

贝克莱的观点基本是在与他人的辩论中形成的，而当时贝克莱主要针对的就是洛克和牛顿的学说。例如，《人类知识原理》显然是针对洛克[③]的著作《人类理解论》（*Essay Concerning Human Understanding*）；《席勒斯和菲洛诺斯的三篇对话》中的"菲洛诺斯"（Phlonous，希腊语，意为"思想的爱者"）代表贝克莱自己，而席勒斯（Hylas，希腊语，意为"物质"）即指洛克。洛克认为，人的心灵原本就是一块白板，上面空空无物，而随着人的成长，经验的获得使心灵中有了"观念"。洛克将经验分为"感觉"和"反省"两类，"心灵通过感觉来对获得的观念进行反思，从而得到新观念；它还会对自身的活动进行反省，得

---

① 后世学者一般将贝克莱的学说称为"主观唯心主义"（subjective idealism）。

② 赵敦华：《西方哲学简史》，北京：北京大学出版社，2001 年，第 259 页。

③ 洛克（John Locke, 1632—1704），英国哲学家，经验主义哲学代表人物，也涉足政治学说，代表作有《人类理解论》《政府论》（*Treatise of Government*）等。

到一些观念"①。洛克认为，感觉可以用物质的机械作用来解释，心灵的活动和外物一起构成思想和知识的原因。显然，虽然是经验论者，但洛克认可物质有机械运动，而且认为"外物"是存在的。而这两个观点正是贝克莱反驳的出发点。贝克莱认可洛克的说法：人类知识的对象是观念，也并不否认感觉到的事物的真实性和存在；但是他辩论说，既然可感事物只能存在于观念之中，那么它们的存在只是因为我们"感知"了它。例如桌子和椅子，只是因为人们感知了它们，它们才作为"观念"存在于感知者的头脑中。因此，如果不能被感知，事物就不存在。存在与不存在的关键在于"感知"，而感知的关键又在于心灵，因此如果心灵变化，万物也就变化，万物只在人的心灵里。这就是贝克莱有名的"存在就是被感知"的主观唯心主义观点。这与笛卡尔的"我思故我在"以及洛克的观点已经很不相同，与牛顿的学说就更是相反了。既然被感知的才能存在，那么如果不能感知，就不存在了，那"万事万物不都是一场梦"吗？正是在这一点上，叶芝表达了对贝克莱的认同，也就出现了《血与月》中"一场梦"的诗句。既然万事万物都是一场梦，那么只要人的心灵"一变换主题"，"务实而愚蠢"的尘世不就立即消亡了吗？

　　当然，除了认同贝克莱的观点，叶芝也不忘贝克莱的主教身份，因此他在诗句中称贝克莱是"上帝任命的贝克莱"（God-appointed Berkeley）。如上所述，贝克莱在遭逢自己的观点与常识相悖的情况时，往往会搬出上帝来"救场"，而贝克莱就哲学问题进行辩论的终极目标也是维护宗教权威。在这一点上，叶芝看得很清楚，因此他尽量避免过多涉及贝克莱的宗教热情，而是谨慎地采用贝克莱学说中自己欣赏的观点。贝克莱对"感知"的重视，契合叶芝本人的爱好和观点。叶芝小时候就喜欢在斯莱戈外祖家听他人讲那些民间传说，比如希神——只要是风刮过树枝，那就是希神在行走，等等。而这些是需要"感知"

---

① 赵敦华：《西方哲学简史》，北京：北京大学出版社，2001年，第243页。

的。叶芝从少年时期就喜欢的"冥想术"，更是"感知"的实验场。有一次，他和舅父乔治·波莱克斯芬在厚斯的海边冥想，两人相隔一段距离，叶芝在心中凝想一个象征的形象，乔治心中便有某种相应的景象出现。叶芝对和舅父的这种"实验"能够应验十分兴奋，从此也确立了"感知"和"心灵"十分重要的认识。叶芝对自己的"感知"甚至是"遥感"能力也很自信。小时候，有一次他"感知"到了外祖父在海上正历经风险，后被证明接近事实，这使叶芝更是对"感知"信心满满。

贝克莱对洛克、牛顿的反驳也令叶芝"惺惺相惜"。叶芝在《断章》（"Fragments"）的第一首写道：

> 洛克晕倒过去；
> 乐园死去；
> 上帝从他的肋下
> 取出珍妮纺纱机。①

诗的第三行和第四行显然是在戏仿《圣经·创世记》中上帝造人的故事。在那个故事里上帝将亚当安置在伊甸园（即"乐园"）里，趁他睡着的时候从他身上取下一根肋骨，造出夏娃。② 诗人在这里说上帝从晕倒的洛克身上取出珍妮纺纱机，可见叶芝对洛克的不喜欢。珍妮纺纱机（spinning jenny）是英国人詹姆斯·哈格里夫斯于1765年对原有纺纱机的改进和发明，是机械业和纺织业发展的重大标志，从常识来讲，是科学的进步，是牛顿和洛克学说的"成果"。但诗人却带着戏谑的语气，对洛克的学说加以讽刺。叶芝还曾在日记中毫无顾忌地表达了自己对洛克等人的厌恶和对贝克莱的推崇：

①〔爱尔兰〕叶芝：《叶芝诗集》（中），石家庄：河北教育出版社，2003年，第513页。
② 故事参见《圣经·创世记》2：18～23。

　　　　笛卡儿、洛克和牛顿带走了世界，而把它的粪便给了我们。……而贝克莱恢复了世界。①

　　在叶芝看来，笛卡儿、洛克和牛顿是机械、物质世界的代表，而叶芝自己终生都笃信想象力和直觉，因此对洛克等人并不喜欢，甚至厌恶。贝克莱虽然一生维护宗教，但叶芝在他那里找到了对"感知"的共鸣。

　　在四位"爱尔兰前辈"中，当论及哲学和政治学概念时，叶芝经常将贝克莱和伯克并举。伯克的父亲是新教律师，母亲出身于爱尔兰天主教大家族，伯克家族是跟随亨利二世进入爱尔兰的诺曼-爱尔兰人；也就是说，伯克的家族是早已爱尔兰化的诺曼人后裔，因此与斯威夫特、贝克莱和哥尔斯密的情况不一样。叶芝把他们四位放在一起，似乎并不妥帖。② 不管怎样，伯克对叶芝的影响是可以肯定的。伯克对叶芝在文学上的影响主要来自其著作《崇高与美的哲学探源》（*A Philosophical Enquiry into the Origin of Our Ideas of the Sublime and Beautiful*）。但显然叶芝对这部作品中的文学观念并不感兴趣。叶芝感兴趣的是伯克的政治学说和思想。

　　伯克的政治生涯主要集中于五个"伟大、公正和荣耀的事业"中，它们分别是：英国下议院从乔治三世王权之中解放；美国殖民地的解放；爱尔兰的解放；印度从东印度公司的"错误管理"下解放；反对法国大革命中的雅各宾主义。③ 伯克关于政治学说的著作有《论美国赋税》（*On American Taxation*）、《与殖民地之和解》（*Conciliation with the Colonies*）、《反思法国大革命》（*Reflections on the Revolution in*

---

　　① 参见〔爱尔兰〕叶芝：《叶芝诗集》（中），石家庄：河北教育出版社，2003 年，第 513 页注释 1；Norman A. Jeffares. *A New Commentary on the Poems of W. B. Yeats*. London: Macmillan and Co. Ltd, 1984, 274.

　　② Edward Malins & John Purkis. *A Preface to Yeats* (second edition). New York: Longman Publishing, 1994, 57.

　　③ Margaret Drabble ed. The Oxford Companion to English Literature. Oxford: Oxford University Press/Beijing: Foreign Language Teaching and Research Press, 1993, 147.

France）以及《新辉格党员对旧辉格党员的呼求》（*Appeal from the New to the Old Whigs*）等。伯克在关于爱尔兰和天主教的演讲和文章中，主张宗教宽容。在国家制度上，他有一个有名的比喻，就是国家是一个活的机体，好比一棵老橡树，要按照自身的规则生长，而不应该按照强加给它的那些规则或理论生长和发展。伯克对法国大革命持反对意见，这大出他的朋友们之所料，以为他彻底颠覆了早期对美国殖民地革命、印度殖民地人民和爱尔兰人民的同情态度。其实，伯克不仅反对政府滥用职权，也"不同意其他任何人利用权力无法无天。他感到革命会对一切既定的社会机制产生威胁，而且认为权力旁落在民众手中恶果不堪设想。……他对革命的反感并不影响他对民众的同情和对暴政的申诉"。① 伯克的这个观点简直与叶芝的新教贵族统治的观点如出一辙。叶芝认为当时的爱尔兰是暴民和群氓政治当道，社会秩序的被破坏、暴力问题的层出，都是因为没有有教养的"强人"治理。叶芝在《血与月》中这样描写伯克：

> ……
>
> 和证明国家是一棵树，这不可征服的禽鸟的迷宫，
> 一个世纪又一个世纪，只给数学公式抛下枯死树叶的、
> 有着更高傲的头颅的伯克。②

伯克关于"国家是一棵树"的比喻来自《反思法国大革命》。叶芝在系统阅读伯克的著作之前，就曾多次引用伯克的这一比喻。③ 对于叶芝而言，国家这棵树应该历经"一个又一个世纪"慢慢成长，而不是那

---

① 刘意青主编：《英国 18 世纪文学史》（增补版），北京：外语教学与研究出版社，2006 年，第 169 页。

②〔爱尔兰〕叶芝：《叶芝诗集》（下），石家庄：河北教育出版社，2003 年，第 570 页。

③ Norman A. Jeffares. *A New Commentary on the Poems of W. B. Yeats*. London: Macmillan and Co. Ltd, 1984, 274.

种拆开又装起来的机械(针对洛克和牛顿)。国家这棵老橡树不能按照"数学公式"的规则来生长,按照那样的方式长大的树只会有枯死的树叶。

在《七贤》("The Seven Sages")一诗中,叶芝再次对几位"爱尔兰前辈"表示礼敬,其中就有伯克和贝克莱。诗的形式是七个人的对话:

> 第一位:我曾祖父曾经在格拉坦家里
> 　　　　跟埃德蒙·伯克说话。①

亨利·格拉坦是 18 世纪末 19 世纪初的爱尔兰爱国人士和演说家。格拉坦也毕业于都柏林三一学院,在 1782 年他发表过一个要求爱尔兰立法独立的著名演说,后来爱尔兰议会曾一度被称为格拉坦议会(Grattan's Parliament)。格拉坦的努力没有获得成功。1800 年英爱合并法案签订,次年生效。② 伯克不仅是有名的政治家,也是著名的演说家,他在都柏林三一学院建立了英伦地区最早的辩论协会——学院历史学会(College Historical Society)。他经常以演讲的方式来支持美国殖民地、天主教和爱尔兰,有时候连政敌也不得不佩服他精彩的语言和有力的雄辩。诗中第一位说话的人显然因自己的曾祖父在格拉坦家里和伯克说过话或者辩论过而感到自豪。第二位说话者说自己的曾祖和哥尔斯密在一个小酒馆一起喝过酒。第三个说话的人接着说:

> 第三位:我曾祖父的父亲曾经与科隆尼的主教一起

---

① 〔爱尔兰〕叶芝:《叶芝诗集》(下),石家庄:河北教育出版社,2003 年,第 581 页。

② Norman A. Jeffares. *A New Commentary on the Poems of W. B. Yeats*. London: Macmillan and Co. Ltd, 1984, 280. 格拉坦去世后被葬于威斯敏斯特大教堂墓地,叶芝曾呼呼将其遗体迁移到都柏林的圣帕特里克大教堂,并声言如果此事能成,自己愿意走在迁移队伍的第一位。

　　　　　谈论过音乐，喝过焦油水。[①]

"科隆尼的主教"显然指的就是贝克莱，贝克莱对教育和音乐都有兴趣。此外，在美国期间，他听说了美洲印第安人使用"焦油水"（tar-water）治病，而且包治百病，对此他深信不疑，还专门写了两篇文章——《西里斯，一系列关于焦油水优点的哲学思考和探源》（*Siris, a Chain of philosophical reflections and inquiries, concerning the virtues of tar-water*）和《再论焦油水》（*Farther Thoughts on Tar-water*）。这第三位说话者显然因曾祖的父亲曾与这么一位伟大有趣的思想家在一起过而自豪。第四位说自己的曾祖父见过斯威夫特的柏拉图式恋人斯黛拉。[②]第五位问，我们的思想从何而来。第六位回答说，来自痛恨辉格党的上述四位伟大人物。第五位就反驳，伯克不也是辉格党人吗？第六位回答说，这四位都痛恨辉格党，因为辉格党"主张平均、心怀仇恨、崇尚理性"。需要指出的是，辉格党（Whigs）起源于 17 世纪末。英国光荣革命后，那些支持信奉新教的威廉三世的自由派贵族，联合起来反对信奉天主教的詹姆斯二世，因为他们在议会中头戴假发（whig）而得名辉格。辉格党认为君主的权力是有限的，在 18 世纪，他们代表的是贵族和富裕中产阶级的利益。伯克称自己是"老辉格党人"，因为他反对法国大革命那种摧毁一切的革命方式，因此称那些支持法国大革命激进运动的辉格党人为"新辉格党人"。这时第七位说，现在人人都是辉格党了，我们是老年人，但也要团结起来反对这世界。毋庸说，这第七位就是诗人的口吻，叶芝一直反对群氓政治，认为是不懂政治的暴民把世界的秩序给弄乱了。

---

　　① 〔爱尔兰〕叶芝：《叶芝诗集》（下），石家庄：河北教育出版社，2003 年，第 581 页。
　　② 斯黛拉（Stella）是斯威夫特对以斯帖·约翰逊（Esther Johnson）的称呼。斯威夫特曾一度在特姆坡爵士那里担任秘书。在那里，他遇见比他小得多的以斯帖，在 1710—1713 年间斯威夫特与她和她的友人通信，通信中称其为斯黛拉。一般认为，斯威夫特和斯黛拉之间是柏拉图式的爱情。

之后第一位又开口说道：

第一位： 美洲殖民地、爱尔兰、法兰西和印度
　　　　频频骚扰，伯克的伟大旋律也反对它。①

伯克的"伟大"的旋律（Burke's great melody）指伯克一生的政治生活。如上所述，伯克一生的政治生活都投入于解放事业，如解放美洲殖民地（伯克认为英国政府应该在美洲殖民地合理征税）、解放爱尔兰的贸易和天主教的呼求、解放印度殖民地等。接着第二位就引用哥尔斯密在其诗作《被废弃的村庄》（"The Deserted Village"）中写到的景象：充满乞丐的道路，田野里的牛群。第四位说到斯威夫特。第三位则接着说到贝克莱：

第三位： 一个声音
　　　　来自科隆尼，轻柔得像芦苇的飒飒声，
　　　　增大着音量；如今像一声霹雳。②

这次的话应和前面关于贝克莱的诗句：前面说到其曾祖父的父亲曾与贝克莱谈论过音乐，因此此时听到的主教声音，一开始轻轻地，像芦苇的飒飒声。这里使用芦苇这个意象，不禁让人联想到帕斯卡尔那句名言："人是一棵会思考的芦苇，而贝克莱无疑是一位思想家。"慢慢地，贝克莱的音量逐渐增大，最后听来竟然就是霹雳般的轰鸣。诗人这样写，恐怕也是提醒读者该如何去重视贝克莱的思想吧。

叶芝曾经这样评价以贝克莱与伯克为代表的"我们的传统"（our tradition，即爱尔兰传统）：贝克莱第一个说世界是一幻象，伯克

①〔爱尔兰〕叶芝：《叶芝诗集》（下），石家庄：河北教育出版社，2003年，第583页。
②〔爱尔兰〕叶芝：《叶芝诗集》（下），石家庄：河北教育出版社，2003年，第583页。

第一个说国家是棵树；正是这两人的学说，构成了现代思想的基础。①
1925 年 11 月 30 日，叶芝在爱尔兰文学协会做题为"孩子与国家"（"The
Child and the State"）的演讲，演讲中他再次高度评价贝克莱和伯克的
思想，认为悠久的英爱文学主流传统可以融入一个新的天主教主导的
爱尔兰：

> 18 世纪有两个伟大的经典传统，它们深刻地影响了当代思
> 想。很难想象，如果没有受到起源于贝克莱的思想运动的深刻影
> 响，现代哲学会是个什么样子。尽管这种影响有时是有意的，有
> 时是无意之中地。同样，如果没有伯克的影响，也很难想象现代
> 政治学说的样子。贝克莱创立了三一学院哲学协会，伯克则创建
> 了三一学院历史学会。我们的盖尔文学中，有一种英语国家没有
> 的东西——伟大的民间文学。我们有了贝克莱和伯克，就可以将
> 整个国家的生活建于其上。这一点，也是英国没有的。二百年前
> 当贝克莱用三言两语就把牛顿、洛克和霍布斯的机械哲学定义得
> 一清二楚之时，现代爱尔兰智识就已经诞生了。用尚未成熟的想
> 象力来灌注那古老的民间生活吧，用成熟的智识来面对贝克莱以
> 及由他的影响而来的伟大的现代唯心主义哲学吧，用同样的智识
> 来面对将历史感重新注入政治思想的伯克吧！那样的话，爱尔兰
> 将重生，变得孔武有力，也会获得智慧。②

从贝克莱那里，叶芝找到了"感知"的共鸣；在伯克那里，叶芝找到
了近似新教贵族统治和秩序的共鸣。从早年的沉迷于"梦幻"，到后来
的钟情哲学思考，叶芝总是能从周围的世界和书中的世界找到自己想

---

① Norman A. Jeffares. *A New Commentary on the Poems of W. B. Yeats*. London: Macmillan
and Co. Ltd, 1984, 274.

② Norman A. Jeffares. *A New Commentary on the Poems of W. B. Yeats*. London: Macmillan
and Co. Ltd, 1984, 274~275.

要的东西。在中期之后的创作中，叶芝更重视"力量"，而这一点则与另一位哲学家有关，他就是尼采。

第三节　叶芝诗学思想与尼采

一、尼采思想概述

在西方哲学家中，尼采的作品是叶芝接触较晚的。而叶芝接触尼采作品又是拜一位美国律师、收藏家所赐，这位美国律师兼收藏家就是约翰·奎恩（John Quinn, 1870—1924）。

约翰·奎恩出生于富裕之家，曾在乔治城大学和哈佛大学学习法律，之后以律师为业。因为家底丰厚，自己也收入不菲，所以奎恩对艺术收藏很感兴趣。1902 年，奎恩第一次来到爱尔兰。在这之前，他已经知道叶芝父子的名声，并且读过叶芝的诗作。在这次爱尔兰之行中，他不仅购买了叶芝弟弟杰克（Jack Yeats）的十几幅画作，还购买了老叶芝所画的一幅叶芝画像。奎恩通过自我介绍的方式，给叶芝邮寄了一本心理学家威廉·詹姆斯的《论人之不朽》（*Human Immortality*）。也正是这次爱尔兰之行，让奎恩结识了当时爱尔兰文艺复兴的大部分文艺人士，如叶芝父子、格雷戈里夫人、拉塞尔等。

当年 9 月回到美国后，奎恩给叶芝寄去一本亚历山大·提列（Alexander Tillie）1889 年翻译出版的《查拉图斯特拉如是说》（*Thus Spake Zarathustra*）。叶芝对尼采的这本书很感兴趣，对尼采学说中的某些观点深有同感。叶芝在给奎恩的信中表达了自己读到尼采思想时的兴奋，奎恩很快又给他邮寄了 T. 费舍尔、昂温（T. Fisher Unwin）出版的《尼采作品集》（*The Works of Friederick Nietzsche*）的前四卷。在次年 3 月 20 日写给奎恩的信中，叶芝写道：现在对我而言，读尼采的作品大有好处，因为我正准备尝试重塑人类的英雄理想，就在那些表现古代爱尔兰人生活的戏剧中来创造。① 叶芝在信中提到的表现古代爱尔兰人生活的戏剧，指的是以库胡林故事为题材创作的一系列戏剧；而叶芝希望重塑的那个英雄理想就是库胡林（参见第三章中关于库胡林戏剧的论述）。叶芝后来去美国演讲和旅游，曾数次住在奎恩在纽约的家中，叶芝在那里感到很自在。奎恩对爱尔兰文艺复兴颇为关注。有一次，阿贝剧院在纽约演出《西部浪子》时，因为戏剧中有所谓不文明、有伤风化的词语和情节，剧组的演员在费城被逮捕。奎恩花费了很大精力将演员赎出，并做了妥善安排。这件事使格雷戈里夫人和叶芝等人很是感激。叶芝和奎恩的关系曾一度破裂，并导致两人长达五年互不通信。后来两人和好。叶芝的手稿多数也被奎恩收藏。

叶芝在作品中对奎恩提及并不多，但是他将自己自传的第二部《帷幕的颤抖》题献给奎恩：

> 献给约翰·奎恩，我和其他一些人的朋友和帮助者，我在此书中都提到了这些人。②

由此也可以看出叶芝和奎恩之间的深厚友谊。奎恩对于叶芝而言，不仅是推荐了尼采，更是他和家人出现经济拮据时的慷慨赞助者。在奎恩身上，叶芝看到了尼采思想中的那种贵族兼艺术赞助人的形象，而这一类形象是叶芝理想中的文化代表形象。

与阅读其他作品一样，叶芝在阅读尼采的作品时，采取的是"拿来主义"的态度。他会从他所读的作品中选取适合他的观点，有时候他也会惊喜地发现尼采等人的著作中有些观点与自己已有的观点相契

---

① David A. Ross. *Critical Companion to William Butler Yeats*, New York: Facks on File, Inc., 2009, 528.

② 转引自 David A. Ross. *Critical Companion to William Butler Yeats*, New York: Facks on File, Inc., 2009, 528.

合。① 从叶芝所受尼采的影响来看，他比较熟悉的尼采作品有《悲剧的诞生》(*The Birth of Tragedy*)和《查拉图斯特拉如是说》。而这两部作品虽然称不上能完全代表尼采的学说，但也可算是尼采两种观点的集中体现。叶芝是否读过尼采的《敌基督者》(*The Anti-Christ*)，就现有资料来看，尚不得而知。不过，从《再度降临》这首诗来看，叶芝诗中的敌基督形象与尼采的敌基督形象并没有直接的联系。

　　《悲剧的诞生》是尼采早期的代表作，这本书的写作无疑受到叔本华悲剧思想的影响。早在莱比锡大学读书时，尼采就读过叔本华的《作为意志和表象的世界》。叔本华的悲剧思想认为，人生是极度痛苦的，且充满了矛盾和对立，而只有艺术能使人暂时忘却人生的苦难和痛苦，因此人生从本质上来说没有价值，"悲剧的意义就在于教导我们认识到生命的毫无价值，使我们得到弃绝意志的智慧"②。

　　尼采虽然认同叔本华对悲剧的定义，但是他自己发展出来的悲剧结论却截然相反。尼采以古希腊人为例，认为他们极其敏感，也非常善于感受人生本质上的痛苦，但是古希腊人没有落入一切皆空的虚无窠臼；尼采认为正是艺术拯救了他们。尼采认为人身上有一种原始的欲望和冲动，即"动物力"，这种力量是古希腊人创作艺术的动力，而艺术通过艺术化的表达能改善和提高人的认识价值。因此，古希腊艺术的最高成就就是悲剧。尼采进一步论述，如悲剧般的艺术不仅要有强烈的"动物力"，也要有"精致优雅的形式"。在原始创造力和精致的艺术形式两个方面，尼采选取酒神狄俄尼索斯和太阳神阿波罗作为代表，这两位神祇代表了"人性中两种原始的本能或倾向，酒神代表人性中激情冲动的那一面，而日神则象征着人性理智静观的另一面"③。这两种本能或倾向在悲剧中得到了统一。在尼采眼中，古希腊艺

---

　　① Edward Malins & John Purkis. *A Preface to Yeats* (second edition). New York: Longman Publishing, 1994, (second edition), 63.

　　② 张汝伦:《现代西方哲学十五讲》，北京：北京大学出版社，2003 年，第 50 页。

　　③ 张汝伦:《现代西方哲学十五讲》，北京：北京大学出版社，2003 年，第 51 页。

术的精髓并不是"平静"，而是酒神和太阳神两种力量之间的张力，狄俄尼索斯代表本能冲动力量的激动和狂暴，而阿波罗代表理性力量的那种美、光明和理智。[①] 这两种力量之间的张力和冲突，正符合叶芝对于身体和灵魂、自我和反自我的看法。在这两种力量之间，叶芝认为自己在生活中更多具有第二种力量，因此对狄俄尼索斯那种本能的力量更为向往。在作品中叶芝也塑造了更多的按本能行动的人物形象，最典型的莫过于库胡林了。在前文关于库胡林题材诗歌和戏剧的论述中，我们已经对叶芝的诗学思想做了一定的探讨。除了库胡林，在谈到或引用古希腊神话时，叶芝使用最多的也是狄俄尼索斯（参见叶芝诗作《一出剧中的两支歌》）。

除了对狄俄尼索斯式力量的推崇之外，叶芝从尼采那里还受到其"超人"思想的影响。尼采在《查拉图斯特拉如是说》中提出"超人"（der Ubermensch/ the Superman）的说法，其特质是勇敢，按本能行事，掌控力强，不受内疚感、压抑感和内向压力的束缚。[②] 从某种程度上说，"超人"形象是尼采早期狄俄尼索斯式力量的发展和具体化。

二、叶芝诗歌中的"力量"描写

具体到叶芝作品中体现的尼采影响，我们认为最明显的表现是叶芝中期作品对"力量"的崇拜——这在叶芝早期的作品中是极少出现的。如前文所论述的那样，叶芝早期的作品多是梦幻和浪漫描写，极少表现强力或对强力的肯定。除了受尼采的影响外，叶芝生平中经历的几个重大事件也是重要的促动因素，其中与毛德·冈的关系以及复活节起义是两个关键因素。

毛德·冈并不是对叶芝一点儿好感也没有，实际上，叶芝身上的

---

① Edward Malins & John Purkis. *A Preface to Yeats* (second edition). New York: Longman Publishing, 1994, (second edition), 61.

② Edward Malins & John Purkis. *A Preface to Yeats* (second edition). New York: Longman Publishing, 1994, (second edition), 62.

忧郁和诗人气质也给她留下了很深的印象。后来，她和叶芝还订立了"灵婚"。叶芝一度陪她到苏格兰、欧洲大陆为爱尔兰争取独立进行演讲、募捐。在毛德·冈与丈夫分居后，叶芝还一度与她有过肌肤之亲。但是，毛德·冈拒绝了叶芝的数次求婚，后来叶芝向其女儿伊秀尔特求婚时也被拒绝，这不能不说是受到了毛德·冈的影响。冈之所以拒绝叶芝，其中一个原因就是认为他太柔弱、缺少"力量"。在希望以革命、暴力的方式来赢得民族独立的激进分子毛德·冈看来，叶芝并不是同道人。叶芝一度对政治活动感兴趣，一大半是为了迎合和取悦毛德·冈。叶芝曾一度加入过激进组织爱尔兰共和兄弟会，但兄弟会采取的激进方式显然不为叶芝所喜，后来叶芝断然退出。在19世纪末，帕内尔曾一度成为叶芝心目中的理想人物，认为他能带领爱尔兰走向自治（当然帕内尔的有教养的地主身份也是吸引叶芝的重要原因，这与叶芝欣赏新教贵族政治不无关系）。但是，后来帕内尔与奥谢夫人的丑闻被披露，且帕内尔不久后去世，叶芝有感于"政客背信弃义，党派勾心斗角，不同宗教信仰的民众互相仇恨和愚昧无知"[1]，便对政治产生了幻灭感。同时，毛德·冈为了民族独立不惜采取任何手段的做法也令叶芝反感，加上冈在与丈夫分居后依然不钟情于自己，叶芝心灰意冷。这个时候的叶芝寄希望于艺术世界，但受到爱情打击和爱人刺激的叶芝在写作上与早期"梦幻、浪漫"的风格已经不大一样，"力量"逐渐成为关键词。

如前文所述，叶芝在这一时期受到日本能剧的影响，在艺术上越来越走向深刻的象征，甚至变得抽象。关键时刻，还是庞德"拯救了"叶芝。不过可以肯定的是，叶芝越来越觉得当时爱尔兰的观众欣赏水平太庸俗，对艺术家创造的伟大艺术不能理解。因此，他希望能有一种贵族文化，来引领这些庸俗的观众。在某种程度上，叶芝的艺术观念甚至是和普通民众的理解对立的。叶芝重视家庭出身和教养，像格

---

① 傅浩：《叶芝评传》，杭州：浙江文艺出版社，1999年，第129页。

雷戈里夫人和帕内尔那样的人物是他愿意交往的对象，而佃农和底层百姓是叶芝不愿意接触的。为此，毛德·冈曾骂叶芝为"势利鬼"①。遁入艺术世界和上层交流的叶芝，一段时间远离了政治，对民族主义者激进的活动并不关心，态度上与早期一致——反对激进和暴力。不过，这在 1916 年复活节起义事件之后有了改变。

在《1916 年复活节》中，诗人坦然写出了自己在对待"激进分子及其手段"的态度上改变。在诗的一开头，诗人写自己在前一天的黄昏时分还遇见过那些起义者，他们曾坐在 18 世纪灰色房子的办公室或柜台后面。"灰色房子"指当时都柏林大部分房子的颜色，因为它们大多是由从山上采来的花岗岩石材建造而成。当与他们擦肩而过时，诗人只是"点点头"，或"谈些无意义的闲话"。这里可以看出诗人与他们显然没有共同语言，只不过面子上应付而已。在第一段的末尾，诗人写道，自己因为想到某一个讽刺故事或趣闻，就马上与那些人告别，跑去俱乐部里与人分享。这里的"俱乐部"不是"诗人俱乐部"，而是都柏林上美里恩街的艺术俱乐部（Arts Club），叶芝是俱乐部成员，经常在那里与人讨论。② 这就进一步加深了叶芝与起义者"道不同不相为谋"的印象。不过诗人紧接着写道，

> 一切都变了，彻底变了：
> 一个可怕的美诞生了。③

从第二段开始，诗人逐一介绍他认识的那些起义者。首先是康斯坦丝·郭尔-布斯伯爵夫人，夫人在起义期间担任爱尔兰共和兄弟会志愿军军官，在起义前也多次参加政治活动，叶芝认为是夫人对政治的热

① 傅浩：《叶芝评传》，杭州：浙江文艺出版社，1999 年，第 129 页。

② Norman A. Jeffares. *A New Commentary on the Poems of W. B. Yeats*. London: Macmillan and Co. Ltd, 1984, 191.

③〔爱尔兰〕叶芝：《叶芝诗集》（中），石家庄：河北教育出版社，2003 年，第 432 页。

衰导致了她身上美的丧失。叶芝 1894 年就认识了伯爵夫人，并一度在
其庄园盘桓，但在诗人眼中，曾经年轻美丽的她因为好与人争辩（指
毛德·冈参与政治）而丧失了美。接下来是帕特里克·皮尔斯，诗人
称赞他曾开办学堂，襄助教育，也有诗人的才华。与皮尔斯一起的是
托马斯·麦克多纳，一位天性锐敏、思想大胆又清新的诗人。对于接
下来的这位，叶芝之前最看不起，因为他就是毛德·冈的丈夫约翰·麦
克布莱德，诗人写他是个"虚荣粗鄙的醉鬼"，曾经对诗人的心上人做
过极端刻薄的事。但即使是这样，这一次诗人仍在诗歌里把他提起，
认为在起义这件事情上"他已被彻底地改弦易辙"，这种改变带来了"可
怕的美"（terrible beauty）。在诗的第三段，诗人用象征的手法写英国
这块"顽石"阻挡了爱尔兰人享受自由和自然。在第四段，诗人感叹
爱尔兰人的奉献和牺牲太长太久了，他质问：这样的压迫"什么时候
才算个够"？诗人接着问，这起义带来的牺牲值不值得？诗人认为英
国的梦早就过去了，该是爱尔兰人实现自己的梦想了。诗人最后写道：

> 无论是现在还是在将来，
> 只要有地方佩戴绿色，
> 他们都会变，变得彻底：
> 一个可怕的美诞生了。①

"绿色"是爱尔兰的象征，诗人说只要有"佩戴绿色的地方"，爱尔兰
人就会反抗，哪怕会流血牺牲。这种态度与叶芝早期的态度已经截然
不同了。重要的是，正如凯尔特文化中的"视者"功能一样，诗人在
诗中反复吟唱"可怕的美"。依据凯尔特文化，诗人歌唱某个句子数次，
就会产生现实的力量。叶芝在诗中反复吟唱"可怕的美诞生了"，可见
起义对他的触动之大。"可怕的美"本身就带有力量的暗示，叶芝至此

---

① 〔爱尔兰〕叶芝：《叶芝诗集》（中），石家庄：河北教育出版社，2003 年，第 435～436 页。

也承认流血牺牲带来的也是一种"美"，只不过因为起义的被镇压和残酷的激斗场面，给观者一种可怕的感觉。

在《十六个死者》（"Sixteen Dead Men"）中，诗人同样以质问的语气来表达对起义的感受：

> 哦，可是我们在拉杂地闲聊
> 在那十六个人被枪毙之前，
> 但是谁又能谈论给予与夺取，
> 什么应该什么不应该存在，
> 当那些死者在那里走动，
> 把沸腾的煮锅搅动之时？①

诗人写道，普通人尽可谈论起义，尽可闲聊，但比起那些英勇的起义者，我们又是多么懦弱（只能闲聊）。起义的尘埃落定，但是起义者的英勇行为不应该被忘记。从诗中质问的语气中可以看出诗人的激愤之情，而与激愤同来的就是力量。

《玫瑰树》（"The Rose Tree"）以复活节起义的两位领袖皮尔斯和康诺利的对话为形式，展开全诗。皮尔斯感慨人们说话毫不费力，但是玫瑰（象征爱尔兰）似乎已经凋落。康诺利回答说，只要用心浇灌，绿色（爱尔兰的国色）就会蔓延至四面八方。皮尔斯却说，四处的水井都已经干涸，已经打不到水，似乎唯一的办法就是"用我们自己鲜红的血"。皮尔斯和康诺利的名字已经指向复活节起义，而最后那句"鲜红的血"，与"可怕的美"一样，给读者一种战栗或者惊恐。这就是由诗句向读者传递的力量。

在上述三首诗中，诗人还只是通过个别诗句和意象来营造一种力量感，并没有直接描写尼采那种超人式本能的力量。而在《再度降临》

---

① 〔爱尔兰〕叶芝：《叶芝诗集》（中），石家庄：河北教育出版社，2003年，第437页。

《一九一九年》《丽达与天鹅》等诗作中，这种"力量"或者"强力"
的意象就比较突出了。

　　《再度降临》中那个"巨大的形象"是"基督再度降临前的破坏之
神"。① 这个"破坏之神"显然有着巨大的力量，它的目光"似太阳
茫然而冷酷"，在满是尘沙的大漠里，挪动着迟钝的腿股。不仅如此，
它还要抵抗周围处处旋舞着的愤怒的沙漠野禽。要能抵抗这些野禽，
也必然有强力才行。

　　《一九一九年》的整个第六段可以说就是对"狂暴力量"的描写：

> 道路上的狂暴：马匹的狂暴；
> 少数几匹有英俊的骑手，
> ……
> 全都破散消失，而邪恶聚集起力量：
> 海若迪亚斯的女儿们又重新回返，
> 一阵突如其来的扬尘大风，随后是
> 雷鸣般的脚步声，形影憧憧，
> 他们在那风的迷宫里的意图；
> 假如某只疯狂的手胆敢触摸一个女儿，
> 所有的都会发出含情或愤怒的喊声，
> 循着风向转身，因为全都是盲瞽。②

这一段使用的是爱尔兰民间素材。叶芝曾在另一首诗的自注中做过解
释：在过去，爱尔兰的"富贵人家"把古代爱尔兰的诸神称为"图阿
莎·德·妲南"，即妲奴女神的部族（即达努神族）；而穷人则称这些
神为希神（Sidhe），来源是埃·希或者斯路阿·希，意思是仙山之人。
"Sidhe"在盖尔语中也是风的意思，希神跟风有关联。希神会乘着旋

---

①〔爱尔兰〕叶芝：《叶芝诗集》（中），石家庄：河北教育出版社，2003年，第450页注释1。
②〔爱尔兰〕叶芝：《叶芝诗集》（中），石家庄：河北教育出版社，2003年，第501～502页。

风而行，那旋风在中世纪被称为"海若迪亚斯的女儿之舞"。① 在这里，叶芝描写的就是希神骑马走过的场景：这些希神要么在愤怒之中，要么几近疯狂，因此到处是雷鸣般的声音。

与《再度降临》一样，《丽达与天鹅》也描写了新的文明开始循环时的"强力"：

> 突然一下猛击：那巨翼依然拍动
> 在蹒跚的少女头顶，黝黑的蹼掌
> 摸着她大腿，硬喙衔着她的背颈，
> 他把她无助的胸紧贴在自己胸上。②

宙斯是诸神之王，他的意志凡人无法违逆，更不用说不知情的丽达。虽然化身为天鹅，宙斯的力量仍展现无遗：巨大的翅膀，黝黑的蹼掌，坚硬的喙嘴。在这巨大的力量面前，丽达只能是"无助"的。诗人接下来继续对比宙斯力量的强大和丽达的无助：

> 那些惊恐无定的柔指如何能推开
> 她渐渐松弛的大腿上荣幸的羽绒？
> 被置于那雪白的灯心草丛的弱体
> 又怎能不感触那陌生心房的悸动？③

惊恐不安的丽达肯定无法用自己柔弱的手指推开宙斯雷霆万钧的力量，所以只能任凭自己为宙斯所摆布（"就如此遭到劫持，如此听凭那空中兽性的生灵宰制"）。诗人接着写"强力"结合的后果：墙垣坍塌断残，屋顶和塔楼燃烧。换言之，"强力"结合带来的后果也是英雄强

---

① 〔爱尔兰〕叶芝：《叶芝诗集》（上），石家庄：河北教育出版社，2003 年，第 111 页注释 1。
② 〔爱尔兰〕叶芝：《叶芝诗集》（中），石家庄：河北教育出版社，2003 年，第 515 页。
③ 〔爱尔兰〕叶芝：《叶芝诗集》（中），石家庄：河北教育出版社，2003 年，第 515 页。

力的互相角逐，就像特洛伊战争中的阿喀琉斯和赫克托尔那样。有意思的是，诗人在这里只用了阿伽门农的例子来指代特洛伊战争。阿伽门农的惨死无疑是古希腊悲剧的典型之一，也符合尼采式悲剧的两个基本要素——本能冲动和悲剧形式。阿伽门农是"强力"的结果（其妻子是宙斯和丽达结合后所生)，他率领希腊联军攻打特洛伊，也是"强力"的互相角力，自己也最终死于这种"强力"（特洛伊战争结束后，被妻子和妻子的情人谋杀）。

　　叶芝虽然在中期之后的不少诗作中表现出对"强力"的推崇，但他在作品中直接提及尼采的地方极少，唯一的一处是在《月相》中。《月相》是叶芝阐释其哲学著作《幻象》的一个诗歌文本，其在谈论二十八种月相时提到了尼采：

> ……十一相过去，于是
> 雅典娜揪住阿喀琉斯的头发，
> 赫克托尔在尘埃里，尼采降生，
> 因为英雄的月相是第十二。[①]

在叶芝的月相体系里，人的性格种类分为二十八种，也就有了二十八个阶段，第一阶段是婴儿期或发生期，第十五阶段是成熟期或满月期，之后从十五阶段又慢慢下降，回落到发生期。同样，转世后的灵魂也有二十八个阶段，第十五个阶段（即十五相）是满月相，代表完全的美。[②] 叶芝将尼采放在第十二月相，与阿喀琉斯、赫克托尔诸英雄属于同一月相，可见其对尼采的重视。

　　也许正是因为在中后期作品中叶芝表现了对"强力"的推崇，再加上他晚年一度同情过爱尔兰国内带有法西斯色彩的"蓝衫党"组

---

① 〔爱尔兰〕叶芝：《叶芝诗集》（中），石家庄：河北教育出版社，2003 年，第 396 页。
② Edward Malins & John Purkis. *A Preface to Yeats* (second edition). New York: Longman Publishing, 1994, (second edition), 62.

织，① 因此有研究者认为叶芝晚年推崇尼采，推崇暴力。笔者认为，这一点恐怕言之过当。首先，叶芝本人说过，诗歌不会使什么发生。他本人曾远离政治，一心营造自己的艺术王国。而且，叶芝中后期的诗歌已经在象征和哲学的意境里遨游，爱尔兰的普通读者中真正能理解和接受的恐怕并不多。戏剧也是这样，叶芝创作中期以后的戏剧已经是只"面向少数优秀观众"，在客厅或沙龙里演出，早已没有其早年戏剧《女伯爵凯瑟琳》那样的煽动性了。其次，叶芝对尼采"力量"（或"超人"）的推崇也只是表现在作品中，而且他对尼采"超人"力量的理解与法西斯主义的理解完全不同。叶芝理解的"超人"是尼采"超人"概念的实质，即那是一种能"克服自己的状态，是人的理想目标"，它并不是人类必然要达到的一个阶段或目标，而是一个几乎无法达到的目标："除非人们能将自己的激情变为美德，使冲动升华，重新评估一切价值，从自身丰富的生命力中创造出新的价值，否则不会有超人。"② 而法西斯主义（代表人物是希特勒）对尼采的学说进行了扭曲，认为社会需要强人来统领，强调领袖的权威和意志（尼采的"权力意志"不是指世俗的权力和意志），认为只有专制才能带来社会秩序的稳定。显然，叶芝对尼采的理解和法西斯主义的"理解"截然有别。最后，叶芝晚年对"蓝衫党"的接触也仅仅是私人接触而已，他当时以为这个组织能够符合他心目中的新教贵族统治理想，当发现并非如此后，便断绝了接触。因此，我们并不能说叶芝对"强力"的推崇就导致了他对法西斯主义的推崇或认同。

---

① "蓝衫党"由一批前自由邦政府的部长和军官组成，其党纲一度与叶芝当时的想法接近。叶芝认为，"爱尔兰式民主"是群氓当政，因此暴力问题不断，应该由有教养的阶层来实行统治。叶芝曾通过朋友与"蓝衫党"的首领欧达菲有过接触，还为他们写过三首进行曲的歌词。之后不久，因不满于爱尔兰现实政治，叶芝与"蓝衫党"脱离关系。参见傅浩：《叶芝评传》，杭州：浙江文艺出版社，1999 年，第 205～206 页。

② 张汝伦：《现代西方哲学十五讲》，北京：北京大学出版社，2003 年，第 56 页。

第五章　叶芝诗学思想与象征

风吹雨打一座古谯楼，
一位盲隐士敲钟报漏。

无坚不摧的长剑仍旧
背在流浪的傻子肩头。

剑刃包裹金缕的锦衣，
美人和傻子睡在一起。
　　　　　——《象征》①

　　在第二章至第四章中，笔者对叶芝作品中体现的诗学影响做了粗线条的勾勒。需要指出的是，限于学力，笔者只能就叶芝所受影响的来源和所受影响在作品中的表现进行阐述，并在部分阐述之后做些许的点评。当然，前文论述中的一些角度，如果深挖，可能都是好几本专著的广度和深度。

　　在这一章，笔者尝试换一个角度，不从叶芝作品与思想的关系来考量，而是试着对贯穿叶芝创作始终的"象征"这一概念做一梳理。纵向地看，这一章与前几章的联系在于：在梳理"象征"这一概念的过程中，势必会探讨欧美文学象征传统对叶芝的影响。而从横向角度考察，"象征"概念毋宁说是叶芝诗学的核心。此外，笔者也希望借助

①〔爱尔兰〕叶芝：《叶芝精选集》，傅浩编选，北京：北京燕山出版社，2011年，第181页。

考察叶芝"象征"概念的机会，对一些流行的看法做出更准确的解释。我们经常会在外国文学史的某些教材甚至专著中看到类似"叶芝是后象征主义的代表人物"之类的句子，但其往往语焉不详，或一笔带过。为此，我们有必要对此概念进行探讨。

第一节　何为"象征"？

一、"象征"的字面含义

汉语"象征"可以是动词：用具体的事物表现某种特殊意义；也可以是名词：用来象征某种特别意义的具体事物。① 由此可知，"象征"做动词用，重点在"表现"的工作；"象征"做名词用，重点在"具体事物"。但是从另一个角度来看，围绕"象征"概念，有两个关键因素，即具体事物和特殊意义。那我们可以追问好多问题：具体事物和特殊意义之间要有怎样的关系才能形成象征呢？是不是所有的具体事物都有特殊意义呢？一个具体事物会不会有好多特殊意义呢？

在《现代汉语词典》（汉英双语版）中，解释"象征"做动词的用法时，编译者给出了好几个英文对应词或词组："symbolize, signify, stand for, represent or express some specific meaning using a specific thing"，最末的英文词组显然是对应汉语解释的翻译；关于"象征"做名词的用法，编译者给出的词或词组是"symbol, token, emblem, icon, specific thing used to symbolize some special meaning"。《现代汉语词典》给出的例句是："火炬象征光明；光明是火炬的象征。"从词典给出的英文词来看，似乎与汉语"象征"最能对应的是 symbolize 或

---

① 中国社会科学院语言研究所词典编辑室：《现代汉语词典》（汉英双语，2002 年增补本），北京：外语教学与研究出版社，2002 年，第 2098 页。

symbol。那么我们来看看英文 symbol 的含义。

《牛津高阶英汉双解词典》（以下简称《牛津词典》）中，symbol
的第一项释义是："(of sth) a person, an object, an event, etc. that
represents a more general quality or situation" [1]，直译过来就是：用来
表现一种更为普遍的品质或情境的人、物体、事件等；中译为"象征"；
词典给出的例句是："在西方文化中，白色一向象征纯洁。"值得注意
的是，《牛津词典》中 symbol 的第一项释义强调的是"更为普遍的品
质和情境"，而《现代汉语词典》中的释义强调的是"特殊意义"。general
和 specific 含义相差甚远，甚至可以说就是相反的含义。《牛津词典》
对 symbol 的第二项释义是："(for sth) a sign, number, letter, etc. that has
a fixed meaning, especially in science, mathematics and music"，直译就
是：（尤其在自然科学、数学和音乐中）有固定含义的标记、数字、字
母等；中译为"符号，代号，记号"。注意这一条释义中的"固定含义"，
也就是说，某个标记或数字在某个领域是有着固定解读的。这条释义
似乎在上述汉语词典中阙如。按照这一词典中的释义，文学艺术中的
"象征"似乎应该归为第一类，但实际上似乎两者兼有。

　　我们再来看看另一部英语权威词典对 symbol 的解释。《朗文当代
英语大辞典》（以下简称《朗文词典》）中，symbol 的第一项释义为：
"(of) something which represents or suggests something else, such as an
idea or quality" [2]，直译就是：用来代表或暗示其他事物（例如观念、
品质等）的事物；中译为"象征"；给出的例句有"鸽子是和平的象征"
等。注意，这个释义没有指明被代表的观念和品质如何如何，这是与
《现代汉语词典》和《牛津词典》不同的地方。第二项释义为："(for) a
letter, sign, or figure which expresses a sound, operation, number,

---

①《牛津高阶英汉双解词典》（第 7 版），牛津：牛津大学出版社、北京：商务印书馆，2009
年，第 2048 页。此段下同，不另注明。
　　②《朗文当代英语大辞典》（英英·英汉双解），北京：商务印书馆，2005 年，第 1786 页。
此段下同，不另注明。

chemical substance etc.",直译就是：用来表示一种声音，一次行动，一个数字，一种化学物质的字母、标记或数字；中译为"符号，记号，标记"。这一条释义与《牛津词典》相近，也是《现代汉语词典》所未收的。在《牛津词典》和《朗文词典》中，symbol 的释义基本相近，而且两部词典在解释第一项释义时都注明了和 of 搭配，第二项和 for 搭配。

既然我们主要是在英语语境中探讨 symbol 的含义，而《牛津词典》和《朗文词典》都是英国学术背景，那么不妨来看看美国学术背景的词典对 symbol 做何解释。《韦氏新世界大学词典》（以下简称《韦氏词典》）首先对 symbol 的词源做了说明：英语 symbol 来源于法语 symbole，而法语词又来自拉丁语 symbolus 和 symbolum，而拉丁语词来源于希腊语 symbolon（这是希腊语原文的拉丁化拼写）。希腊语 symbolon 的含义是"人们用来指代另一个事物的纪念品、誓言或符号"。而希腊语 symbolon 又来自同样是希腊语的 symballein，意思是"扔在一起"，是 sym/syn（"一起"）和 ballein（"扔"）的合成词。根据这一解释可以知道，symbol 在古希腊最初的含义是"扔在一起"，后来慢慢发展出"用一个事物指代另一个事物"的含义。《韦氏词典》中，symbol 词条有三项释义，第一项是："something that stands for, represents, or suggests another thing; esp., an object used to represent something abstract; emblem"，给出的例句是"鸽子是和平的象征"。① 这个释义与《牛津词典》和《朗文词典》的第一项相近，不过它专门指出"代表另一个抽象的事物"。第二个释义是："a written or printed mark, letter, abbreviation, etc., standing for an object, quality, process, quantity etc., as in music, mathematics, or chemistry"。此项释义与《牛津词典》和《朗文词典》也相近，不同的地方是其专门强调"是书写或印刷出来的标记、字母等"。与《牛津词典》和《朗文词典》不同的是，《韦氏词典》

---

① *Webster's New World College Dictionary* (third edition). New York: Macmillan, 1996, 1356. 此段下同，不另注明。

还给出了第三项释义："(Psychoanalysis)an act or object representing an unconscious desire that has been repressed"，直译就是：［精神分析学术语］用来表示一种被压抑的无意识欲望的行为或物体。这条释义就与西方哲学和心理学流派相联系了。

另外，《柯林斯 COBUILD 高阶英语学习词典》（以下简称《柯林斯词典》）对 symbol 也给出了三项释义。第一项是："something that is a symbol of a society or an aspect of life seems to represent it because it is very typical of it" [1]，意思是"因为某物在一个社会或生活的某个方面特别典型，所以就能代表这个社会或生活的某个方面"，显然这个释义强调的是"典型"。《柯林斯词典》的第二项和第三项释义与以上几部词典的第一项和第二项相近："a symbol of something such as an idea is a shape or design that is used to represent it; a symbol for an item in a calculation or scientific formula is a number, letter or shape that represents that item"；与上述几部词典的释义稍有不同的是，《柯林斯词典》的释义似乎比较重视"形状""设计"（shape, design）等概念。

在上述几部词典中，《牛津词典》和《朗文词典》是双解词典，它们无一例外地均将 symbol 的第一项释义翻译为"象征"，将第二项释义翻译为"符号"或"记号"。《韦氏词典》和《柯林斯词典》虽然是英文词典，但它们对 symbol 的释义与上述两部词典相近，那么应该也可以做相同的翻译。至于动词 symbolize，几部词典基本都指出它是从 symbol 的两个基本释义引申而来，意思是"象征"或"指代"的行为或过程。据此我们至少可以得出这样的结论，英文 symbol 有两个基本含义：第一，用来指代他物的某物；第二，用来指代他物的某个符号、字母、数字等。我们也可以对英语文化中的"象征"概念做出简要解释：象征（动词）在第一个层面上指的是用一种事物指代另一种事物，这第一种事物一般是具体的（人、物、动作等），而第二种"事物"就

---

① *Collins Cobuild Advanced Learner's English Dictionary* (New Edition). Beijing: Foreign Language Teaching and Research Press, 2006, 1468.

有可能是抽象或普遍的概念或品质；第二个层面上，指在具体的领域（数学、自然科学、音乐等）中，某些符号、记号、数字、字母等指代其他事物，这种指代是有固定含义的。既然如此，那我们来看看权威的《英汉大词典》是怎么翻译 symbol 的？

陆谷孙主编的《英汉大词典》中，symbol 词条有四个义项。第一项是："象征、标志"，例句是"狮子是勇武的象征"；这与上述 symbol 的第一个基本意思相同。第二项是："符号、记号、代号"，例句是"H_2O 是水的化学符号"；这与上述 symbol 的第二个基本意思相同。第三项是："［心］象征（指代表被压抑情绪或冲动的客体、姿态或行为）"；这个义项与《韦氏词典》第三项相同。第四项是："［宗］信条，教义"；这一义项是上述四部词典中均未出现的，但是也不突兀——宗教中的符号可能会特指某种教义或信条。[①]

由此我们基本可以肯定，"象征"有两个基本的义项，简言之，即象征+符号；在特定领域也有其独特的含义，比如说在心理学中。

那么，文学艺术中的"象征"手法或技巧是怎样的？"象征主义"又是怎么回事呢？

二、文学艺术中的"象征"

根据艾布拉姆斯等编著的《文学术语词典》，广义的"象征"可以指任何能够指代（signifies）他物的某物；但是文学中的"象征""仅用来表示指代某事物或事件的词或短语，被指代的事物或事件本身又指代了另一事物，或暗指超越自身的参照范围"。[②] 而文学中象征又可以分为约定俗成的象征（conventional or public）和个人的象征（private or personal）两种。约定俗成的象征的例子如"十字架""善

---

① 陆谷孙主编：《英汉大词典》（第 2 版），上海：上海译文出版社，2007 年，第 2051 页。

② 〔美〕M. H. 艾布拉姆斯、杰弗里·高尔特·哈珀姆：《文学术语词典》（第 10 版，中英对照），吴松江等编译，北京：北京大学出版社，2014 年，第 394 页。中译文根据笔者自己的理解有所更动。

良的牧羊人"等，这些事物的深远意义受特定文化的制约，也就是说，这些象征在其他文化那里可能就不存在，或者人们想象的意义不一样。诗人或其他文学家也会使用约定俗成的象征，但是某些诗人会重复使用某种象征，他们会给这种象征赋予自己的意义和理解，因此对这一类的象征进行解读就比较困难。艾布拉姆斯等虽然在此处没有马上举例说明，但显然，叶芝的象征属于上述"某些诗人"的范畴。

在做出上述解释后，艾布拉姆斯等以"玫瑰"为例，对约定俗成的象征和个人化象征做了区别。在彭斯的名句"我的爱人像一朵红红的玫瑰"中，玫瑰是明喻中的喻体；而在温斯洛普·麦克沃思·普里德的诗句"她是我们的玫瑰"中，玫瑰是暗喻中的喻体。但是在中世纪梦幻体诗歌《玫瑰传奇》(*The Romance of the Rose*)中，大多数的角色都是拟人化的抽象概念，比如"理智"(Reason)、"嫉妒"(Jealousy)等，而梦幻者想要得到的那支玫瑰"则是含有寓意的象征物（即这一事物的意义由其自身特质及其在叙事中所发挥的作用来决定）"①。在这部传奇中，玫瑰既代表爱情，也代表那位淑女的窈窕身段。而整部传奇则是一个寓言(allegory)。

接着，艾布拉姆斯等分析布莱克的《病玫瑰》("The Sick Rose")。这首诗中的玫瑰既不同于彭斯和普里德诗中的玫瑰，因为没有本体（比喻修辞中的本体），也不是《玫瑰传奇》中的那种象征物，因为《玫瑰传奇》中玫瑰本身和它所指代的意义是明确的。《病玫瑰》中的玫瑰与诗人想要表达的暗示或意指之间的关系模糊不清，我们只能通过诗歌中隐约的暗示，以及阅读布莱克其他作品所获得的理解，来推断诗人可能要想表达的意思。批评家对这首诗的象征意义又有各种不同的解释。因此，彭斯和普里德以及《玫瑰传奇》中的象征属于约定俗成的象征，而布莱克的象征属于个人化象征。艾布拉姆斯等指出，个人化象征"是一种不可替代的文学手法，它们暗示了某个方向或某个广阔

①〔美〕M. H. 艾布拉姆斯、杰弗里·高尔特·哈珀姆：《文学术语词典》（第 10 版，中英对照），吴松江等编译，北京：北京大学出版社，2014 年，第 394 页。

的意义范围，而不像寓言叙事中的象征物那样具有相对确定的意指"①。接下来艾氏等引用了19世纪初柯勒律治和歌德关于象征的论断，因为这两种论断具有开创意义，为后代众多文评家所认可。柯勒律治在《政治家手册》里写道：

> 如今一则寓言只不过是把抽象的意念转换成象形语言，而这一语言本身仅仅是感觉客体的抽象概念……另一方面，象征……是以个体内的特殊（种类的，of the species）半透明性，或以特殊里的一般（属类的，of the genus）半透明性，或以一般里的普通半透明性为其特征，尤其以穿越现世和在现世内达到永恒的半透明性为特征。象征总是参与现世，并使现世显得清晰易懂；尽管象征启示整体，但它也是作为代表整体的有机部分。（寓言）只不过是空洞的回声，而幻想力则随意地把这些回声与物体的幻影联想在一起。②

上述柯勒律治的文字相当晦涩，不过仍然可以看出他是在区分象征和寓言，而且他是在讨论宗教文本的基础上做出区分的。同样，歌德也对象征和寓言做了区分：

> 诗人是为了普遍性才去寻找特殊性，还是在特殊性里发现普遍性，这两者是大不一样的。前一种做法产生了寓言。在寓言中，特殊性只被用作说明，用来作为普遍性的例子。后一种做法才是诗歌的真正本质；它表达的是某种特殊的东西，而不是去考虑普遍性或指向普遍性。

---

① 〔美〕M. H. 艾布拉姆斯、杰弗里·高尔特·哈珀姆：《文学术语词典》（第10版，中英对照），吴松江等编译，北京：北京大学出版社，2014年，第395页。

② 转引自〔美〕M. H. 艾布拉姆斯、杰弗里·高尔特·哈珀姆：《文学术语词典》（第10版，中英对照），吴松江等编译，北京：北京大学出版社，2014年，第395页。个别字词有所更动。

寓言把现象（phenomenon）转换成某一种概念（concept），
又把这种概念转换成一个意象（image），但如此一来，这个概念
就总是被限制在意象的范围之内，完全被意象左右，也被意象表
达。

象征却是把现象转换成观念（idea），又把观念转换出某一意
象；这个观念始终保持其无限的活跃性，在意象内难以捕捉，即
使用所有的语言去表达它，也无法表达得清楚。[①]

艾氏等总结道，尽管柯勒律治和歌德的说法有区别，但两人都强调寓
言中有两个主体（一个意象和一个概念），象征却只有一个主体（一个
意象）；寓言的意指相对明确，而象征的意指则不确定，而正是因为不
确定，所以象征中有更为丰富甚至是无限的暗含意义；基于上述原因，
象征也是更为高级的表达方式。柯勒律治和歌德的论述为后代许多文
评家所接受，而当代文评家保罗·德·曼提出了不同意见，认为寓言
高于象征则是另一回事了。艾氏等在推荐阅读材料名单中给出的第一
份读物就是叶芝的文章《诗歌中的象征主义》，可见叶芝在欧美象征论
述体系中的重要性。

根据艾布拉姆斯等人的论述，我们大致可以得出这样的结论：文
学中的象征，可以分为约定俗成的象征和个人化的象征；个人化象征
比较难以理解；寓言中的意象和概念可以表达出来，而象征中的"观
念"是难以表达的；寓言的意指相对明确，而象征的意指不明确但含
义丰富；象征是比寓言更高级的文学表现方式。艾氏对于象征的论述
基本代表了西方文评家的一般看法，这一点我们可以从艾氏观点与其
他文评家观点的比较中看出来。

在《文学术语与文学理论词典》中，J. A.卡顿等指出最早的象征
一般指有生命或无生命的物体（animate or inanimate objects），例如天

---

① 转引自〔美〕M. H. 艾布拉姆斯、杰弗里·高尔特·哈珀姆：《文学术语词典》（第 10
版，中英对照），吴松江等编译，北京：北京大学出版社，2014 年，第 396 页。个别字词有所更动。

平象征公正，百合象征纯洁，十字架象征基督等。[①]动作和姿势也可以有象征含义，例如紧握的拳头象征想要攻击，尤其是宗教仪式中有很多富有象征意义的动作和姿势。卡顿等也将文学中的象征分为两类——普遍象征（public or universal）和个人象征（private or local），这与艾氏等人的分法大同小异。关于普遍象征，卡顿等举的例子是维吉尔、但丁等的作品中的"地下世界之行"一般象征灵魂或精神之旅。关于个人象征，其举的例子就是叶芝，比如叶芝作品中反复出现的旋梯、塔堡等。卡顿等接着列举了西方文学中一些著名的象征，诗歌方面如但丁《神曲》整部著作的结构象征意义，布莱克和雪莱作品中的大量象征以及艾略特《荒原》中荒原的象征等；小说方面，作者列举了麦尔维尔的《白鲸》，戈尔丁的《蝇王》等；戏剧方面则有莎士比亚《麦克白》中反复出现的血的意象象征罪恶与暴力以及梅特林克、卡夫卡、辛格和奥尼尔等人的剧作。可以看出，对于文学艺术中的"象征"（无论是名词用法，还是动词用法），当代西方文评家的看法大致相同。

从上述两种论述中可以看出，文学艺术中的"象征"也是从"象征"作为单词的基本概念发展而来的，即文学艺术中的"象征"也是用一种事物（广义）指代另一种事物、品质、特征等。换言之，文学中的象征基本使用上述《牛津词典》《朗文词典》《韦氏词典》中"象征"的第一项释义。作家有时候在作品中使用约定俗成或普遍象征（如玫瑰的普遍象征），而有时候则会营造自己的个人化的象征世界（如布莱克的玫瑰象征）。一般来说，作家使用的"原初象征物"是较为具体、普遍的（如玫瑰、百合、血、旅行等），而指代之后的"象征物"则大多是抽象（如爱情、纯洁、暴力、精神之旅等）且丰富的，有时甚至是无法表达的。

艾布拉姆斯和卡顿等人给出的象征示例，很少涉及"象征"在词

---

① J. A. Cuddon. *The Penguin Dictionary of Literary Terms and Literary Theory*. revised by C. E. Preston. London: Penguin Books Ltd., 1999, 885. 此段以下关于卡顿等对象征的讨论均出自该书之885～888页。除直接引用外，不再一一说明页码。

典中的第二项释义（固定意义的符号、记号等）和第三项释义（心理学或精神分析学中的"象征"），这也很好理解。固定意义的符号（例如水的化学符号）因为含义固化单一，所以使用起来无法构建丰富的象征意义。而精神分析学要到 19 世纪末才真正成为一门学科，弗洛伊德的那些术语差不多要到 20 世纪之后才被认可，因而 19 世纪之前的文学中是不可能用到象征的这一含义的。而《英汉大词典》中列出的"象征"的第四项释义，在其他几部词典中未曾列出，这或许是因为在西方历史中宗教的诸多象征已是随处可见，因此不需要特别指出。①

　　symbol 做名词的用法，可以派生出形容词 symbolic（有象征意义的）和动词 symbolize（象征之动作），以及由 symbolize 而来的 symbolization（象征系统或过程）；当然，也可以派生出 symbolism（象征主义）。symbolism 作为普通名词，也指象征的过程或体系，但首字母大写的 Symbolism 则是指 19 世纪中期始于法国、后波及欧美的"象征主义运动"（Symbolist Movement）。在不少著作中叶芝都被冠以"后期象征主义代表人物"的称号，因此有必要对作为文学思潮的"象征主义"以及叶芝与这一思潮的关系做一简明扼要的梳理。

第二节　叶芝与"象征主义"关系辨析

一、"象征主义"

　　艾布拉姆斯等指出，在"象征主义运动"之前，西方的不少作家已经有意识地建构自己的"象征"体系——他们在作品中使用的是首

---

　　① 需要说明的是，这里只是选取了几本国内较为常见的词典作为研究对象，或许别的词典中有更多的关于"象征"的释义项。不过，笔者认为这几部词典中的释义应该算是具有一定的代表性的。

字母小写的 symbolism。浪漫主义时期的不少诗人，如洛瓦利斯、荷尔德林和雪莱等，已经在诗歌中经常使用个人化的象征。例如，雪莱在诗中反复运用象征手法描写迂回的山洞。而布莱克似乎比其他人更集中地运用象征手法，他在诗中"自始至终地采用象征主义，即由许多元素构成的连贯系统"[①]。在 19 世纪的美国文学中，我们能在霍桑和麦尔维尔的小说里、爱默生和梭罗的散文里、爱伦·坡的诗歌里经常见到象征手法，而这些作家的象征主义表现手法主要来自美国本土的清教徒象征传统。在西方，宗教象征传统贯穿于文学、艺术、历史、哲学、生活等诸多方面，尤其在中世纪文学中，更有"言必称象征"的趋势。在美国那里，从欧洲传过去的清教徒文化发展出了自己的文学传统，其中就包括象征系统。

虽然 19 世纪中叶之前已经有不少作家使用象征手法，构建象征体系，但文学史上的"象征主义运动"一般指 19 世纪中叶开始于法国的以象征为中心的文学思潮。卡顿等人认为，在西方文学的象征传统中，如莎士比亚的象征和 T. S. 艾略特的象征中，大多数情况下我们看到的是用一个具体的形象来表达一种情感或一种抽象的概念。[②] 到了 19 世纪，法国诗人的诗作中充满了大量的象征。马拉美认为象征主义就是逐渐激发一个物体来揭示某种情绪的艺术，而这种情绪需要一系列的解码过程来提取。作为马拉美的追随者，雷尼埃进一步指出，一个象征就是抽象和具体之间的比较，在此过程中只有比较的某一个方面被暗示出来，因此象征是暗含关系。从马拉美和雷尼埃的论述中可以看出，他们指的是个人化象征。除此之外，还有一种"超验"象征主义（transcendental symbolism）。这种象征主义将具体的意象作为指代

---

① 〔美〕M. H. 艾布拉姆斯、杰弗里·高尔特·哈珀姆：《文学术语词典》（第 10 版，中英对照），吴松江等编译，北京：北京大学出版社，2014 年，第 397 页。

② 此段关于法国象征主义的论述综括自卡顿等：《文学术语与文学理论词典》，J. A. Cuddon. *The Penguin Dictionary of Literary Terms and Literary Theory*. revised by C. E. Preston. London: Penguin Books Ltd., 1999。

一个更普遍或者更广泛的理想世界的符号，在那个理想世界中，现实世界只是一个阴影。这个看法很容易让人想起柏拉图的"洞穴"比喻。确实如此，这一派象征主义就是从柏拉图那里发展而来的，经过新柏拉图主义者的扩展，一直延续到18世纪的斯威登堡。到19世纪，这一派象征主义继续发展，认为那"另外的世界"（other world，即理想世界）[①]是可以到达的，但不是宗教信仰或神秘主义，而是以波德莱尔所谓的"通过诗歌"的方式。波德莱尔和追随者认为，诗人乃视者（seer）[②]，可以看穿真实世界，看到具有理想形式和理想本质的世界。因此，诗人的任务就是通过暗示和象征来创造这"另外的世界"，也就是将现实转换成一个更大、更永恒的现实。超验象征主义认为，要想靠近柏拉图的本质"理念"，就应该故意模糊现实，以便使那些理想的形式和本质更为清晰。而要实现这一点，最好的方式莫过于意象的融合（the fusion of images）和诗歌的音乐性（the musical quality of the verse）。简言之，就是通过一种所谓的"纯诗"（pure poetry），通过诗歌语言的音乐性来提供那种丰富的"暗示"。马拉美、瓦雷里和兰波都表达过相近的观点。象征主义诗人同时认为，象征中的"情感唤起"与"暗示"（evocativeness and suggestiveness）最好通过自由形式的诗歌来实现。[③] 这也是自由诗的缘起，其对我国近代的新诗也产生了巨大影响。

在此有必要对波德莱尔的"应和说"做特别的说明。因为波德莱尔对"对应"这一古代信仰的崇拜，与叶芝思想中的"二元对立""月

① 此处的 other world 指理想世界，与凯尔特文化中的 Other world 不一样。波德莱尔所谓的"另外的世界"，指的是"外部世界中万物之间、自然与人之间、人的各种感觉之间存在着的各种隐秘的、内在的、彼此呼应的关系。"（李赋宁总主编：《欧洲文学史》[第二卷]，北京：商务印书馆，2001年，第252页）

② 此"视者"非凯尔特文化中的"视者"德鲁伊。就笔者所见，虽然波德莱尔的象征中使用了"另外的世界"和"视者"等概念，但尚不清楚其是否受凯尔特文化的影响。

③ J. A. Cuddon. *The Penguin Dictionary of Literary Terms and Literary Theory*. revised by C. E. Preston. London: Penguin Books Ltd., 1999, 887.

相"等都可以进行比较，虽然叶芝并不一定直接从波德莱尔那里受到过影响。波德莱尔曾经十分爱读爱伦·坡的作品，受其影响，波德莱尔建构了基于"人类与外部世界"这一古老信仰的应和说。其主要观点是：在人类思想与外部世界之间，在自然世界与精神世界之间，存在着内在的、系统的相似性，用波德莱尔自己的话说就是"在精神世界就像在自然世界里一样，每种事物、形式、运动、数量、色彩、香气都意义深远，相辅相成，彼此相对，相互对应"。① 叶芝在《幻象》中认为，每一种月相代表一种性格，而在每一种月相里，就有代表这种性格的人物，例如尼采就属于英雄那个月相（参见第四章第三节叶芝诗学思想与尼采）。1886 年 9 月，诗人莫雷亚斯在《费加罗报》上发表名为《文学宣言》的文章，宣称浪漫主义、自然主义和帕尔纳斯流派（又译高蹈派）的文学已经过去，当今是象征主义诗歌的时代。"象征主义运动"由此正式成为文学史上的流派之一。

在文学史上，以波德莱尔、马拉美、魏尔伦、兰波等为代表的法国诗人被称为"前期象征主义"诗人，而受其影响的英美诗人如叶芝等、法国诗人如瓦雷里等被称为"后期象征主义"的代表作家。那么叶芝到底与前期象征主义有何关系呢？

二、叶芝与"象征主义"之关系

叶芝接触到作为文学思潮的"象征主义运动"（或曰前期象征主义），主要归功于亚瑟·塞蒙斯（Arthur William Symons, 1865—1945）。

塞蒙斯小时候在威尔士、德文郡、康沃尔郡等地生活，十七岁辍学并开始文学生涯。他二十一岁的时候就发表了《布朗宁研究简介》（*An Introduction to the Study of Browning*）。塞蒙斯来到伦敦后，曾一度担任文学刊物《萨沃伊》（*Savoy*）的编辑。而恰好在 19 世纪 90 年代，居住于伦敦的叶芝一度与诗友组成"诗人俱乐部"，经常谈诗论艺。

---

① 转引自〔美〕M. H. 艾布拉姆斯、杰弗里·高尔特·哈珀姆：《文学术语词典》（第 10 版，中英对照），吴松江等编译，北京：北京大学出版社，2014 年，第 795 页。

俱乐部成员聚会的地点在舰队街（Fleet Street）一家名为"老柴郡奶酪"的餐厅（The Old Cheshire Cheese）楼上。塞蒙斯在 19 世纪 90 年代初就加入了俱乐部，成为叶芝、约翰逊等人的诗友。一开始，叶芝和塞蒙斯的关系并不亲密，因为两人的观念很不相同。叶芝发现，当时的塞蒙斯受瓦尔特·佩特的影响深远，认为文学是"一系列印象的组合"，因此塞蒙斯选择的生活是歌舞杂耍和艳遇冒险，以为这样就能找到诗歌的"生动印象"。而叶芝自己则相反，追求的是一种"激情，更准确地说，是宗教激情，作为人生最大的善，而且总是珍惜一种神秘思想的隐秘希望"。[①]

　　但是，随着时间的推进，叶芝和塞蒙斯逐渐互相理解。后来两人的关系发生实质性变化，变得极其亲密，这主要是因为另一位诗友——约翰逊的酗酒。在这之前，"诗人俱乐部"里与叶芝关系最为密切的非约翰逊莫属了。但约翰逊的生活极不规律，叶芝曾回忆有一次去拜访他的时候，已经是下午五点，可约翰逊的仆人告诉叶芝，约翰逊还在睡觉，要到七点才起来吃早餐。[②] 不仅如此，约翰逊还酗酒，经常喝醉，有时候叶芝去拜访他，约翰逊还没从椅子上站起来往前走两步就扑倒在地。大约在 1895 年左右，虽然叶芝认为自己和约翰逊是"非常亲密的朋友"，但也终于接受了后者酗酒的事实，因为约翰逊平时喝酒的量，"换成别人早就该醉了"。[③] 叶芝和约翰逊渐渐疏远，而且他担心要是再经常和约翰逊在一起，就要变成后者酗酒的帮凶了。[④] 除此

　　① 转引自 David A. Ross. *Critical Companion to William Butler Yeats*, New York: Facks on File, Inc., 2009, 557—558.

　　② W. B. Yeats. *Autobiographies*. William H. O'Donnell & Douglas N. Archibald ed. New York: Scribner, 1999, 236.

　　③ W. B. Yeats. *Autobiographies*. William H. O'Donnell & Douglas N. Archibald ed. New York: Scribner, 1999, 238.

　　④ 约翰逊后来果然因酗酒去世（1902 年）。叶芝曾经写道：从约翰逊那里我学会了一种高尚的风格，以及热爱生活中一切"神圣"的东西。……约翰逊与其说是活不下去，不如说是拒绝活下去，他在迷醉中猝死之后，一位验尸官发现，在他的身体里与大脑相连的躯体其他器官没有发育健全，如孩子的躯体一般。参见叶芝：《镜中自画像：自传·日记·回忆录》（叶芝文集卷二），北京：东方出版社，1996 年，第 81~82 页。

之外，叶芝还不得不经常屈从约翰逊的看法。而与塞蒙斯交往时，叶芝就不会有这样的顾虑和约束。

　　叶芝与塞蒙斯初识时，塞蒙斯正在研究"歌舞杂耍表演"（music halls）①，其研究热情堪比他研究乔曳时期的文学。在 19 世纪 90 年代最初的几年，"诗人俱乐部"的成员们在文学上受罗塞蒂和佩特的影响比较大。叶芝认为罗塞蒂的影响是潜意识的，而他们有意识地到佩特那里寻求哲学智慧。叶芝专门提到佩特的《享乐主义者马里乌斯》（*Marius the Epicurean*），这本书对塞蒙斯影响很大。当然，后来叶芝形成自己的哲学体系时，佩特的影响很小。但是多年后，叶芝重读这本书时，仍然赞誉这本书是现代英语中唯一伟大的散文作品。② 塞蒙斯和约翰逊还亲自到牛津去拜访过这位"圣人"。

　　疏远约翰逊后，叶芝与塞蒙斯的关系更为亲密。与约翰逊不一样，叶芝与塞蒙斯在一起时，没有压力，非常自在。塞蒙斯同情叶芝使自己的思想更为丰富，也更为清晰了。塞蒙斯给叶芝朗读卡图卢斯（Catullus）、魏尔伦和马拉美的作品。这一时期，塞蒙斯逐渐从受佩特的影响转移到对法国象征主义产生兴趣。1895 年 10 月，叶芝搬进塞蒙斯在伦敦的住处。那里有两间空房，他一直住到次年 2 月。在这段时间里，两人不仅都从事与《萨沃伊》有关的活动，更重要的是，塞蒙斯通过给叶芝朗读自己翻译的法国象征主义作品，使叶芝接触到了法国象征主义。

　　1894 年 2 月，叶芝曾经到过巴黎，并在那里见到魏尔伦，而就在三个月之前，魏尔伦还和塞蒙斯住在一起。但这次巴黎之行中，叶芝并没有见到马拉美。叶芝与法国象征主义主要诗人的面对面也就只限

---

① music hall，亦称 vaudeville，流行于 19 世纪末 20 世纪初的一种表演，糅合了歌唱、舞蹈和喜剧表演；也可以指举行这种表演的戏院（vaudeville theater）。

② 叶芝曾这样回忆佩特的影响："佩特教会我们在一根在宁静的空中紧绷的绳索上行走，结果是我们将双腿吊在一根摇晃的绳索上在风暴中荡来荡去。佩特让我们都变得博学，而且不论身处何地，都要彬彬有礼，注重礼仪，彼此保持距离。"（W. B. Yeats. *Autobiographies*. William H. O'Donnell & Douglas N. Archibald ed. New York: Scribner, 1999, 235.）

于魏尔伦。也就是在 1894 年之后，塞蒙斯成为法国象征主义的忠实追随者，并开始翻译马拉美等人的作品。在 1894 年的那次巴黎之行中，叶芝和毛德·冈还在剧院看过另一位法国象征主义作家维里耶·德·李尔-亚当的戏剧《阿克瑟尔》[①]，具体时间是在 2 月 26 日。叶芝为《阿克瑟尔》写的评论发表在当年 4 月期的《文人》(Bookman)上。1925 年，H. P. R. 芬伯格出版《阿克瑟尔》的英译本时，叶芝还为其撰写了序言。[②]1894 年之后的一段时间，叶芝专门阅读过《阿克瑟尔》的剧本。叶芝有可能读的是法语原文，因为他说自己读得非常慢，而且困难重重。虽然有些段落叶芝觉得很重要，但整本书读起来模糊不清，以致叶芝自己也弄不明白这种《阿克瑟尔》到底是不是他一直在寻找的圣书。[③] 但是，在自传中，叶芝也认为是维里耶，而不是佩特，影响了自己的作品《神秘的玫瑰》(Rosa Alchemica)。1897 年，叶芝的短篇小说集《隐秘的玫瑰》(The Secret Roses)出版，在正文之前作者引用了两句名言，其中一句来自维里耶："至于生活，我们的仆人将为我们安排好一切。"[④] 由此可见，叶芝从维里耶那里是受到了一定影

---

① 维里耶·德·李尔-亚当 (Villiers de l'Isle-Adam, 1838—1889)，19 世纪法国象征主义作家，早年与波德莱尔与马拉美交往甚密。代表作有短篇小说集《残酷故事》、小说《未来的夏娃》和戏剧《阿克瑟尔》。维里耶终生为基督教和神秘主义所困扰，时而笃信，时而怀疑。其戏剧《阿克瑟尔》因其"精湛的、富有乐感、诗意的语言以及它所展示的绚丽多彩的画面使它被誉为象征主义戏剧的杰作"(李赋宁主编：《欧洲文学史》[第 2 卷]，北京：商务印书馆，2001 年，第 485～486 页)。埃德蒙·威尔逊的批评名著《阿克瑟尔的城堡》，其题目就来自维里耶的这部戏剧。

② W. B. Yeats. *Autobiographies*. William H. O'Donnell & Douglas N. Archibald ed. New York: Scribner, 1999, 476.

③ W. B. Yeats. *Autobiographies*. William H. O'Donnell & Douglas N. Archibald ed. New York: Scribner, 1999, 246.

④〔爱尔兰〕叶芝：《神秘邮件》，黄声华译，北京：新世界出版社，2013 年，第 128 页。另一句引言来自达·芬奇。现在能够看到的《隐秘的玫瑰》版本包括《隐秘的玫瑰》和《神秘的玫瑰》两部分。傅浩认为《隐秘的玫瑰》在 1894 年 3 月即出版、1897 年再版 (〔爱尔兰〕叶芝：《叶芝精选集》，傅浩编选，北京：北京燕山出版社，2008 年，第 679 页)，而罗斯等认为《隐秘的玫瑰》到 1897 年才出版 (David A. Ross. *Critical Companion to William Butler Yeats*, New York: Facks on File, Inc., 2009, 603; Edward Malins & John Purkis. *A Preface to Yeats* (second edition). New York: Longman Publishing, 1994, 7)。

响的。

虽然读不太懂《阿克瑟尔》，但叶芝从塞蒙斯那里读到了其他法国象征主义诗人的作品，而且塞蒙斯给他朗读的是英译文。那时候，塞蒙斯正在翻译马拉美、卡尔德隆、十字圣约翰的作品。[①] 叶芝认为这些翻译是他那个时代最有成就的诗体翻译。叶芝还认为："马拉美的诗作，给我近些年的诗歌一种精致的形式，尤其是《苇间风》中后半部分的诗歌和诗剧《荫翳的水域》（ The Shadowy Waters ）。"[②] 多年后，叶芝还清楚地记得塞蒙斯给他朗读马拉美《希罗底记》中的诗行。[③] 这首诗给叶芝以深刻印象，诗中的女主人公希罗底似乎在禁欲的狂喜中燃烧，在骄傲和禁欲的巅峰中把自己视为一尊雕刻的女神。[④] 在希罗底的形象中，叶芝似乎看到了毛德·冈的影子。叶芝后来写了一部戏剧《三月的满月》（ A Full Moon in March ），几乎是对马拉美原诗的解释和翻译。

有意思的是，马拉美写过一首名为《幻象》的诗。在这首诗中，有视觉形象和听觉形象的通感，"使人联想到英国前拉斐尔画派的油画，以及印象派音乐家德彪西为它谱成的旋律"[⑤]。先拉斐尔派的作品是"诗人俱乐部"成员最常讨论的对象，叶芝早期的代表作《乌辛

---

① 叶芝此处没有给出人物全名，根据上下文，卡尔德隆可能是指卡尔德隆·德·拉·贝加（ Calderon de la Barca, 1600—1681 ）。他西班牙黄金时代剧作家、诗人，与维迦齐名，擅长宗教戏剧写作，代表作有《人生如梦》，对法国戏剧和德国浪漫主义文学有影响。十字圣约翰（ Saint John of the Cross, 1542—1591 ），欧洲宗教改革时期西班牙反对改革的主要人物，神秘主义者。为何当时塞蒙斯翻译马拉美的作品时，同时翻译这两位人物的作品，在叶芝的叙述中尚不得而知。马拉美（ Stéphane Mallarmé, 1842—1898 ），法国象征主义诗人，与波德莱尔一样，早期深受爱伦·坡影响，翻译过坡的名篇《乌鸦》。代表作有《幻象》《花》《希罗底记》《牧神的午后》等。

② W. B. Yeats. *Autobiographies*. William H. O'Donnell & Douglas N. Archibald ed. New York: Scribner, 1999, 247.

③ 希罗底（ Herodiade ）是马拉美诗中常见的女主人公，其早期诗作《花》中就出现过希罗底。马拉美后来一度想要创作一部以希罗底为主人公的悲剧，但没有实现，只完成了名为《希罗底记》的诗篇。

④ David A. Ross. *Critical Companion to William Butler Yeats*, New York: Facks on File, Inc., 2009, 558.

⑤ 李赋宁总主编：《欧洲文学史》（第二卷），北京：商务印书馆，2001 年，第 496 页。

漫游记》就充满了"先拉斐尔派色彩"。不知叶芝是否读到过《幻象》，但即便读到过，马拉美的《幻象》与叶芝的《幻象》也相差巨大：一个是典雅浓郁的诗篇，一个是神秘深邃的哲学。不过，两部作品都涉及象征。

在《自传》中，叶芝承认《苇间风》中的诗歌已经与自己早期的诗作相距甚远，这一时期的他在有意创造一种与混杂、随意风格不同的艺术，与人物和环境无关的作品。① 对于叶芝的这一说法，我们可以从两个角度来理解。首先，在某种程度上叶芝还是承认了马拉美等法国象征主义诗人对自己的影响，尤其是在《苇间风》和《荫翳的水域》两部作品中。其次，叶芝再次强调，自己只是利用这种影响来创造一种自己的艺术风格，就像他对待印度教和佛教密宗等的态度一样。叶芝谈到自己接触到马拉美作品时的感觉，打了一个比方：好比一个阿兰群岛（爱尔兰西部，比较贫穷的地区）的农民，闯进了卢森堡艺术画廊，被那些印象派和后印象派的画作晃得晕头转向，最后只好在莫雷里的《伊阿宋》前面站定，带着无言的震惊研究那精致的悲剧，里面有如此多的珠宝，如此多雕刻的宝石和铸造的青铜。②

在法国象征主义诗人当中，叶芝唯一有过当面接触的是魏尔伦。③在 1894 年 2 月的那次巴黎之行中，叶芝初次见到魏尔伦，这次见面应该是塞蒙斯牵的线。叶芝在《自传》中曾描述过一次与魏尔伦会面的场景。有一次，魏尔伦邀请叶芝"大量喝咖啡、吸烟"，并署名"您最开心的，保尔·魏尔伦"。拜访地点在圣雅各街上一幢出租房里。魏尔

---

① W. B. Yeats. *Autobiographies*. William H. O'Donnell & Douglas N. Archibald ed. New York: Scribner, 1999, 247.

② W. B. Yeats. *Autobiographies*. William H. O'Donnell & Douglas N. Archibald ed. New York: Scribner, 1999, 248.

③ 魏尔伦（Paul Verlaine, 1844—1896），法国象征主义诗人，是兰波天才的发现者。代表作有诗集《智慧集》《平行集》等，代表性的单篇诗作有《诗艺》《受诅咒的诗人》等。魏尔伦终生酗酒，与家人关系极差，曾因对兰波开枪和殴打母亲而入狱。维里耶 1889 年已经去世，叶芝在 1894 年 2 月的巴黎之行中没有见到马拉美，之后也未见到。

伦一只腿绑满绷带，坐在摇椅上，用英语打招呼，问叶芝习不习惯巴黎的生活，说自己对巴黎是熟悉得不能再熟悉了，住在巴黎就像"果酱里的苍蝇"那么自然。接着，魏尔伦找出一本英文词典，向叶芝解释自己脸上的红色斑块是中了丹毒（erysipelas）。魏尔伦的情人给他们倒了咖啡，见到她，叶芝觉得魏尔伦住处的装饰应该全是她的主意。不久，来了一位衣衫破旧的人，不断地拨弄手中的戏帽。魏尔伦向叶芝介绍说，这是位穷人，但是人很好，就像国王路易十一那样。魏尔伦和叶芝谈到了几位作家，魏尔伦认为雨果是一流的诗人，但是有点"泥沙俱下"，维里耶写得一手好法文。魏尔伦也谈到了丁尼生的《悼念》（"In Memoriam"）①，说一度想要将其翻译成法语，但最终没有做成，因为"丁尼生太具有贵族气质了，本来应该是伤心欲绝的地方，他却只是充满了回忆"②。不久，魏尔伦即去世。叶芝对魏尔伦的评价可谓一语中的：魏尔伦在其天性的两个极端（诗歌天才和人伦生活）之间来回变换，哪一边他都不抗拒，因此在常人眼中是一个"坏小孩"；但是读他那些"神圣的诗歌"，我们不禁会想到，毕竟圣婴（耶稣基督）最初也是降生在马槽里，与牲畜在一起。③ 可以看出，对于魏尔伦（与约翰逊一样）的个人生活，叶芝是很不认同的，但是这并不影响他对魏尔伦诗歌的赞赏。叶芝虽然在《自传》中没有明确说明魏尔伦诗歌对自己的具体影响，但至少我们可以得出结论：他是熟悉魏尔伦的作

---

① 丁尼生（Alfred Tennyson, first Baron Tennyson, 1809—1892），英国桂冠诗人，代表作有长篇叙事诗《国王田园诗》（以亚瑟王故事为主线）、短诗《拍打》、独白诗《尤利西斯》等。《悼念》是丁尼生追念好友哈勒姆的名诗。

② W. B. Yeats. *Autobiographies*. William H. O'Donnell & Douglas N. Archibald ed. New York: Scribner, 1999, 261.

③ W. B. Yeats. *Autobiographies*. William H. O'Donnell & Douglas N. Archibald ed. New York: Scribner, 1999, 261. 叶芝还在《自传》中写到了魏尔伦葬礼时的两件轶事：魏尔伦的情人和出版商发生争执；那位被称为"路易十一"的人偷了靠在树边的十四把雨伞。但是魏尔伦的权威传记并没有记载此二事。参见 W. B. Yeats. Autobiographies. William H. O'Donnell & Douglas N. Archibald ed. New York: Scribner, 1999, 480. 因此，我们认为叶芝《自传》中的回忆大致可靠，但也不可全信。

品的，而且称其为"神圣的诗歌"。

1896 年 2 月，叶芝搬出塞蒙斯在伦敦的居所。同年 8 月，叶芝先是和塞蒙斯在爱德华·马丁戈尔韦的家中做客，后来两人在 5 日至 7 日一起去阿兰群岛参观。1899 年，塞蒙斯出版《文学中的象征主义运动》(*The Symbolist Movement in Literature*)，对法国象征主义进行了详细的介绍，也借此将法国象征主义全面介绍给英语文学界。此书在欧洲也产生了巨大影响。塞蒙斯将此书题献给叶芝，并称叶芝是英国象征主义运动的"主要代表"。① 作为回应，叶芝撰写了文章《诗歌中的象征主义》(*The Symbolism of Poetry*)，进一步阐释自己对象征主义的理解。

除了上述三位法国象征主义作家外，叶芝在《自传》中还提到了波德莱尔，但只是一笔掠过。

由此我们似乎可以对叶芝与法国象征主义的关系做出简要的描述：叶芝曾经观看过法国象征主义的戏剧，阅读过由塞蒙斯翻译的法国象征主义诗歌，并曾与魏尔伦有过当面的交往。那么叶芝的作品与"象征主义"的关系到底如何？

在文学史上，关于叶芝与"象征主义"的关系有三种看法：其一，直接将叶芝定义为"后期象征主义代表诗人"；其二，与法国象征主义联系紧密；其三，与法国象征主义联系不大。首先，不少研究者将叶芝视为"后期象征主义"的代表人物，如林骧华在《西方现代派文学

---

① 1919 年《文学中的象征主义运动》再版时，这一题献已经被去掉。这也反映出塞蒙斯和叶芝关系的疏远。1908 年，在意大利旅行时，塞蒙斯精神崩溃，在精神病院治疗了两年，但之后并未完全恢复。塞蒙斯在伦敦的布鲁克家精神病院住院时，叶芝曾去探望过好几次。叶芝认为塞蒙斯的精神崩溃主要是因为工作过多，而塞蒙斯如此辛苦地工作是因为妻子生活索求过度。为此，叶芝逐渐疏远了与塞蒙斯的关系，在之后三十年的时间里两人只见过四次面。(参见 David A. Ross. *Critical Companion to William Butler Yeats*, New York: Facks on File, Inc., 2009, 558) 与约翰逊不同，塞蒙斯不酗酒，生活方面较为节制，一度有过好几段感情，但最终都不了了之，后来与萝妲(Rhoda)结婚。叶芝曾这样评价塞蒙斯："他的评论比我认识的任何人都要智慧并且具有天才的同情心，有理有据。"(参见叶芝：《镜中自画像》，北京：东方出版社，1996 年，第 82～83 页)

述评》中指出："叶芝十分重视象征手法的运用，认为诗歌靠象征引起联想，唤起情感，最终产生美感。在含义复杂的象征中，包括了感情的象征和理智的象征，这两者的融合，使叶芝的诗风在同代人中别具一格，他本人也由此被推崇为后期象征主义的一代宗师。"[①] 第二种看法是不将叶芝定义为"后期象征主义代表诗人"，但将其归入象征主义影响的范围。例如艾布拉姆斯等在《文学术语词典》中认为法国象征主义影响了整个欧洲，其中就包括诗人叶芝；叶芝的《拜占庭》组诗也被列为现代派象征主义的代表作。[②] 卡顿等直接将叶芝、意象派诗人和一些法国诗人称为法国象征主义运动的"继承人"（heirs）。[③] 虽然没有直接称呼叶芝为"后期象征主义代表诗人"，文评家埃德蒙·威尔逊依然认为叶芝等人是法国象征主义运动的延续或引申。威尔逊甚至说："叶芝是世纪末（19 世纪末）文学社团中最有力的作家，这个群体曾经尝试在伦敦跟法国人竞逐争辉；后来叶芝把象征主义成功地移植到爱尔兰这块更适宜的土壤上，并使之发展得枝繁叶茂。"[④] 另有

①　林骧华编著：《西方现代派文学评述》，上海：上海人民出版社，1987 年，第 22 页。此外，如朱维之等主编：《外国文学史·欧美卷》（第四版），天津：南开大学出版社，2009 年，第430 页。英语诗歌研究大家王佐良虽然没有直接说叶芝是"后期象征主义诗人"，但他说叶芝"起初是一个象征派诗人"，显然叶芝不能归为法国象征主义一派（王佐良：《英国诗史》，南京：译林出版社，2008 年，第 429 页）

②　〔美〕M. H. 艾布拉姆斯、杰弗里·高尔特·哈珀姆：《文学术语词典》（第 10 版，中英对照），吴松江等编译，北京：北京大学出版社，2014 年，第 397 页。

③　J. A. Cuddon. *The Penguin Dictionary of Literary Terms and Literary Theory.* revised by C. E. Preston. London: Penguin Books Ltd., 1999, 888.

④　〔美〕埃德蒙·威尔逊：《阿克瑟尔的城堡》，黄念欣译，南京：江苏教育出版社，2006年，第 17 页。威尔逊在具体分析叶芝的那一章中还说道："如果我们不把叶芝看成主要的象征派诗人，那是因为叶芝把象征主义带进爱尔兰的时候，为它加入了新的元素，赋予了特别的风味。"（第 22 页）威尔逊还认为，即便是叶芝晚期的作品，也与 19 世纪末的法国诗歌大有相似之处，而且他专门将叶芝的《一幅黑色的半人半马图画》（即《题埃德蒙·杜拉克作黑色人头马怪图》）与马拉美的一首十四行诗比较，认为都是两者"通过联想把诗人的情感表现出来"，只不过相对于马拉美的混杂和晦涩，叶芝的作品更容易理解一些（第 22～23 页）。综合起来概括，威尔逊的看法是叶芝与法国象征主义关系紧密，但是威尔逊也承认叶芝的象征与法国象征主义不同、有自己独特的内容。

少数研究者认为叶芝与法国象征主义关系不大。傅浩在《叶芝的象征主义》中认为，叶芝的象征体系来自三个主要源泉——神秘经验、文学阅读（包括传统文化）和民间口头传说；叶芝的创作上承浪漫主义，下启超现实主义；叶芝的象征主义与所谓前期象征主义关系并不大，叶芝的象征主义系自出机杼，卓尔不群（即使在后来大批的模仿者簇拥之下）。[①] 显然，前两种看法认为叶芝与法国象征主义关系紧密，这与第三种看法截然不同。那么，到底该如何看待叶芝与"象征主义"的关系呢？

通过在前文中对"象征"的基本概念做的梳理、对象征在文学中的使用做的简要概述、对叶芝接触法国象征主义的情况做的扼要综述，我们至少可以肯定：在一定程度上叶芝是受到过法国象征主义影响的。当然，前文的梳理只是谈论叶芝与"象征主义"关系的外部因素，我们还要进一步考察叶芝自己对象征、象征主义的看法以及叶芝作品中的象征使用，这样才能如韦勒克所言，通过"内外结合"的研究得出较为恰切的结论。

第三节　叶芝作品中的象征

一、叶芝对象征的理解

在写作《诗歌中的象征主义》（1900）之前，叶芝还写过一篇《绘画中的象征主义》（1898）。在这篇文章中，叶芝首先引用了《约翰逊

---

① 傅浩：《叶芝的象征主义》，《国外文学》1999 年第 3 期，第 41～49 页。

字典》①和一部"比较现代"的词典对"象征"的定义，说明在布莱克之前的英国文学中，寓言胜过象征（例如，《仙后》和《天路历程》）。紧接着便引出布莱克，叶芝认为，布莱克是第一个使象征胜过寓言的作家，并引布莱克关于象征的定义：幻象或想象（这些词语的意思就是象征主义）是对实际存在之物的再现，真实地或者一成不变地再现；寓言是"记忆之女"的创造产物。②叶芝还谈道，自己在巴黎时曾经为一位德国象征主义者画肖像，这位象征主义者的看法与布莱克相当接近，例如：象征主义所表达的事物是别的事物无论用哪种方式都不能完美表达的；而寓言所表达的事物，用别的方式也可以表达。在论述了布莱克和那位德国象征主义者的观点后，叶芝提出了自己的看法：

> 我认为，玫瑰、百合、罂粟借助它们的颜色、香味、用途，同爱恋、纯洁、睡意紧密结合起来，或者同其他具有爱恋、纯洁、睡意的象征符号紧密结合起来。它们长期是这个世界想象中的组成部分。一位（真正的）象征主义者或许会用它们来帮助解释他的意思，而同时不会成为一位寓言家。③

叶芝的这一说法，无疑指的是约定俗成的象征。叶芝并不认同那位德国象征主义者的观点：百合、玫瑰、罂粟不能入画，因为这些符号是寓言性质的，而不是自然的意义。叶芝认为，约定俗成的象征是完全可以入诗入画的，因为它们是象征传统的一部分。他进一步认为，在约定俗成的象征的基础上，可以赋予其新的意义，例如罗塞蒂的《天使传报》中天使手中的百合和《处子玛利亚的童女》中罐子里的百合

---

①《约翰逊词典》，即 *A Dictionary of the English Language*，亦称 *Johnson's Dictionary*，由18世纪英国著名学者约翰逊博士（Samuel Johnson, 1709—1784）编纂而成，编纂工作历时九年最终于1775年出版。它是英国历史上第一部重要的词典，其影响之巨大可谓无与伦比，一直到《牛津英语大词典》（*Oxford English Dictionary*）的出现才改变了这一局面。

②〔爱尔兰〕叶芝：《生命之树》，苏艳飞译，成都：四川文艺出版社，2015年，第140页。

③〔爱尔兰〕叶芝：《生命之树》，苏艳飞译，成都：四川文艺出版社，2015年，第141页。

等，"创造了更加重要的象征符号，即女性的身体，天使的身体，纯洁的晨光"①。叶芝认为，罗塞蒂创造的这些更加重要的象征符号，就属于个人化的象征了。

接下来，叶芝解释了自己对于"大艺术"（宗教艺术）的理解。在叶芝看来，大艺术是具有象征意义的护身符，中世纪的"巫师"为此使用复杂的颜色和形状，希望能在颜色和形状中融入神圣本质。这种艺术的典型形式是故事和肖像画，通过人物或景物来唤起各种情感，但最高的情感无疑是"爱"，因为宗教和幻想就包含了关于完美的思想以及达至完美途径的想法。换言之，宗教人士、巫师、僧尼、吸食鸦片者之所以能看见幻象，看见那些象征符号，就是希望表达完美和找到达至完美的途径。在这一点上，叶芝提醒说，在此过程中象征符号是唯一不受完美纽带束缚的事物。

论述完宗教象征（基督教），叶芝又指出，瓦格纳的戏剧、济慈的颂歌、布莱克的插画和诗歌、维里耶的戏剧、魏尔伦的诗歌等与宗教象征是有区别的。首先，这些艺术家接受的是所有象征的传统，有些比基督教象征还要古老，比如占星学中的象征。其次，象征主义者还接受一切"神圣的智慧"，此"神圣"不仅仅是宗教意义上的神圣，而是所有与人和艺术相关的神圣。有了上述两点，象征主义者就能在人物或景物中唤醒一种无限的情感，一种完美的情感。叶芝还提到，系统的神秘主义者并不能成为最伟大的艺术家，因为他们的想象太宽泛，不能被一幅画或一首诗所框住。但似乎每个诗人或画家心中都有这么一位神秘主义者，有的以传统象征（约定俗成的象征）为乐，有的以个人化的象征为乐，他们容易进入恍惚状态或者做白日梦，将自己对作品中女子的"爱"转移到该女子的姐妹或祖先那里，从而脑海里出现"令人敬畏的美"，而忘记了眼前的事物。叶芝总结道，布莱克是象

①〔爱尔兰〕叶芝：《生命之树》，苏艳飞译，成都：四川文艺出版社，2015年，第141页。

征主义运动的先驱，"是新黎明的报晓公鸡"①，因为布莱克认为人若能够进入想象中的任一形象，就能离开俗世，想象的世界就是永恒的世界。

在《绘画中的象征主义》的最后，叶芝提到了"心灵之眼"。叶芝认为幻视者的心灵之眼能看到一个反复无常的世界，它是意志不能塑造、也不能改变的世界。叶芝举了一个例子：自己闭上眼睛一会儿，看见一群穿蓝色长袍的人在炫目的光下从其身边经过，看见他们衣服边缘的玫瑰花，后来通过卷曲胡须认出其中一位；之后在幻象中自己经常看见他。叶芝最后问道，那些幻象中的人物和景物，是"永恒现实"吗？我们是不是就是"永恒现实"在自然世界中的反射？② 叶芝认为，面对这些问题，很有必要在争议中表明立场，即使这个问题永远没有答案。这最后一段论述显然是叶芝在阐述自己的神秘主义立场。叶芝对神秘主义笃信终生，不仅笃信，还经常实验东西方各种秘术。其中，"幻视"（幻象或幻景）是叶芝最为看重的。叶芝不仅参加降神会，有时候还自己实验；结婚之后，就和妻子实验自动写作，解读附体在妻子身上的"某个人物"的话或者符号③。从某个角度而言，叶芝把幻象当成"真实"，以致经常在幻象中对着幻象中出现的"人物"询问有关自己的一切。

如果对《绘画中的象征主义》中叶芝本人的观点进行概括，可以认为：叶芝承认象征的传统意义和个人化意义；在艺术创作中，个人化意义更为重要。叶芝推崇布莱克关于象征的定义，并加入了自己的神秘主义思想。如果说这些看法都是叶芝针对绘画而发的，那么我们再来看看叶芝在《诗歌中的象征主义》一文中如何看待象征。

《诗歌中的象征主义》整体分为五个部分。在第一部分开头，叶芝提到塞蒙斯在《文学中的象征主义运动》中的总结：欧洲作家似乎都

① 〔爱尔兰〕叶芝：《生命之树》，苏艳飞译，成都：四川文艺出版社，2015年，第144页。
② 叶芝的这一问，很容易使人想起柏拉图的"洞穴"比喻。
③ 因此有的研究中就将叶芝妻子称为"灵媒"。

在寻找一种象征主义的诗歌哲学。这一点似乎为大众所遗忘，例如新闻记者和读者似乎都忘了，"瓦格纳开始创作他最具特色的音乐前花了七年时间进行运筹帷幄"[①]。叶芝引歌德的名言："一个诗人需要整个哲学，但他又必须将哲学排除在作品之外。"紧接着他做了解释：后半句并不总是必要。言下之意，就是将哲学放在作品之中也是可以的，甚至是必要的。叶芝在这一段的结尾感慨，英格兰已经没有伟大的艺术，因为已经没有伟大的批评了。在第一部分的第二段，叶芝认为所有作家、艺术家都会抱有某种哲学，用之来唤起灵感，在客观外界生活中感召神灵生活，而神灵生活又与客观外界生活格格不入，因此作家和艺术家必须转变武装和战略，灵感才会降临。

在第二部分开头，叶芝谈到自己曾经在《绘画中的象征主义》中稍微涉及诗歌，但却没有从"根本上触及层出不穷而难以定义的象征主义元素"，而象征是"所有文体的本质"[②]。接着，叶芝以彭斯、布莱克、纳什和莎士比亚的诗句为例，说明象征给诗句带来的美，并提出了自己对于象征的理解：

> 所有声音，所有色彩，所有形状，无论因为它们注定的感染力还是因为它们长久的心理联系，将唤起难以定义然而又清晰不过的情感。……而当声音、色彩和形状间具有一种和谐的联系，相互间一种优美的联系，它们仿佛变成一个色彩，一个声音，一个象征，从而唤起一种由它们互不相同的魅力构成的情感，合一的情感。[③]

[①]〔爱尔兰〕叶芝：《随时间而来的智慧：书信·随笔·文论》，王家新编选，北京：东方出版社，1996年，第149页。

[②]〔爱尔兰〕叶芝：《随时间而来的智慧：书信·随笔·文论》，王家新编选，北京：东方出版社，1996年，第150页。

[③]〔爱尔兰〕叶芝：《随时间而来的智慧：书信·随笔·文论》，王家新编选，北京：东方出版社，1996年，第151页。

根据象征的基本定义，我们可以将"所有声音，所有色彩，所有形状"概括为"一种事物"，无论是这种事物本身还是因为传统它所能"唤起"（指代）的另一种事物——情感。值得注意的是，叶芝强调通过"和谐""优美的联系"和"互不相同的魅力"，来实现一种"合一的情感"。这就与法国象征主义诗人，尤其是波德莱尔，很不相同。波德莱尔也讲求情感的"应和"，但是他认为诗的目的就是要把"善同美区别开来，发掘恶中之美"①。这一点和马拉美也不一样。按照叶芝在《自传》中的说法，马拉美的诗歌过于"混杂和随意"（heterogeneous and casual）。确实如此，马拉美的诗歌理念就是不管什么象征物，只要符合情感的应和需求就可以。叶芝不同，他认为象征要"和谐，优美，合一"。

叶芝进一步阐述说，一部作品中形成这种"合一的情感"的元素越是千姿百态，越是多元，就越有力。在叶芝看来，似乎那些无用或脆弱的事物（例如白天、黑夜、云彩、影子等），比那些有用或强大的事物（例如武器、车轮、政治形态、理性思考等），要更加具有象征的感染力。叶芝重复"和谐"的重要性：声音，或色彩，或行状，或所有这些，如果未曾建立起一种和谐的联系，它们的情感就只能在其他的思想中存在。②

在这一部分接近结尾的论述中，叶芝又发挥了自己的神秘主义信仰。他认为，一首小抒情诗能唤起某种情感，而这种情感又会聚集起其他情感，然后在某一部伟大的史诗中融为一体。然后，借助一个更小的形体或象征，这种"合一的情感"会变得越来越强烈，最后会随同它所聚集的一切"流泻而出，在日常生活蒙蔽的本能中，像滚雪球

---

① 出自波德莱尔《恶之花》序言。转引自李赋宁总主编：《欧洲文学史》（第二卷），北京：商务印书馆，2001年，第252页。

② 〔爱尔兰〕叶芝：《随时间而来的智慧：书信·随笔·文论》，王家新编选，北京：东方出版社，1996年，第152页。

一样驱动着包含很多感召的感召"①。我们只要稍微联想，就能想到，这不是柏拉图和普罗提诺的看法吗？那"合一的情感"不就是"大记忆""世界灵魂"吗？那形体、象征、感召不就是从"大记忆"中流溢而出的灵魂吗？在此处，叶芝是在阐述象征，但这并不妨碍他将其他思想融入对象征的理解和解释中，这不都是叶芝的拿手好戏吗？"感召"这个词，在读者心目中引起的联想（除非是虔诚的宗教人士），恐怕更多的还是"神灵附体""降神会"之类的吧！

　　在第三部分，叶芝阐述了韵律在象征中的重要作用。叶芝认为，韵律的使用是为了延长诗意（发近代"陌生化"理论之先声），单调的韵律使人静寂，而起伏抑扬的韵律使人振奋。这是一种创造的时刻，也是使人处于出神入定状态的时刻，"于是思想从意愿的重负下解放，在象征中展开"②。叶芝用手表嘀嗒声为例来说明：如果某人持久倾听手表的嘀嗒声，就会进入出神状态。而艺术（比如诗歌）中的韵律会使人不自觉地倾听下去，进入微妙的迷人境界，好比一种冥想的境界，此时就会忘记所有那些清醒的生活的记忆。

　　在文章的第四部分，叶芝论述了情感象征之外的另外一种象征——智力象征。智力象征指的是唤起理念的象征，或与情感交织的理念。叶芝如此定义，也可以看出柏拉图主义的影响。叶芝进一步指出：象征是事物所唤起的情感投射在理智之上的一片片影子的理念，是寓言家或学究的玩具，稍纵即逝。③ 换言之，叶芝认为象征本质上还是理念，只不过是通过事物唤起情感，再把情感投射在理智之上，投射过后产生了一片片影子，这些影子就是理念，就是象征。叶芝举了一个例子，说明智力象征的重要：诗人在一句平常的诗中写出"白"和"紫"，

①〔爱尔兰〕叶芝：《随时间而来的智慧：书信·随笔·文论》，王家新编选，北京：东方出版社，1996年，第152页。

②〔爱尔兰〕叶芝：《随时间而来的智慧：书信·随笔·文论》，王家新编选，北京：东方出版社，1996年，第153页。

③〔爱尔兰〕叶芝：《随时间而来的智慧：书信·随笔·文论》，王家新编选，北京：东方出版社，1996年，第154页。

就不会在读者心中唤起特别的情感，但假如把"白""紫"与十字架、荆冠等象征一起放进诗中，那显然就会有无数意味产生了，因为十字架和荆冠是历史积淀下来的智力。叶芝认为，如果一部作品中的象征仅仅是情感的，那么读者关注的是世界的偶然和命运；而如果作品中的象征也是理智的，那么读者也可以成为"纯粹智力"的一部分。作为例证，叶芝以莎士比亚作品作为情感象征的典型，以但丁作品作为智力象征的典型。如果一个读者欣赏前者，那么他将"融合在世界上所有的奇观中"；如果一个读者欣赏后者，那么他将"融合在上帝的影子"中。[①] 叶芝接着论述灵魂与象征的关系，认为现代世界的进程就是人们心灵缓慢的死亡，所以应该重新用象征来"拨动人们的心弦"，使人类对心灵重拾信心，而不是变成另一种宗教形式。

从这一部分的论述来看，叶芝没有指出情感象征和智力象征在作品中孰高孰低。但从他论述象征与灵魂的关系来考量，叶芝似乎主张将心灵解放出来。心灵的解放首先意味着情感象征的在场，叶芝担心的是心灵的解放也易于滑入宗教智力象征的轨道。他希望达到的境界是通过心灵的解放，产生一种自然而然的智力象征，这是通过那个被解放了的心灵自由发展而来的一种智力象征。这样的过程就是某个心灵智力象征形成的过程，也是哲学世界构建的过程。这一点对叶芝中后期的创作影响巨大。正是从《苇间风》之后的作品开始，叶芝逐渐营造出一个自己心灵的哲学世界，那就是以《幻象》为代表的神秘哲学。

《诗歌中的象征主义》的第五部分是叶芝对象征意义的总结。他说，假如接受这样的观点——因为诗歌中有象征而使我们感动，那么我们的诗歌风格就应回到"祖先的道路上去"，即回到灵魂或心灵本身。为了说明这一点，叶芝举了一个例子：假如我们的祖先喜欢一块绿色的玉石，那么这块玉石是展开自身中心的图像，而不是反映祖先或我们

---

① 〔爱尔兰〕叶芝：《随时间而来的智慧：书信·随笔·文论》，王家新编选，北京：东方出版社，1996 年，第 155 页。

自己欣喜的面容，更不是窗外摇曳的树枝。如果我们懂得这一点，就会带来创造力的回归，就会抛弃宗教诗中那些"有力的韵律"（即第四部分所言之包裹宗教心灵的外衣），去寻找另一种韵律：

> 我们将搜寻到这些激荡、冥想、有机的韵律，它是创造力的化身，既非欲望也非仇恨，因为它应时而生，只希望凝视某种真实，某种美。①

叶芝的这一句话可谓是其对象征意义的核心概括，其中几个关键词颇值得玩味。首先叶芝认为象征要有韵律，这一点与法国象征主义无甚区别。他认为这些韵律首先应该是"激荡"的，通过激荡的语言、节奏、意象等，来唤起情感或智力的象征，这与法国象征主义诗人的看法也基本相近。但叶芝又认为韵律应该是"有机"的，这一点是他在《诗歌中的象征主义》第二部分的核心观点，也是与波德莱尔、马拉美等人截然不同的。最后，叶芝认为韵律还应该是"冥想"的，这一点是货真价实的叶芝特色了。"冥想"是犹太教卡巴拉神秘主义的主要修行方式，叶芝在"诗人俱乐部"时期就曾潜心研究过，在这里可以视为叶芝神秘哲学的代名词。最后，叶芝认为，运用这些有创造力的韵律（即象征），目的是让人（作者和读者）"凝视某种真实，某种美"。这一点又与法国象征主义运动的目的相近，"某种真实"绝非物质世界的客观真实，而是自心灵而出的主观真实，美是终极目的。只不过叶芝认为"和谐""有机"是美的方式，而波德莱尔和马拉美认为不仅善中有美，恶与混杂中也有美。

叶芝在《诗歌中的象征主义》的结尾处强调了形式的重要，认为当一个诗人阐述一个观点、描写一个事物时，如果词语选取不精当，就不能给予这个事物以恰当的外形，诗人的词语应当像一朵花那样微

①〔爱尔兰〕叶芝：《随时间而来的智慧：书信·随笔·文论》，王家新编选，北京：东方出版社，1996年，第156页。

妙、迷离、充满神秘的生命。叶芝认为，真诚的诗歌形式绝不像"通俗诗歌"，它们有时候显得朦胧，或者就像布莱克《天真与经验之歌》中那些不合语法的诗那样，虽然朦胧或不合语法，但它们"具备一种不可解析的完美，微妙到每天都会产生新的含意"①。此处，叶芝对形式的重视，与上文中叶芝谈延迟诗意一样，前瞻了20世纪初波及欧美的形式主义批评的诞生。叶芝说"诗意的延迟"，与什克洛夫斯基的"陌生化"（以形式来延长读者欣赏的时间）理论庶几相近。诗歌可以"不合语法"但须"满含新意"，这不禁使人想到自由诗的兴起。叶芝说"真诚的诗歌"有时的确是"朦胧的"，与燕卜逊提倡诗歌的朦胧和含混（ambiguous）应该已经相距不远了。

至此，我们对叶芝在文章中论述的关于象征的观点有了大致的了解：象征分为传统象征和个人化象征，个人化象征更重要；象征也分为情感象征和智力象征，但不论哪种象征，好的作品应该是心灵的解放；激荡、冥想、有机的韵律是达至真实和美的途径。这些可以视为叶芝的象征原则。但仅有原则是不够的，还要看实践。叶芝是不是在实践中也遵循自己总结的原则呢？我们选取叶芝作品中两个典型的意象——玫瑰和塔堡，来探讨他的象征创作实践。玫瑰是叶芝早期诗作中最常出现的意象之一，而塔堡是其晚期诗作中的"常客"。

二、叶芝作品中的玫瑰象征

"玫瑰"无疑是叶芝19世纪90年代诗作中的核心意象。1892年叶芝发表作品《女伯爵凯瑟琳及各种传说和抒情诗》，其中包括诗剧《女伯爵凯瑟琳》和23首抒情诗。1895年，叶芝出版《诗集》（*Poems*）（之前出版诗作的总集）之时，将那23首抒情诗放在一起，作为《诗集》的一部分，并题名为《玫瑰》。1912年《诗集》再版时，叶芝在《玫瑰》部分加入一首《谁与佛格斯同去》。《玫瑰》中的大部分诗作都

---

① 〔爱尔兰〕叶芝：《随时间而来的智慧：书信·随笔·文论》，王家新编选，北京：东方出版社，1996年，第156页。

以玫瑰为题材。

《致时光十字架上的玫瑰》（"To the Rose upon the Rood of Time"）中的玫瑰显然带有神秘色彩。叶芝曾经给这首诗做过自注："玫瑰是爱尔兰诗人们最喜欢的一个象征，以它为题的诗作不止一首，既有盖尔语的又有英语的；它不仅被用于情诗里，而且被用于称呼爱尔兰……当然，我不在后者的意义上使用它。"[①] 从叶芝的这句话来看，他说的"不在后者的意义上使用它"指的是"不用玫瑰来称呼爱尔兰"，那么这首诗中的玫瑰象征什么呢？在这首诗的开头，诗人写道：

> 红玫瑰，骄傲的玫瑰，我一生的悲哀的玫瑰！
> 请来到我近前，听我歌唱那些古代的故事：[②]

"那些古代的故事"包括与大海搏斗的库胡林、佛格斯与祭司等，这些显然是古代爱尔兰的故事，可以视为"爱尔兰"的象征，那么诗人请"玫瑰"来听自己讲爱尔兰的古代故事，这个"玫瑰"是谁呢？诗人接着写道：

> 请近前来，好不再被人类的命运所遮暗，
> 我在那爱恋和仇恨的枝柯下面发现，
> 在朝生暮死的可怜而愚昧的万物之中
> 永恒的美在她的道路上漫游逡巡。[③]

"朝生暮死的可怜而愚昧的万物"显然是外部物质世界的表象，而"永恒的美"则是永恒的精神世界的象征，"爱恋和仇恨"是诗人的矛盾挣扎。这一段描写的是诗人在跌宕奔波的生活中，想要通过物质世界的

---

① 〔爱尔兰〕叶芝：《叶芝诗集》，石家庄：河北教育出版社，2003年，第53页注释1。
② 〔爱尔兰〕叶芝：《叶芝诗集》，石家庄：河北教育出版社，2003年，第53页。
③ 〔爱尔兰〕叶芝：《叶芝诗集》，石家庄：河北教育出版社，2003年，第54页。

表象来找到永恒的精神世界。在诗的第二段，诗人接着描写万物和凡俗，这些都可以用来象征爱尔兰。诗人在结尾时重复开头的话：

> 请近前来；在我逝去的时刻到来之前，我愿
> 歌唱古老的爱尔和那些古代的故事：
> 红玫瑰，骄傲的玫瑰，我一生的悲哀的玫瑰。①

这首诗写于 1892 年，这时对叶芝产生影响最大的是欧里尔瑞，在后者的影响下叶芝开始阅读爱尔兰诗人的诗作，并且立志以爱尔兰题材进行写作（"歌唱古老的爱尔和那些古代的故事"）。叶芝声称诗中的玫瑰并不指代爱尔兰，显然这也不是一首情诗。结合上述分析与题目，我们认为诗中的玫瑰指代时间。歌唱古老的爱尔兰故事给"现在"的人听，这是一种古今的对比。历经世事变迁，寻找永恒的美，最基本的条件就是"时间"（叶芝后来有一首诗《智慧随时间而来》）。诗人最后宣称，要在自己的时间结束之前，完成歌唱古代爱尔兰的事业，感慨的是时间之易逝。诗人在开头和结尾反复吟唱"一生的悲哀的玫瑰"，考虑到诗人写作此诗的年纪，令人产生"少年不识愁滋味，为赋新词强说愁"的阅读况味。

这首诗还有两点值得注意：首先是诗人别出机杼地做自注来解释诗作②，在自注中叶芝指出了玫瑰约定俗成的象征意义，但随即明确表示自己并不使用那种意义。玫瑰象征爱情，这是玫瑰最为常见的象征意义。玫瑰象征爱尔兰，则是 19 世纪爱尔兰诗人的常用手法；叶芝在自注中谈到的爱尔兰诗人如德·威利和曼根等就是如此，他们在那

---

① 〔爱尔兰〕叶芝：《叶芝诗集》，石家庄：河北教育出版社，2003 年，第 54 页。Eire 是爱尔兰的盖尔语称呼，本是纳努神族部落的一位女王的名字，后来被用来称呼爱尔兰。

② 叶芝的早期作品就有神秘主义色彩，他曾经说诗人不应该明确指出诗中的象征。但叶芝后来又担心他人读不懂或误解诗中的象征，所以就自己做注。这在之前的英语诗歌传统中是少见的，叶芝的这种做法也影响了艾略特等诗人。

些爱国诗中描写的黑头发的姑娘，名字就叫玫瑰，或者叫黑色的罗瑟琳（Dark Dosaleen）。叶芝声明自己与这些爱尔兰诗人对玫瑰象征的使用不一样，他想要创造出自己的个人化的玫瑰象征。其次，诗题中"时间十字架上的玫瑰"值得注意。"时间十字架上的玫瑰"本来是秘术修道团体"玫瑰十字兄弟会"（Rosicrucian Order）的标志，这个兄弟会据说创始于 15 世纪的德国。由于并不完全认同布拉瓦茨基夫人等人的神智学，叶芝于 1890 年 3 月由麦克格雷格·马瑟斯介绍加入秘术团体"金色黎明修道会"（Hermeneutic Order of Golden Dawn），希望从其秘术修炼中找到自己的归属感，或者说在这嘈杂的世界中找到秩序感，而这个修道会的标志就是时间十字架上的玫瑰。"金色黎明修道会"其实也是一个杂糅体，包含有古代埃及思想、卡巴拉神秘主义和基督教思想等。叶芝从修道会的仪式以及从马瑟斯的著作中学到了一系列几何符号的象征意义，例如标志中的四片玫瑰叶子象征四大元素，也象征女性力量，而十字架象征第五元素，也象征男性力量。① 十字架上的玫瑰象征神秘的结合，玫瑰的盛开是因为十字架的牺牲，这可能与基督殉难有关。叶芝将这个十字架加上修饰语"时间"，也就意味着时间的消逝才能带来盛开的玫瑰。因此，笔者认为这一首诗中叶芝创造的玫瑰的个人化象征意义是时间。在叶芝看来，时间带来的是"受难的"智慧（cross），智慧就是那精神和永恒的美。

　　用玫瑰来象征精神和永恒的美，同样出现在《玫瑰》中的其他诗作里，只不过玫瑰的象征更丰富了。在《尘世的玫瑰》（"The Rose of the World"）中的第一句，叶芝写道："谁曾梦见过美像梦一般逝去？"这句话表明叶芝"仍然相信玫瑰是理性美（Intellectual Beauty）或爱的象征，但不同于雪莱或斯宾塞的理性美。后者（雪莱和斯宾塞的理性

---

① Norman A. Jeffares. *A New Commentary on the Poems of W. B. Yeats*. London: Macmillan and Co. Ltd, 1984, 21.

美）是被追求的遥远的东西，而前者是与人类一同受难的美"①。诗
人接着用特洛伊和尤什纳的典故来说明"梦的易逝"。在一定程度上，
特洛伊之战因海伦而起，尤什纳的三个孩子被康纳哈所杀也是因女子
黛尔德所致，这意味着，诗人已经从谈论理性美转到谈论美和爱本身。
理性美就像那"逝去的梦"一般遥不可及，而我们只得在尘世辛劳：

> 我们同这辛劳的尘世正在流逝：
> 在那飞掠的群星，天空的浪沫下头，
> 在那仿佛冬季里奔腾的苍白河流
> 迂回蜿蜒的人们的灵魂里，
> 这孤独的面容永生不朽。②

从上文来看，那"孤独的面容"指海伦，而从这首诗的写作背景来看，
则指毛德·冈。此诗本来只有两段，有一次叶芝与毛德·冈在都柏林
郊区长途步行回来后，又加了一段，其中写毛德·冈是"疲倦而仁爱
者"（weary and kind）。这样的词语搭配加上叶芝近乎献媚式的恭维，
令好友拉塞尔极为不满。③尽管如此，加的第三段至少起到了指明的
作用，我们因此也可以知道，在这首诗中"尘世的玫瑰"又象征毛
德·冈。综上，可以对此诗中玫瑰的象征做一总结：在开头部分玫瑰
指代雪莱和斯宾塞式的理性美（这属于雪莱和斯宾塞发展出的个人化
象征，但对叶芝而言却仍是传统象征），接着"尘世的玫瑰"象征与人

---

①〔爱尔兰〕叶芝：《叶芝诗集》，石家庄：河北教育出版社，2003年，第66页注释1。叶
芝是在1925年写的这段话，其中提到的雪莱的理性美可能指雪莱的诗作《赞颂理性之美》（"Hymn
to Intellectual Beauty"），提到的斯宾塞的理性美可能指斯宾塞的诗作《四首赞美诗》（"Foure
Hymnes"，中古英语拼写，现代英语即 Four Hymns）。参见 Norman A. Jeffares. *A New Commentary
on the Poems of W. B. Yeats*. London: Macmillan and Co. Ltd, 1984.

②〔爱尔兰〕叶芝：《叶芝诗集》，石家庄：河北教育出版社，2003年，第66页。

③ Norman A. Jeffares. *A New Commentary on the Poems of W. B. Yeats*. London: Macmillan
and Co. Ltd, 1984, 27.

类一同受难的美，最后我们明白玫瑰还象征毛德·冈或诗人对毛德·冈的爱慕。这就好比一个象征所指的链条：从传统象征到个性化象征，再到更为个人化甚至是专属的象征（如果没有读过拉塞尔的回忆，或者不熟悉叶芝生平，对诗中的第三个象征恐怕就是"非指莫明"了）。

在《和平的玫瑰》（"The Rose of Peace"）中，叶芝进一步发展了玫瑰象征与人类一同受难的美的概念。如上文所言，叶芝受到雪莱和斯宾塞诗中玫瑰象征理性美的影响，但认为那些太遥远、不可追求。叶芝诗中的玫瑰象征与人类一同受难的美，这种美就带着尘世的烟火之气了，再加上他在使用这一象征时，又往往暗指毛德·冈，因此叶芝诗中的玫瑰象征具备"可以追求"的内涵。而"受难"又往往与基督或宗教相关，受难的目的是和平，所以也可以说，叶芝的玫瑰指代永恒的美与和平。例如《和平的玫瑰》的第四段：

> 上帝将会下令停止他的战争，
> 说，一切都是好的，
> 且轻柔地造出一个玫瑰色的和平，
> 一个天堂与地狱的媾和。①

在诗的前几段，诗人描写假如天兵之帅米迦勒遇见"你"，那上帝和撒旦的战争就不会有，而只会把"你"歌颂，"上帝也会停止战争"。"一切都是好的"（all things were well）暗指《创世记》第一章中上帝创世时所用的句式（钦定版《圣经》：it was good）。"天堂与地狱的媾和"（a peace of heaven and hell）则既指斯威登堡的神秘象征符号，也让人想起布莱克的名诗《天堂与地狱的结合》（"*The Marriage of Heaven and Hell*"）。因此，玫瑰象征和平，也象征带来和平的"你"（毛德·冈）。

《战斗的玫瑰》中的玫瑰与之前的诗作一样，具备叶芝理想中的多

① 〔爱尔兰〕叶芝：《叶芝诗集》（上），石家庄：河北教育出版社，2003 年，第 69 页。

重象征意义。首先它象征和平。诗人反复吟唱玫瑰是那"一切玫瑰之冠，举世共仰的玫瑰"。他接着指出，无论集合起怎样一支队伍，要是能够做到，最好还是逃避这前所未有的大战，因为"上帝已诏令它们分享一份同等的命运"。其次玫瑰象征美。诗人写道：

> ……看昏暗的海浪摔打在
> 忧愁的码头上，听海潮鸣响着招呼
> 我们的钟声；那美妙的遥远的事物。
> 因其自身的永恒不朽而变得悲哀的美
> 用我们，用那朦胧的灰色海洋造就了你。①

再次，玫瑰象征毛德·冈，因为"你，也已来到这里"，而诗人自比那"在你那恬静的阴影旁永远不停歌唱的人"。

　　在这之后的诗作中，玫瑰的多种象征含义被叶芝反复使用。例如《白鸟》中的"玫瑰"表面象征女性，实则指代毛德·冈；而"百合"表面象征男性，实则指代诗人自己。在《致未来时代的爱尔兰》中，那"红玫瑰镶边的长裙"显然指代爱尔兰，由此可知叶芝也用红玫瑰来象征爱尔兰。《恋人述说他心中的玫瑰》中那朵在"我"心底开放的玫瑰显然既指毛德·冈，也是神秘主义之美的象征。叶芝生平第一段感情的对象是奥利维亚·莎士比亚，因此，叶芝在几首诗中也以玫瑰来象征她，例如《他叫爱人平静下来》（"He bids his Beloved be at Peace"）中"南方纷纷扬扬倾撒的暗红的火焰的玫瑰花瓣"即指奥利维亚。②《她记起遗忘了的美》（"He remembers forgotten Beauty"）中

---

①〔爱尔兰〕叶芝：《叶芝诗集》（上），石家庄：河北教育出版社，2003 年，第 71 页。

② 叶芝对这首诗做过一个较长的自注，点明了自己的象征的来源："我大体仿效爱尔兰和其他神话学以及巫术传统，把北方与夜晚和睡眠相联系，把日出之处东方与希望相联系，把日盛之处南方与热情和欲望相联系，把日落之处西方与衰亡和梦幻事物相联系。"（《叶芝诗集》〔上〕第 133 页注释 1）

"古时贵妇们编织在/ 她们头发里的玫瑰"则指世俗之美。《有福者》
（"The Blessed"）中写道"有人曾经在美酒的红色中看见/ 那不可败坏
的玫瑰"，"不可败坏的玫瑰"（The Incorruptible Rose）象征的是最高
的精神理念，这又与《致时间十字架上玫瑰》的象征相近了。《隐秘的
玫瑰》中（"The Secret Rose"）有两处提到玫瑰，一处是：

> 你那硕大的花瓣裹起
> 那古老的须髯。①

这里"硕大的花瓣"即指十字架上的玫瑰花瓣，象征神秘结合。第二
处是在诗歌开头和结尾诗人反复吟唱的一句：
> 遥远的、最隐秘的、不可侵犯的玫瑰？②
> （Far-off, most secret, and inviolate Rose）

这一句中"玫瑰"的象征含义至少包含三层：永恒的精神；神秘的结
合；毛德·冈。
　　《受难之苦》（"The Travail of Passion"）中"激情的梦想之玫瑰"
则又象征与人类一同受难的美，只不过这一次与诗人（诗中的"百合"）
一起"受难"的是奥利维亚。在《诗人祈求四大之力》（"The Poet Pleads
with the Elemental Powers"）中诗人写道：

> 没有生灵知道其名称和形状的威力
> 摧折了那不朽的玫瑰；
> 尽管那七星在舞蹈间曾躬身而哭泣，
> 那天轴之龙照旧沉睡。③

---

① 〔爱尔兰〕叶芝：《叶芝诗集》（上），石家庄：河北教育出版社，2003 年，第 156 页。
② 〔爱尔兰〕叶芝：《叶芝诗集》（上），石家庄：河北教育出版社，2003 年，第 155、157 页。
③ 〔爱尔兰〕叶芝：《叶芝诗集》（上），石家庄：河北教育出版社，2003 年，第 162 页。

"不朽的玫瑰"（The Immortal Rose）与前面几首诗中所写的"不可摧毁的""不可战胜的"玫瑰一样，与十字架上的玫瑰相联系，象征与人类一同受难的理性美（Rose of ideal beauty）。①《山墓》中（"Mountain Tomb"）继续描写十字架上的玫瑰：

> 斟酒起舞，如果男儿精力仍旺健，
> 采来玫瑰，如果玫瑰还在盛开；
> 那奔流的瀑布袅袅生烟在山边，
> 我们的罗西克劳斯神父在墓穴里。②

罗西克劳斯神父据说是秘术修道团体"玫瑰十字兄弟会"的创始人克里斯蒂安·罗西克劳斯，叶芝曾一度加入受此秘术修道团体影响的"金色黎明修道会"。诗人写神父在墓穴里，类似 T. S. 艾略特诗中的荒原，感叹人世丛脞荒芜，没有精神之美。当然，在叶芝那里，这种精神之美是神秘的精神之美。那么诗中第二行的玫瑰就有多重象征意义了：爱情；世俗之美；毛德·冈（此诗就写于毛德·冈家中）；永恒的精神之美。

　　叶芝曾经在《致时光十字架上的玫瑰》的自注中说自己在那首诗中不把玫瑰象征爱尔兰。可是在《玫瑰树》中，"玫瑰"与"玫瑰树"则显然就是象征爱尔兰。在诗的开头，皮尔斯对康诺利说"我们的玫瑰凋落"，指爱尔兰被英国统治，爱尔兰人民处于苦难的生活中。康诺利回答说，玫瑰需要被浇灌，那样就可以使绿色重新绽放（绿色是爱尔兰的国色），只要有了浇灌，花蕾中的花瓣绽放，这棵玫瑰树就能成为花园中的奇艳。在第三段，皮尔斯说，可是水井已经干涸，在哪里能打到水去浇灌玫瑰呢？皮尔斯自问自答：

---

　　①"Rose of ideal beauty"是叶芝自己的话，参见 Norman A. Jeffares. *A New Commentary on the Poems of W. B. Yeats*. London: Macmillan and Co. Ltd, 1984, 70.
　　②〔爱尔兰〕叶芝：《叶芝诗集》（中），石家庄：河北教育出版社，2003 年，第 282 页。

哦，再也明显不过，

什么也无法造就真正的玫瑰树，

除了用我们自己鲜红的血。①

用鲜红的血才能造就真正的玫瑰树，这直指 1916 年的复活节起义。古老而常青的爱尔兰就是那玫瑰树，既然水井都已干涸，那就用鲜血来浇灌吧。这是起义者的宣言，也是叶芝态度转变的写照。也有研究者认为，"用鲜血浇灌玫瑰树"与基督教中的血祭有关。就像《胡力汉的女凯瑟琳》中的凯瑟琳一样②，爱尔兰年轻人愿意为爱尔兰的独立与复兴付出一切："许多民族主义者认为，爱尔兰唯有经历血祭，才能脱离大英，1916 年的'复活节起事'，就是这种观念的最具体例证。"③ 无论如何，这首诗中的玫瑰象征爱尔兰是无可置疑的。

综上所述，对于叶芝诗作中玫瑰的象征意义，我们可以有一个大致的理解：既有传统象征（爱情、爱尔兰、世俗之美、理性美等），也有叶芝的个人化象征（时光、人类受难的理性美、永恒的精神之美、和平之美、最高理性、毛德·冈、奥利维亚·莎士比亚等）。正如哈罗德·布鲁姆指出的那样，叶芝诗中如此丰富的象征使其象征难以成为一个"连贯一致的形象"（it is not a coherent image）。④ 就叶芝而言，正是这种不一致造就了其诗艺的繁复和诗意的繁富。

三、叶芝作品中的塔堡象征

1917 年 6 月 30 日，叶芝与相关方签订合约，以 35 英镑的价格正式将巴利里塔堡买下，这是叶芝第一次名副其实地拥有自己的地产。⑤

---

① 〔爱尔兰〕叶芝：《叶芝诗集》（中），石家庄：河北教育出版社，2003 年，第 440 页。

② 《胡力汉的女凯瑟琳》中的凯瑟琳象征爱尔兰，很多年轻人为了保护凯瑟琳愿意牺牲宝贵的生命。在剧的结尾凯瑟琳从老态龙钟的老妪变成年轻美貌的少女。

③ 周惠民：《爱尔兰史：诗人与歌者的国度》，中国台北：三民书局，2009 年，第 172～173 页。

④ Harold Bloom. *Yeats*, New York: Oxford University Press, 1970, 114.

⑤ 购买细节请参见第四章中相关论述。

从当时的情况看，"购买塔堡"行为本身的象征意义远远大于其实际意义。塔堡没有屋顶，外墙已经因年久失修而有所破损；整个塔堡虽然有四层，但每一层只有一个大房间。周围的农舍更是年久失修。洗漱水只能用独轮车从旁边的河水中取得，饮用水要到半英里（约 0.8 公里）以外去取。最麻烦的是，只要河水一涨，塔堡的一楼及周围农舍就会被淹没。由此可见，塔堡并不实用，在塔堡的生活也不便利。但已经五十二岁的叶芝还是决心将其买下。叶芝在给友人奎恩的信中透露了购买的动机：自己已年老，得找个地方安居——最好是略带威严的古旧居所，在其中可以反思自己那不羁的青春；买塔的事一定，将立即请人讨论装修之事。次年，叶芝又写信给奎恩，称巴利里塔堡为"恰当之标记与象征"。1927 年他在给另一位友人的信中更直白地表露：塔堡是其作品的永恒象征，自己的艺术理论全来自此塔堡——植根于土地上的神话。在 1933 年为《旋梯及其他》诗集作注时，叶芝写道："我在诗中以塔作为象征，尤其是其中的一个塔堡，塔里的旋梯好比哲学中的'螺旋'。"[①]

其实，早在 19 世纪 90 年代，叶芝就与塔堡及周围地区有了渊源。自认识格雷戈里夫人之后，有一段时间叶芝到各地搜集爱尔兰民间故事和传说，其间就去过塔堡地区。[②]那时候塔堡里还住着一位农民和他的妻子，他们的女儿、女婿则住在旁边的农舍里，附近还有一位磨坊主经营着一家磨坊。叶芝去那里是为了弄清一些民间传说的细节，其中就有盲诗人拉夫特里吟诵爱人玛丽·海涅斯的诗句和传说。[③]之

---

① 转引自 David A. Ross. *Critical Companion to William Butler Yeats*, New York: Facks on File, Inc., 2009, 568.

② 塔堡地区一度是库勒庄园的地产，后辗转卖出。叶芝去当地采风时，塔堡地区已经不属于库勒庄园了。

③ 玛丽·海涅斯（Mary Hynes）是磨坊主的女儿，盲诗人拉夫特里爱上了她，并写诗唱诵。这个故事发生在叶芝去那里的六十余年前，叶芝为之着迷。叶芝对塔堡的记叙来自其文章《灰尘蒙上海伦的眼》（"Dust hath closed Helen's Eye"）。参见 Edward Malins & John Purkis. *A Preface to Yeats* (second edition). New York: Longman Publishing, 1994, (second edition), 168.

后农夫一家搬走，塔堡更为寥落，直至被叶芝买下。得知叶芝买下塔堡后，叶芝父亲写信给儿子表示祝贺，也间接道出了叶芝买下塔堡的部分象征意义：

> 　　这全然是一种诗意生活的象征，一种对土地的渴望，是你将之立于大地中央。这塔堡又是在爱尔兰买的，这是另一种本能的渴望，即诗人的渴望。而塔堡又是古老的，因此它再次表明诗人的愿望。诗人总是保守、植根传统，他毅然独立，自称一派，无人能够模仿。诗人孤独、宁静、无言、拒绝改变。古来如此，将来如此，现今依然如此。你买的塔堡都有这些意义。塔堡由一座古桥通入，这是最佳之处，无须分析。[①]

从叶芝本人及其父亲的书信中，可以对叶芝购买塔堡的象征意义有一个大致的了解：诗人希望过一种稳定的生活；这种生活又是一种诗意的生活；诗人也希望从塔堡本身扩展出更多的哲学思考，等等。那么塔堡在叶芝的作品里到底又象征着什么呢？

　　早在买下塔堡之前，叶芝就在诗作中提到了塔堡，写就于 1915年 12 月的《吾乃尔主》是其中一首。在诗的开头诗人写道：

> 　　在你那风吹雨打的古塔下面，浅溪
> 岸边的灰色沙滩上，一盏灯火犹自
> 燃亮，在麦克尔·罗巴蒂斯留下的
> 摊开的书本旁边；你漫步在月下，
> 虽然你的最好年华已逝，却依然
> 被那不可征服的幻想所迷惑，描画着

---

① 转引自 David A. Ross. *Critical Companion to William Butler Yeats*, New York: Facks on File, Inc., 2009, 567.

　　　　　　　*秘法的图符。*①

"那风吹雨打的古塔"就是巴利里塔堡，"麦克尔·罗巴蒂斯"是叶芝在小说集《隐秘的玫瑰》中塑造的形象，是特定性格的象征，而不是真实的人物形象。罗巴蒂斯经常与中世纪神秘主义有关，经历过不少的冒险，是"水中的火焰"。而诗中的"你"无疑就是诗人自己。诗人感慨年华已逝（诗人写作此诗时已经五十岁），却依然执迷于那"秘法的图符"和"不可征服的幻象"——也就是神秘主义。因为《吾乃尔主》是叶芝写"自我"与"反自我"的作品，因此塔堡在这首诗中是作为背景的象征出现的，即象征可容纳思想斗争或碰撞的地方。也许正因为有此象征意义，叶芝才下定决心在两年以后将其买下。

　　塔堡作为"生活稳定"的象征，相继出现在叶芝买下塔堡后写下的诗作中。例如在《入宅祈祷》（"A Prayer on Going into My House"）中，诗人就祈祷上帝赐福给塔堡和居者：

　　　　　　上帝，请赐福给这塔堡和农舍，
　　　　　　给我的继嗣，如果一切都保留完好，
　　　　　　桌子、椅子或凳子无不简单得足以
　　　　　　招待加利利的牧童；请恩准
　　　　　　我自己在一年里的若干时候
　　　　　　*可以什么也不处理，什么也不过目。*②

在被叶芝买下之前，塔堡里确实是"家徒四壁"，甚至连屋顶也没有。诗人祈祷塔堡里简单的家具（由木匠砍下附近的一棵榆树制成）能留给自己的子嗣。"招待加利利的牧童"暗指耶稣早期传教的区域，用塔堡周围树木制就的简单家具来招待"加利利的牧童"，也寄予诗人对子

①〔爱尔兰〕叶芝：《叶芝诗集》（中），石家庄：河北教育出版社，2003年，第385页。
②〔爱尔兰〕叶芝：《叶芝诗集》（中），石家庄：河北教育出版社，2003年，第391页。

女热情善待他人的期待。最后两句诗点出诗人的心愿，诗人希望自己一年中若干时候能够来此专心度假，无须操心俗世事务。①

在《纪念罗伯特·格雷戈里少校》中，诗人开首就写道：

> 既然我们在新宅差不多已安顿下来，
> 我就要提起那些不能在这古塔里
> 烧着泥炭的壁炉边与我们共进晚餐，
> 畅谈到深夜某个时辰，然后登攀
> 狭窄的螺旋楼梯去睡觉的朋友们。②

此诗写于 1918 年 6 月，诗中所写"我们在新宅安顿下来"指的是诗人 1917 年 6 月买下塔堡，10 月与乔吉结婚。"安顿下来"，让人唏嘘：诗人多年漂泊，居无定所，感情也无着落，现在终于能安定下来了。这座让诗人在生活和思想上"安顿下来"的塔堡，无疑又让诗人回忆起年轻时的好友，那些"真理的发现者"，例如"爱学问胜过爱人类"的约翰逊，"好追根究底"的辛格，爱好占星之术的舅父乔治·波莱克斯芬。这些亲人、友人无疑分享着叶芝的这个或那个爱好，当然都与"真理"的探寻有关。通过回忆他们，诗人过渡到对一位"完人和我们的锡德尼"③的描写，即诗题中的主人公。诗人称他为"军人、学者、骑手"，他所做的一切都完美无瑕，他的作为是全部生命浓缩的精华。主人公就是叶芝理想中的贵族文化的代表。通过描写真理的发现者和理想的文化代表，诗人将他们与塔堡相联系（虽然"他们"从未在塔堡里做过客），塔堡本身就因之而有了文化的象征，更准确地说，是贵

---

① 虽然于 1917 年买下，但直到 1919 年叶芝一家才正式来此度夏，一直到 1928 年诗人由于健康原因不再来此。爱尔兰内战期间，塔堡前面的桥曾被炸毁一部分，塔堡本身也一度被自由邦战士所占领。

② 〔爱尔兰〕叶芝：《叶芝诗集》（中），石家庄：河北教育出版社，2003 年，第 308 页。

③ 锡德尼（Sir Philip Sidney, 1554—1586），英国贵族、诗人，代表作有诗篇《阿卡迪亚》（"Arcadia"）、《爱星者与星》（"Astrophel and Stella"）和诗论《诗歌之辩》（"Defence of Poetry"）。

族文化的象征。

在《月相》（"The Phases of the Moon"）里，叶芝延续《吾乃尔主》中的智慧探讨，将塔堡作为寻找真理和智慧之地的象征。罗巴蒂斯和阿赫恩探讨二十八种月相的变化，在诗歌最后阿赫恩说：

> 要不是我们的卧榻遥远，我就会摇响那门铃，
> 站在那塔堡门边大厅的粗糙的
> 屋椽下面，那里一切都十分
> 简朴，是一个为他永远也找不到的
> 智慧布置的地方。①

也许永远也无法找到或靠近智慧，但寻找智慧的过程是重要的。叶芝虽然并不在塔堡长住，但 1919 年之后的数个夏天他和家人大都在此度夏。塔堡带来的稳定感和安全感是叶芝一直想要的。《为我女儿祈祷》写诗人为女儿祈祷：

> 为这幼女我踱步祈祷了一个时辰，
> 耳听着海风呼啸在高塔顶，
> 在桥拱下，在泛滥的溪水上，
> 在溪边的榆树林中回荡。②

正是在这极富象征意义的地方，诗人祈祷女儿"天生美丽，精通礼节，自风俗和礼仪之中诞生纯真和美"。从这里也可看出诗人希望女儿能在贵族文化的熏陶下成长。

当叶芝购买巴利里塔堡时，塔堡已经有所破损，周围的农舍也已颓败，但历经数百年风雨的塔堡依然矗立。在某种程度上，这也是时

---

① 〔爱尔兰〕叶芝：《叶芝诗集》（中），石家庄：河北教育出版社，2003 年，第 401 页。
② 〔爱尔兰〕叶芝：《叶芝诗集》（中），石家庄：河北教育出版社，2003 年，第 453～453 页。

间永恒的象征，因此在叶芝眼中，与自己的诗作一样，塔堡也是"不朽的"。《拟刻于巴利里塔畔石上的铭文》（"To be Carved on a Stone at Thoor Ballylee"）写道：

> 我，诗人威廉·叶芝，
> 用旧磨坊板材和海青色条石，
> 还有郭特铁厂的铸铁材料，
> 为我妻乔芝修葺这座塔堡；
> 但愿这些文字存留，
> 当一切再次毁灭之后。①

在诗的第一句，叶芝骄傲地称自己为诗人，这在其所有作品中是罕见的，也足以看出作者对自己诗人身份的自豪。诗人修葺塔堡是就近取材，而修葺塔堡的目的也很明确——为自己妻子乔芝（即乔吉）所修。诗的最后两句点明诗作主题：艺术使人不朽。"这些文字"当然不仅仅指"刻于巴利里塔畔石上的铭文"，其他与第一行的"诗人"相联系，可以理解为指诗人的作品。"当一切再次毁灭之后"有两重意义，字面上指塔堡毕竟会凋零衰败，那么塔畔之石也会消亡（但文字永存）；深层意义则指两千年一轮回的文明毁灭，诗人希望就算文明再次毁灭（如公元之前希腊文明的衰落，公元以后基督教文明的即将衰落），自己的作品也会永存于世。在这首诗中，叶芝依然将塔堡与不朽相联系。

　　在叶芝后期的创作中，塔堡的象征意义如此重要，以至于叶芝将两部诗集的题名题作与塔堡有关的事物，即《塔堡》和《旋梯及其他》。

　　《塔堡》不仅是诗集之名，也是其中一首诗的名字。《塔堡》一诗不仅写于塔堡，内容也全都与塔堡有关。诗人在诗的第一部分的开头写自己已进入"衰弱的老年"，不复有年轻时的激情，不过自己一旦进

---

① 〔爱尔兰〕叶芝：《叶芝诗集》（中），石家庄：河北教育出版社，2003年，第459页。

了塔堡，却拥有了从未有过的"更加兴奋的、激情的、奇妙的相象力"。诗人回忆童年时在斯莱戈度过的美好时光，回忆了青年时期对创作的渴望，回忆了中年之后对哲学的着迷（"选择柏拉图和普罗提诺做朋友"）。诗人写道，正是在这里，想象力、耳朵和眼睛能够"论证和经营"抽象的事物。在第二部分开端，诗人写自己漫步在塔堡的雉堞之上，在凝视中自己的想象力开始延展，那些"形象和记忆"被唤出。①诗人首先看到了与弗兰赤太太有关的事迹，玛丽·海涅斯和拉夫特里之间的故事，科隆尼大沼泽中的溺死事件，红发罕拉汉的故事，以及与塔堡有关的各色各样的人。②诗人将这些"回忆和形象"视为储存在"大记忆"里的形象，是"大记忆"流溢而出的形象，这一点显然与新柏拉图主义有关。③在诗的第三部分，诗人借"年老"的主题发挥，要向世人表明心愿。首先，诗人希望后人要像自己一样，做一个"骄傲不屈的爱尔兰人"：

> ……我宣布
> 他们将继承我的骄傲，
> 那些既不系于原因亦不
> 系于状态，既不系于遭
> 唾辱的奴隶也不系于施
> 唾辱的暴君的人们的骄傲；
> 那是伯克和格拉坦的人民。④

---

①"凝视"既指诗人笃信的秘术方式（"幻象"），也指柏拉图主义中看问题的方法，可能还掺杂了凯尔特文化中的"视者"传统。

②科隆尼大沼泽事件在叶芝散文集（叶芝：《凯尔特的曙光》，徐天辰、潘攀译，南京：江苏文艺出版社，2013年）中有记录，叶芝创作了一系列关于红发罕拉汉的故事。

③叶芝为此专门做注，解释"灵魂是一切生物的作者，是一个本原，是永恒的存在"。参见〔爱尔兰〕叶芝：《叶芝诗集》（中），石家庄：河北教育出版社，2003年，第466页注释2。

④〔爱尔兰〕叶芝：《叶芝诗集》（中），石家庄：河北教育出版社，2003年，第474页。

接着，诗人宣布自己的信仰，即公然嘲笑普罗提诺的思想，公然对柏拉图叫嚷，要奔向超越死生的存在（参见前文论述）。在诗的最后，诗人再次凝视塔堡周围，宣布要把自己的"信仰和骄傲"都遗赠给那些攀登山崖的挺拔的年轻人，而自己要去"整理灵魂，强迫它（灵魂）去一所博学的学校研习学问"。这后者无疑指诗人希望在晚年能精心营造出自己的哲学思想体系。由此可知，在《塔堡》一诗中，塔堡是哲学探索的象征。

塔堡作为哲学探索的象征，在《我的住宅》（"My House"）一诗中继续得到论述。在诗的第一段，诗人详细描述塔堡周围的环境：那里有一座古桥，一座比古桥更古老的塔，一所有院墙维护的农舍，一片"象征的玫瑰可以开花"的石板地面，以及芜杂的老榆树、老荆棘；风雨如晦，母牛踏水飞溅，水鸡涉溪而过。诗人接着写塔堡内部，那里有旋梯，石拱顶的卧室，玄武岩的壁炉。还有一支蜡烛和写有字迹的稿纸，原来是一位类似弥尔顿诗《沉思的人》里的柏拉图主义者的人在房间里不断辛劳地写作，那些去集市晚归的人夜半还能见到塔堡里烛光闪烁。这无疑是诗人自指。在诗的第三段，诗人像那位柏拉图主义者一样，搜寻着记忆和形象，他感慨自己年老，把希望留给后代：

> 但愿在我之后
> 我的肉体的继嗣会发现
> 适当的厄运的标志，
> 以使一个孤独的心灵高兴。①

《我的住宅》是《内战期间的沉思》组诗中的一首，在该组诗中还有其他几首诗也写到塔堡。例如《我门前的道路》（"The Road at My Door"）和《我床边的燕雀巢》（"The Stare's Nest by my Window"），不过这两

---

① 〔爱尔兰〕叶芝：《叶芝诗集》（中），石家庄：河北教育出版社，2003年，第482页。

首诗主要与爱尔兰内战有关，叶芝并未突出塔堡的象征意义。在《我
们前的道路》中，诗人描写了一个"福斯塔夫式"的大胖子爱尔兰共
和军士兵和一个"穿一半国军制服"的爱尔兰自由邦政府军士兵，他
们说着内战的笑话，站在塔堡门前。诗人只好数着溪水中的赤松鸡，
"以平息我思绪中的羡妒"；很快诗人就转回卧室，"陷入一场梦的冰天
雪地之中"。"羡妒"恐怕是反语，我们看不出诗人如何羡慕，反而从
字里行间看到的是对内战的不满和对士兵的嘲弄。这种不满和嘲弄在
《我窗边的燕雀巢》中体现得更明显：

> 我们被锁起，不能肯定
>
> 门锁何时才会打开；某地
>
> 一人被杀，一所房遭焚，
>
> 但没有事实可以说得清：
>
> 来，筑居在燕雀的空房里。①

内战中，巴利里塔堡前面的部分桥面被炸毁，塔堡一度也被自由邦士
兵占领，诗人谴责战争带来的不幸，哀叹年轻的士兵在血泊中死亡，
呼吁战争的结束，羡慕蜜蜂能在松动的石壁隙缝里筑巢。

　　在这两首论内战的诗之后，叶芝继续在诗中将塔堡视为哲学探索
的象征。例如《我看见仇恨、心之充盈及将来之空虚的幻影》（"I see
Phantoms of Hatred and of the Heart's Fullness and of the Coming
Emptiness"）一诗，开头诗人写自己登上塔顶，靠着已经破裂的石头，
看着一团团薄雾掠过以及月光之下的山谷、河流。一阵风吹过，种种
幻象扰乱了诗人的心境。在第二段，诗人描写了搅乱心境的幻象，那
是 14 世纪初的一个当地传说，在幻象中"我"的手伸出去拥抱虚无，
心智也由于那无意识的骚乱而迷失。诗人接下来描写了两个特殊的幻

---

　　①〔爱尔兰〕叶芝：《叶芝诗集》（中），石家庄：河北教育出版社，2003 年，第 489 页。

象——独角兽和鹰隼，一个是美丽智慧的象征，一个是力量的象征。在最后一段，诗人转身返回，在旋梯上沉思：虽然年老，但智慧也随之而来。

> ……抽象的乐趣，
> 半懂不懂的魔幻形象所蕴含的智慧，
> 令渐老之人满足，一如从前令少年满足。[①]

如果说少年叶芝追求的是"梦"的智慧，那么老年叶芝追求的智慧里早就含有"神秘哲学"的色彩，因为那些神秘的符号是"抽象的乐趣"，是"半懂不懂的魔幻形象"。

如果说在之前的诗作里，叶芝主要将塔堡视为贵族文化和哲学探索的象征，那么在《旋梯及其他》的诗作中，塔堡尤其是其中的旋梯则成了叶芝螺旋理论和历史循环论的主要象征。

在《自性与灵魂的对话》的第一段，"我"的灵魂就呼召：

> 我号召去拿盘旋的古老楼梯；
> 把你的全部心意都置于那陡阶，
> 置于那破裂、崩坍欲坠的雉堞，
> 置于那无息的星光耀映的空气，
> 置于那标志着隐蔽极轴的星辰。[②]

诗人好比导游，号召"我们"沿着那盘旋的古老楼梯拾级而上，并提醒一定要把全部心意放在那陡阶和雉堞之上（即塔堡本身），因为从那里我们能与无息的空气相连，能看见那"隐蔽极轴的星辰"。联系到诗人发表于1925年的《幻象》一书，我们相信，叶芝是指导我们看那些隐蔽在星辰和月相中的神秘符号以及由此带来的神秘象征。

---

① 〔爱尔兰〕叶芝：《叶芝诗集》（中），石家庄：河北教育出版社，2003年，第493页。
② 〔爱尔兰〕叶芝：《叶芝诗集》（下），石家庄：河北教育出版社，2003年，第563页。

在诗作《血和月》里，叶芝明确宣布要将塔堡视为自己的象征，细读诗歌可以发现，此诗中的塔堡确实融合了多重象征。在第一部分，诗人祈祷这个地方和这座塔堡更有福泽，曾有一个"血腥、傲慢的强者"在家族中崛起，就像塔堡的崛起一样。对于这样的一位强者，诗人以嘲弄的口吻声称要竖起自己更为强大的标志，那就是诗歌：

> 带着嘲弄我竖起了
> 一座强大的标志，
> 并以诗歌一遍遍把它唱赞，
> 嘲弄一个顶端
> 已半死的时代。①

"顶端已半死"既是实指，又是虚指。实际指的是叶芝买下塔堡时，塔堡的顶部是空的，没有任何遮盖。虚指则象征诗人嘲弄以前的诗歌时代，以自己的诗歌创作为自豪。带着这种自豪感，诗人在第二部分将塔堡视为自己诗歌的象征，想要与古埃及的亚历山大港灯塔、雪莱诗中"思想的王者"之塔相比。诗人骄傲地宣布：

> 我宣布这座塔是我的象征；
> 我宣布这架似盘绕、转圈、螺旋的踏车般的楼梯是我祖传的
> 楼梯；②

这座塔就是诗人的"诗歌之塔"，就是诗人的"思想之塔"。诗人用"祖传的楼梯"来指代自己所受的先哲影响（参见第四章第三节论叶芝与贝克莱部分）。除了象征诗歌，象征先哲的文化，叶芝在这首诗中还借塔堡的形象表达了对当时欧洲形势的担忧。诗人在第三部分写道，七

① 〔爱尔兰〕叶芝：《叶芝诗集》，石家庄：河北教育出版社，2003 年，第 568～569 页。
② 〔爱尔兰〕叶芝：《叶芝诗集》（下），石家庄：河北教育出版社，2003 年，第 569 页。

百年过去了，塔上的月亮依旧皎然，没有无辜的血的斑痕，而人间却是血迹斑斑：

> 那里，在鲜血浸透的地面，
> 曾站立过士兵、刺客、刽子手，
> 无论是因盲目恐惧，是为每日薪酬，
> 还是出自抽象的仇恨，都鲜血沾满。[①]

这段描写很可能是指当时欧洲已经爆发的几场战争，如西班牙内战等。清纯的月亮是那不可得的智慧，而嗜血的人类根本无暇顾及，那些像诗人一样"不曾流过血的人"却在大醉的狂乱中，吵闹着要月亮。这不仅是对嗜血者的谴责，也是对诗人这般想要智慧却无能为力者的嘲弄。诗人在最后部分感叹：

> 是否每个现代国家都像这塔，
> 顶端半死？[②]

"每个现代国家像顶端半死的塔"，显然是对现代国家的失望，人们争夺权力，而权力是"沾有血污"的东西。诗人的这个比喻也显然与伯克的国家比喻相关。在伯克那里，国家应该像一棵自然成长的树，而不应该以理性束缚。诗人最后回到月亮，世人叫嚷着要找月亮，而那没有沾染任何污痕的月亮，却在云缝中得意地窥望着人类。

在《库勒和巴利里，1931》中，叶芝再次回忆库勒庄园和巴利里塔堡这两处极富象征意义的所在，并且将塔堡作为新柏拉图主义的神秘象征：

---

① 〔爱尔兰〕叶芝：《叶芝诗集》（下），石家庄：河北教育出版社，2003年，第571页。
② 〔爱尔兰〕叶芝：《叶芝诗集》（下），石家庄：河北教育出版社，2003年，第571页。

> 在我的窗台下面那河水湍急奔流——
> 水獭在水底下游，水鸡在水面上跑——
> 在上天的俯瞰下清亮亮地流过一里路
> 然后渐渐黑暗落入"黑暗的"拉夫特瑞的"地窖"，
> 钻入地下，在库勒庄园的一块岩石裸露的
> 地方升起，在那里舒展到一个湖泊里，
> 坠落到一个洞穴里才算终结。
> 水不是繁衍滋生的灵魂又是什么？①

"水"是繁衍滋生万物的灵魂，这不就是普罗提诺的"灵魂流溢说"吗？不过叶芝将新柏拉图主义者的灵魂说与当地的民间传说联系起来。拉夫特瑞这位盲诗人曾歌颂过的塔堡的"地窖"，并不是真的塔堡下的地窖，而是河流中一个巨大的洞穴，据说可以通往库勒庄园。从对塔堡的描写，诗人过渡到对库勒庄园的详细回忆，想起格雷戈里夫人对艺术的赞助、罗伯特·格雷戈里的贵族风度。这一切不禁使诗人发出"我们是最后的浪漫主义者"的感叹！由此，塔堡作为艺术（尤其是诗歌）的象征也得以体现。

《黑塔》（"The Black Tower"）是叶芝生前创作的最后一首诗。在诗的开头，诗人写道，那古老黑塔中的好汉，不缺乏战士所需的一切，但是他们似乎不曾发誓，所以才让那些旗帜进入。"那些旗帜"指的是政治宣传的旗帜，暗指当时欧洲已陷入战争的泥潭。手持那些旗帜的人，要么是行贿，要么是恫吓，要么就是傻瓜。在诗的最后一段，诗人引用亚瑟王的传说，以反讽的语气表达对战争的担忧和对亚瑟王般救世主的渴望：

> 当我们拖拽横卧沉睡的人们之时，

---

① 〔爱尔兰〕叶芝：《叶芝诗集》（下），石家庄：河北教育出版社，2003年，第589页。

　　　　塔中那必定在晨露中
　　　　攀上爬下捉小鸟儿的老厨子
　　　　发誓说他听见了那伟大君王的号角声。
　　　　可是他是个爱撒谎的家伙；
　　　　我们谨守誓约立正警戒！①

　　根据亚瑟王传奇，亚瑟王和桂妮薇儿王后（Queen Guinevere）以及骑士们和一群猎狗在诺森伯兰郡的谢文谢尔德城堡的拱顶下（a vault beneath the Castle of Sewingshields in Northumberland）沉睡。亚瑟王只等某人吹响桌上的号角，用石剑砍断腰带。一位农夫找到了拱顶，砍断了腰带，但没有吹响号角，亚瑟王只好继续睡去。② 亚瑟王在凯尔特文化传统中是救世主的象征，叶芝虽然很少直接使用其故事（见前文论述），但此处的暗指似乎象征诗人希望能有尼采式的"超人"结束欧洲混乱的局势。诗中的黑塔既神秘（"古老黑塔"）又具体（"塔中的老厨子"），这是诗人神秘象征的总结。这黑塔既可以是现实中的巴利里塔堡，也可以是叶芝构建的艺术之塔，还是历史循环的象征。未来的历史究竟会怎样？在诗人看来，也许就像黑塔那样神秘不可知。

　　综上所述，我们可以对叶芝的象征做一个概括式总结：叶芝虽然在传统意义上使用象征，但更多的情况是使用自己的个人化象征，一些象征的所指甚至是非指莫明；叶芝早期的象征主要与其诗艺的发展相关，而在后期的创作中他将象征的使用与哲学思想的构建融合在一起；从"象征"的基本概念出发，叶芝是一位货真价实的象征主义作家；叶芝受到法国象征主义的影响，建构了独出机杼的象征系统。如果将波德莱尔、马拉美等人的创作称为前期象征主义，而以叶芝、艾

――――――――――

① 〔爱尔兰〕叶芝：《叶芝诗集》（下），石家庄：河北教育出版社，2003 年，第 808 页。
② 转引自 Norman A. Jeffares. *A New Commentary on the Poems of W. B. Yeats*. London: Macmillan and Co. Ltd, 1984, 409~410.

略特等人的创作作为对比，那么称叶芝为后期象征主义诗人也不无道理。当然，叶芝、艾略特等人从来也没有将自己视为某一流派的代表，波德莱尔、马拉美等人也没有，那些流派的归属和划分只不过是后来者为了研究的便利而行使的一种"偷懒的权利"吧！

结　语

风已衰老但仍在嬉逐，
而我必须兼程赶路，
因为我正奔向乐园。
　　　——《奔向乐园》①

冷眼一瞥
生与死
骑者，去也！
　　　——《布尔本山下》②

　　庞德曾经说，叶芝是他那个时代唯一值得认真研究的英语诗人。庞德说这句话之后的一百多年来，叶芝的丰富性确实像一座宝藏那样吸引着研究者，每个时代都有代表性的研究著作出现，而这些著作似乎又可以作为某一时代文艺思潮的代表。不用说，布鲁克斯等对叶芝诗作的分析显然属于新批评的范畴，哈罗德·布鲁姆的叶芝研究专著也可以作为其"影响的焦虑"观点的注脚。百余年来，西方文论此起彼伏，风风雨雨，走到今天，似乎到了"山穷水尽"的地步。时至今日，叶芝研究该如何开展，也是摆在叶芝研究者与爱好者面前的大问题。

---

① 〔爱尔兰〕叶芝：《叶芝精选集》，傅浩编选，北京：北京燕山出版社，2008年，第80页。
② 〔爱尔兰〕叶芝：《叶芝精选集》，傅浩编选，北京：北京燕山出版社，2008年，第271页。

　　国外的叶芝研究因为得天时地利，成果要丰硕得多。以叶芝传记为例，R. F. 福斯特的二卷本皇皇巨著《叶芝传》就有近 1400 页，不仅在叶芝生平的细节上巨细靡遗，而且每每在叙述细节时进行精当的文化评论。与其说是"传"，不如说是"评传"。福斯特的这一做法与国内傅浩先生的做法相似，即在叙述作家生平时加以评论，这就显出功底的扎实和功力的高深。傅浩先生撰有两部叶芝传记：第一部较为简略，因此直接题为《叶芝》；第二部叙中有评，题为《叶芝评传》，实在是再恰当不过了。福斯特和傅浩两位大家在各自的叶芝评传里几乎已经对叶芝及其思想的各个方面都做了精辟的概括，想要再有开创性的发现似乎已不可能。笔者所做的只是介绍和总结的工作。能读原文的读者如果有心，可以仔细阅读福斯特的著作。而汉语语境中，傅浩先生的《叶芝评传》被誉为经典。不过，评传毕竟重心在传，在提到叶芝受某些思想影响的时候，往往不能集中火力大肆发挥。这也就是本书撰写的出发点。

　　叶芝当然是诗人，他获诺贝尔奖也主要是因为其精湛的诗歌作品。因此，以往的研究多着眼于其诗歌。而叶芝的戏剧、散文和小说往往被忽视。有鉴于此，在本书中，笔者试图结合对叶芝的诗歌、戏剧、散文、小说的解读来探讨叶芝诗学。在欧美学界，早就有叶芝校勘本问世，几乎包括叶芝创作的全部内容，对其在不同时期对作品所做的修改亦一一说明，真是叶芝研究的宝典。可惜国内图书馆难以借到相关文献。国内对叶芝的译介也多着眼于诗歌，早在 20 世纪初就有单篇的译介，到 20 世纪末更有傅浩先生对全部抒情诗的翻译。但是，对于叶芝的二十余部戏剧，国内只有有限的几篇译介。对于叶芝散文和小说的关注，则主要集中于《凯尔特的曙光》和《隐秘的玫瑰》。当然，译介较少的情况，也成为笔者介绍的契机。在本书中，笔者就希望借着对叶芝诗学的研究，旁及对部分叶芝戏剧的介绍，包括剧情和风格等。

　　本书重在探讨叶芝诗学思想，简言之，笔者就是想弄明白叶芝在形成自己的风格和思想时受到了哪些影响，而这些影响又是如何在其作品中体现的。当然，叶芝受到的影响是多方面的，笔者只是选取了其中的几个重要方面进行了探讨。"叶芝诗学思想与象征"一章看似与其他主题不相关，但实际上仍是在探索叶芝的象征所受的影响，也是笔者对一个常见论断的思考：叶芝与法国象征主义的关系究竟如何？如果说通过本书各章节的论述，能够得到一个结论的话，那这个结论就是：叶芝是个"拿来主义者"。但这又算什么结论呢？古今中外的大师不都是这样吗？牛顿说自己之所以取得成就，是因为站在前贤巨人的肩膀上。就连后现代所谓解构一切的解构主义，也并非与之前的思潮没有丝毫联系，那些被归为解构主义流派的大学者们所受西方思想的熏陶不比其他学者少。但从另外一个角度考虑，作为类似文献综述式的研究，本书将叶芝思想所受的部分影响和影响的表现形式呈现出来，也可成为有心人进一步研究的基础。

这样说来，上述短短几段话与其说是结语，不如说是展望。但未来究竟会怎样，连叶芝自己都不是太清楚，那么还是先总结之前的事吧。

参考文献

中文文献

〔美〕安娜斯:《解读柏拉图》(双语版),高峰枫译,北京:外语教学与研究出版社,2013 年。

陈丽:《爱尔兰文艺复兴与民族身份塑造》,天津:南开大学出版社,2016 年。

〔英〕戴维·鲁宾森、朱迪·葛洛夫:《视读哲学》,杨菁菁译,合肥:安徽文艺出版社,2007 年。

丁宏为:《真实的空间》,北京:北京大学出版社,2013 年。

杜继文主编:《佛教史》,南京:江苏人民出版社,2006 年。

方立天:《佛教哲学》,北京:中国人民大学出版社,1986 年。

冯象:《玻璃岛——亚瑟与我三千年》,北京:生活·读书·新知三联书店,2013 年。

傅浩:《叶芝的象征主义》,《国外文学》1999 年第 3 期。

傅浩:《叶芝诗中的东方因素》,《外国文学评论》1996 年第 3 期。

傅浩:《叶芝》,成都:四川人民出版社,1999 年。

傅浩:《叶芝评传》,杭州:浙江文艺出版社,1999 年。

〔英〕弗兰克·斯塔普:《叶芝:谁能看透》(中英双语),傅广军、马欢译,大连:大连理工大学出版社,2013 年。

〔德〕古斯塔夫·施瓦布:《希腊古典神话》,曹乃云译,南京:译林出版社,2010 年。

胡家峦编著:《英国名诗详注》,北京:外语教学与研究出版社,

2003 年。

〔印度〕奎尼:《印度对叶慈的影响》,徐进夫译,台北:成文出版社,1997 年。

李赋宁总主编:《欧洲文学史》(第二卷),北京:商务印书馆,2001年。

李静:《叶芝诗歌:灵魂之舞》,上海:东方出版中心,2010 年。

〔英〕连摩尔、伯蓝:《叶芝》,刘蕴芳译,上海:百家出版社,2004年。

林骧华编著:《西方现代派文学评述》,上海:上海人民出版社,1987 年。

刘意青主编:《英国 18 世纪文学史》(增补版),北京:外语教学与研究出版社,2006 年。

〔英〕罗伯特·基:《爱尔兰史》,潘兴明译,上海:东方出版中心,2010 年。

〔美〕M. H. 艾布拉姆斯、杰弗里·高尔特·哈珀姆:《文学术语词典》(第 10 版,中英对照),吴松江等编译,北京:北京大学出版社,2014 年。

欧光安主编:《人类文明的彼岸世界》,济南:山东画报出版社,2015 年。

欧光安:《〈再度降临〉:叶芝历史循环诗学再阐释》,《宁夏社会科学》2014 年第 4 期。

欧光安:《主题·民族·身份——叶芝诗歌研究》,天津:南开大学出版社,2016 年。

钱乘旦、许洁明:《英国通史》,上海:上海社会科学院出版社,2012 年。

唐月梅:《日本戏剧》,上海:上海三联书店,2006 年。

唐月梅:《日本戏剧史》,北京:昆仑出版社,2008 年。

田汉:《爱尔兰近代剧概论》,上海:东南书店,1929 年。

〔爱尔兰〕托马斯·威廉·黑曾·罗尔斯顿：《凯尔特神话传说》，西安外国语大学神话学翻译小组译，西安：陕西师范大学出版总社有限公司，2013 年。

王珏：《叶芝中期抒情诗中的戏剧化叙事策略》，上海：上海外语教育出版社，2014 年。

王佐良：《英国诗史》，南京：译林出版社，2008 年。

〔爱尔兰〕叶芝：《叶芝抒情诗全集》，傅浩译，北京：中国工人出版社，1994 年。

〔爱尔兰〕叶芝：《叶芝诗集》（上、中、下），傅浩译，石家庄：河北教育出版社，2003 年。

〔爱尔兰〕叶芝：《叶芝精选集》，傅浩编选，北京：北京燕山出版社，2008 年。

〔爱尔兰〕叶芝：《叶芝抒情诗选》，傅浩译，昆明：云南人民出版社，2011 年。

〔爱尔兰〕叶芝：《生命之树》，苏艳飞译，成都：四川文艺出版社，2015 年。

〔爱尔兰〕叶芝：《叶芝文集卷一：朝圣者的灵魂》，王家新编选，北京：东方出版社，1996 年。

〔爱尔兰〕叶芝：《镜中自画像：自传·日记·回忆录》（叶芝文集卷二），北京：东方出版社，1996 年。

〔爱尔兰〕叶芝：《随时间而来的智慧：书信·随笔·文论》，王家新编选，北京：东方出版社，1996 年。

〔爱尔兰〕叶芝：《凯尔特的曙光》，徐天辰、潘攀译，南京：江苏文艺出版社，2013 年。

〔爱尔兰〕叶芝：《叶芝诗选》，袁可嘉译，长沙：湖南文艺出版社，2012 年。

〔澳大利亚〕约翰·赫斯特：《你一定爱读的极简欧洲史》，席玉苹译，桂林：广西师范大学出版社，2011 年。

张志伟：《西方哲学十五讲》，北京：北京大学出版社，2004 年。

张汝伦：《现代西方哲学十五讲》，北京：北京大学出版社，2003 年。

赵敦华：《西方哲学简史》，北京：北京大学出版社，2001 年。

周芳：《"清浊本为邻"：对叶芝诗歌中衰老与灵肉主题的探讨》，上海：上海外语教育出版社，2014 年。

周惠民：《爱尔兰史：诗人与歌者的国度》，台北：三民书局，2009 年。

朱维之等主编：《外国文学史·欧美卷》（第四版），天津：南开大学出版社，2009 年。

庄子：《庄子》，方勇译注，北京：中华书局，2010 年。

左汉卿：《日本能乐》，北京：外语教学与研究出版社，2011 年。

英文文献

Bloom, Harold. *Yeats.* New York: Oxford University Press, 1970.

Bushrui, S. B. & Tim Prentki. *An International Companion to the Poetry of W. B. Yeats.* Gerrards Cross: Colin Smythe, 1989.

Cahill, Thomas. *How the Irish Saved Civilization.* New York: Anchor Books, 1995.

Clark, David & Rosalind E. Clark ed. *The Collected Works of W. B. Yeats.* Volume II: The Plays. New York: Scribner, 2001.

Ellmann, Richard. *Yeats: The Man and the Masks.* New York: The Macmillan Company, 1948.

Ellis, Peter Berresford. *Dictionary of Celtic Mythology.* Oxford: Oxford University Press, 1994.

Heinz, Sabine. *Celtic Symbols.* New York/London: Sterling Publishing, 1999.

Gilbert, S. *The Poetry of William Butler Yeats.* New York: Monarch

Press, 1965.

Ishibashi, Hiro. *Yeats and the Noh: Types of Japanese Beauty and Their Reflection in Yeats's Plays.* Dublin: Dolmen Press Ltd., 1966.

Holdeman, David. *The Cambridge Introduction to W. B. Yeats.* Shanghai: Shanghai Foreign Language Education Press, 2008.

Jeffares, A. Norman. *A New Commentary on the Poems of W. B. Yeats.* London: Macmillan and Co. Ltd, 1984.

Krans, Horatio Sheafe. *William Butler Yeats and the Irish Revival.* London: William Heinemann, 1904.

Malins, Edward & John Purkis. *A Preface to Yeats. second edition.* New York: Longman Publishing, 1994.

Monteith, Ken. *Yeats and Theosopy.* New York: Routledge, 2008.

Pu Durong. *The Phoenix's Nest upon the Tree of Life: W. B. Yeats's Aesthetics of Symbols in Poetry.* Chengdu: Sichuan People's Press, 2005.

Vendler, Helen. *Our Secret Discipline: Yeats and Lyric Form.* Cambridge: Harvard University Press, 2007.

Yeats, William Butler. *The Collected Poems of W. B. Yeats.* Richard J. Finneran. New York: Simon & Shuster Inc., 1996.

Yeats, William Butler. *Autobiographies.* William H. O'Donnell & Douglas N. Archibald ed. New York: Scribner, 1999.

Yeats, William Butler. *Autobiographies: Reveries over Childhood and Youth and the Trembling of the Veil.* London: Macmillan and Co. Ltd., 1926.

词典及其他

中国社会科学院语言研究所词典编辑室：《现代汉语词典》（汉英双语，2002 年增补本），北京：外语教学与研究出版社，2002 年。

《牛津高阶英汉双解词典》（第 7 版），牛津：牛津大学出版社；北京：商务印书馆，2009 年。

《朗文当代英语大辞典》（英英·英汉双解），北京：商务印书馆，2005 年。

陆谷孙主编：《英汉大词典》（第 2 版），上海：上海译文出版社，2007 年。

《圣经》（中英对照）（中文和合本），新国际版。

Webster's New World College Dictionary. third edition. New York: Macmillan, 1996.

Collins COBUILD Advanced Learner's English Dictionary. New Edition. Beijing: Foreign Language Teaching and Research Press, 2006.

Drabble, Margaret ed.. *The Oxford Companion to English Literature.* Oxford: Oxford University Press / Beijing: Foreign Language Teaching and Research Press, 1993.

Cuddon, J. A.. *The Penguin Dictionary of Literary Terms and Literary Theory.* revised by C. E. Preston. London: Penguin Books Ltd., 1999.

后　记

　　《借鉴与融合：叶芝诗学思想研究》是我的第二部专著，内容上是前一部专著《主题·民族·身份——叶芝诗歌研究》的延伸。由于第一部著作是以博士论文为基础，因此在语言、内容等方面尚留有仓促写作的痕迹。在写作本书时，我首先想到的便是如何在实现内容完整的基础上体现出自己的语言特色。

　　窃以为，语言、文字的习得与"模仿"关系密切，就我个人而言，尤其如此。还记得小学六年级，语文教师周定军先生写得一手好字，当时就暗暗模仿，心里默记老师在黑板上书写一撇一捺时的手势和姿态。上初中时，一位姓郭的地理老师的板书更是"横平竖直"、颇有章法，那时就有意模仿他的笔迹，可惜如今连他的名字也不复记得。到高中一年级时，上第一节语文课，教师竟然又是周定军先生！原来周老师通过不懈、不竭的努力，取得了更高的学位和文凭，而凭他多年的教学经验，给高中生上课，也是游刃有余。意外的是，定军先生连续三年担任我的语文老师。从此，不仅是笔迹，他刻意在满堂乡音中使用的普通话也成为我们模仿的对象，那两句"无情也是一种情""花开两朵、各表一枝"已成为他标志性的课堂话语。

　　也正是在初中、高中阶段，模模糊糊的青春成长意识伴随的是模模糊糊的辨别意识，对于原本习以为常的语言、文字，如今可以稍加辨别，尽管辨别的错误率相当高。先祖凤洸公据说是由先伯祖凤洲公亲自教读，写得一笔好字，乡里友邻办各种喜事，均邀请他题写楹联，因此从小我跟随父辈参加各种喜宴，就每每见到祖父的笔迹。幼年时，无法辨别、鉴赏笔迹，直至上中学时，有了辨别意识，再有几位老师的字迹加以比较，才蓦然发觉祖父笔迹中的刚直、硬朗；也是直到上大学之后，才进一步领悟出这笔迹与祖父性格何其相近！离家上大学时，祖父写"笔扫千军"四字，勉励我勤学向上。

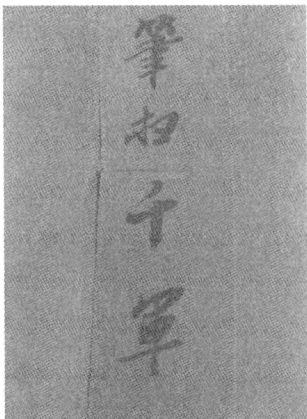

　　记忆中最深刻的还有先祖父为先祖母手抄的佛经，竖排繁体，字字端正。其中有一本《十月怀胎经》，讲人母受胎及抚养孩子之苦，祖母不识字，先由祖父口授两遍，祖母按照佛经念法每日念诵。每当祖母在默念、诵读几遍之后仍有无法读出的字词时，会把我叫去教她读音，除个别难词外，大部分我都能读。每次我给祖母念出读音，她总会给我一点小东西……一个煮鸡蛋、半块苹果……这些都是父辈与几位姑母孝敬她的，在物质匮乏的童年时期，祖母都给了我和其他几位孙辈，可能我得到的最多。濡沐之情，自是难忘。祖母未出嫁时，在家排行老小，因此得名王满妹，"满"字在家乡方言中是最小的意思。祖母一生信佛行善，在我大约十五岁时，她发愿将村口到最近佛寺路边高耸扎人的荆棘灌木砍掉，以便路人行走，她带着我们几位孙辈花两个月工夫做成此事，颇得村人赞誉。诸如此类，难以尽述。

　　少小时期，从老师那里模仿笔迹和语言，从祖父、祖母那里模仿写字、做人和为善。在写作本书的过程中，这些老师、祖父母的事迹时时浮现脑海，每每提醒我注意笔下行文。本书管窥的是叶芝的诗学思想，因为是学术类写作，而学术写作不比散文写作，不能"因文害意"，所以下笔往往以严谨表述为主，修辞和文体便不能兼顾。在学术研究的历程上，我是一个"落后者"。本科时更多考虑以后工作的事情，因此只把课程内容背得很熟，听说读写算是入了门，语言和学术思维却根本谈不上。毕业论文虽然以莎士比亚十四行诗为题，但因本身所学有限，又乏高人指点，因此根本未窥学术门径，所写文章跟平时课堂作文并无两样。本科毕业稻粱谋三年后，进入研究生阶段学习，又因成家、工作等事，并未专心向学，虽模模糊糊感觉到学术研究的重要，却因所学不精，不得入学术堂奥，以致差点延迟半年毕业。真正得识学术研究真面目是在博士阶段，蒙导师王立新教授的谆谆教导，其行文、言语自然成为我模仿的对象。

立新师本科和硕士阶段受文学教育，博士阶段则接受的是历史训练，因此立新师的行文在逻辑严谨而周密之外，往往自带文采。历史学的训练使得立新师文中的句子可谓严丝合缝、滴水不漏，例如他在论述《何西阿书》的文体特征与叙述策略时，这样论述隐喻叙事与转喻叙事：

> 隐喻在语言垂直的选择轴上展开，一个语词和与其具有相似性的比喻式代用词之间进行替换组合时，彼此间就构成了隐喻关系。而转喻则在语言横向的连接轴上展开，一个语词和与其具有相邻性的语词连接为水平面上的语词组合时，就构成了转喻的关系。①

再比如在论述古典文学研究的"有机整体观"时，立新师写道：

> 通过对古典时代文本多层面的了解，达至对文学生产历史文化语境的整体把握，以审美的眼光进入对具体文本的探讨和分析，强调外部研究和内部研究的统一，坚持最终研究成果的诗学品质，

---

① 王立新：《古犹太历史文化语境下的希伯来圣经文学研究》，北京：商务印书馆，2014年，第225页。

从而实现我们对古典东方文学探讨的深化。[①]

这样严密的语言表达和精当的术语解释，使我们一班懵懂学生如得了醍醐灌顶般的启发。不惟行文，在授课时立新师亦是如此。听他授课，好比入了一个文学、历史、语言的大观园，主谓清晰，首尾应合，往往还杂有"复调"的感觉。立新师身兼行政职务，学术而外，不得不分心学院大小事务。但这并不影响他对学生的"默默关爱"，当你在宿舍、教室奋力研读而接到立新师的电话，那往往是他有"任务"给你了，要么是联系出国、出境进修，要么是参加学术研讨。得知我的本科和硕士是英文出身的情况，在我博士二年级时立新师就推荐我到韩国某大学交流，后因事未遂。之后他又推荐我到香港汉语基督教文化研究所访学，使我得以尽窥香港中文大学图书馆里的叶芝研究宝藏，从而顺利完成博士论文写作。在我们学生看来，立新师好比那魔术师，手中捏着的是我们这些学生的研究和发展，不管我们身在哪里，他都能逐一安排。

　　在行文和言语方面，同样给我以深刻影响的是王志耕老师。与立新师相近，志耕老师的行文也有严谨周密的特点。例如他在叙述圣愚文化的叙事特征时写道：

　　　　所谓微观化叙事，是当欧洲现代性遭遇危机之后产生的叙事形式，它是对现实破裂性、碎片化的描摹，是对上帝之死、本质退场的记述。……无论在文本中存在多少对话立场，但整体价值声音从不缺席，它始终以或显或隐的形式存在，它可以不向对话诸方发出判断性话语，但却在潜在的角度上向读者暗示它的权威性。[②]

---

　　① 王立新：《古犹太历史文化语境下的希伯来圣经文学研究》，北京：商务印书馆，2014年，第11页。

　　② 王志耕：《圣愚之维：俄罗斯文学经典的一种文化阐释》，北京：北京大学出版社，2013年，第71页。

虽然是论述圣愚文化，可严密逻辑的字里行间自有西方文学理论、哲学等的背景知识存在。这对我这个一向缺少文论训练的学生是个重大的考验，我只能在恶补相关知识之后才能隐约辨出尼采、巴赫金等的声音。志耕师讲授的"西方文论"课程极其抢手，去晚了往往占不到座儿。志耕老师看重人的精神探索，其所言往往切中时弊，在沉闷的术语解释之外，往往能别出新语，令人耳目一新。

　　说到"时弊"或对时事的分析，在南开求学时对我帮助颇多的周志强老师是当仁不让的"文化学派"。总体而言，近年来志强老师的研究方向从文艺美学转向文化研究，变的是研究重心，不变的是他的拿手绝活——将枯燥的学术解释用轻松（甚至略带俏皮）的语言表达出来。例如在论述所谓的"山寨艺术"时，他写道：

> 　　如果说本世纪著名的艺术产品以其高昂的价格和传奇一样的命题来占有国际市场的话，那么山寨艺术就将其肉身化为这些作品的小妖，蛊惑人们的欲望，创造畸形的艺术消费。在这里，没有什么抵抗的神话和意义的拼杀，有的不过是艺术市场的精英主义和大众消费的合二为一，是充满了利润欲望的艺术生产者们冒用非功利的名义创造出来的笼络大众消费的手段。①

有了上述三位老师的学术语言熏陶，我们都自觉地暗中模仿，希望能将学术观点表达得清晰、逻辑。但我们也都知道，能把学术观点表达得顺畅清通，真非易事。有时候写完文章回头一看，为了显出学术性，满纸都是学术词语的堆积，有时为了显示"有出必引"，整页到处可见双引号。在这方面，我喜欢读几位学者的著作，其中之一是北大英语系教授高峰枫先生。他有一手将学术论述表达得清通、简练却又不乏厚重感和幽默感的绝活，他最厉害的另一手功夫则是综述某家或某书

---

① 周志强：《山寨艺术时代的文化逻辑》，《艺术评论》2014 年第 5 期，第 29 页。

的观点，例如：

> 相比于锡德尼，雪莱为诗人的辩护则显得豪气干云。在这位浪漫派诗人眼中，诗人绝不与散发铜臭气的俗世同流合污，他志行高洁，遗世独立，能够参天地之造化，与永恒、无限的世界遥遥相契。雪莱形容诗人为独坐于黑暗中的夜莺，以甜美的歌声排遣自身的孤寂。但诗人又绝非不问世事的隐逸之士，他还肩负着庄严的道德使命，在功利主义泛滥的时代，只有诗人能挽狂澜于即倒，只有诗人能凭借诗歌拯救出人心中被埋没、被染污的神性。因此雪莱称诗人为洞悉宇宙奥秘的祭司、未来的先知、战斗的号角，是未被世人承认的立法者。①

对于偷懒的英文专业学生来说，这样的综述无异于雪中送炭，能省去死啃雪莱《诗辨》（*A Defence of Poetry*）的万般"痛苦"。当然，勤奋的学生会依据上述精练的指点，按图索骥，去细读原著。从上述选段也可看出，高峰枫教授的学术行文往往也自带文采，甚至是略带古典色彩。

谈到学术内容的古典写作，就个人阅读所及，我最服膺钱锺书先生。《谈艺录》和《管锥编》是钱锺书先生谈书论艺的代表作，两书均以典雅的文言写就。在论述某一作文作诗之法时，作者往往中西并举，其博学渊深可知矣。例如论述人在读书读史时可能生出的烦闷之心，钱先生写道：

> 人于相习而安、所操以守者，每厌其无聊而忽生怠心，或疑其无补而忽生悔心。于是学问者萌捐书之念，事功者起倦勤之思。退之、元晦等诗正道此情。《旧约全书》中古师即叹："书籍无穷，

---

① 高峰枫：《古典的回声》，杭州：浙江大学出版社，2012年，第192页。

多读徒疲精弊体。"笛卡儿自言博学攻书，了无所得，乃欲内观心性、外游世界。龙沙、歌德、马拉梅等诗中皆咏厌苦"书册埋头"，渴欲骋怀游目，徜徉林野，放浪海天。①

如上中西并举，在钱氏的作品中几乎比比皆是，令人不得不佩服其博学。赵一凡老师曾指出钱锺书先生的治学旨趣就是"打通中西"。谈到中西学问的"打通"，我经常阅读的还有董桥的文字。董桥以散文名世，其散文兼擅明清笔记与英国散文之长。他虽然并不直接研究学术，但是从其散文中偶然流露的几句评点，完全可以管窥其博览中外典籍之多、之深。例如他写英国玄学诗人多恩（John Donne）与新古典主义诗人蒲柏（Alexander Pope）：

> 多恩确是玄学怪才，落笔大胆，爱憎分明，情诗写得最好，辩才也高。蒲柏体弱背驼，才华盖世，待人刻薄，翻译荷马史诗《伊利亚特》和《奥德赛》出大名，一生名句多得不得了。②

司马迁曾曰："虽不能至，心向往之！"耳濡目染于立新师、志耕师、志强师的言语文字中，徜徉于钱锺书、董桥、高峰枫等学者的著作中，在写作本书时，我也希望能模仿他们的文字，写出自己的特点。至于做到了没有，那就有待读者批评了。

除去语言之外，在写作本书时，我也希望能在内容上比自己的第一部作品有进一步的深化。本书写作时的主要参考资料，来自于香港中文大学图书馆主馆。连续两个书架上1000余本的叶芝研究资料，其收藏的丰富性与深度不亚于欧美名校。面对如此宝库，我主要搜集了三种内地难觅的资料：叶芝作品校勘本等叶芝作品的汇校，历代叶芝研究的经典著作，最近十年的叶芝研究著作。这些资料为我打开了一

---

① 钱锺书：《谈艺录》，北京：商务印书馆，2016年，第414页。
② 董桥：《读书人家》，香港：牛津大学出版社，2014年，第129页。

片新天地，而这片新天地的打开，要得益于立新师。由立新师牵线，我得以到香港汉语基督教文化研究所访学，通过研究所得以以同等访学身份办得香港中文大学图书馆借书证，从而才能饱览群集。其间，研究所杨熙楠总监、林子淳研究员、胡美兰助理给予了大量细致入微的帮助。在第一次访学期间，由研究所介绍我认识了格拉斯哥大学著名教授大卫·贾斯珀（David Jasper），并在第二次访学期间亲自得到贾斯珀教授的指点，尤其是本书中有关叶芝诗学思想与爱尔兰土地意识的一部分，更是直接得自教授的指授。后来我多次就书稿的内容和细节向贾斯珀教授请益，均得到他细致的回复，书稿成型后我试着请他写序，教授欣然应允。教授年近七旬，记忆依然敏锐，序言中信手拈来的叶芝诗歌典故即为一证，其治学风范足为我辈楷模。

在各个文类的研究中，诗歌研究似乎是比较难以进入堂奥的。在20世纪那么恣肆汪洋的文学理论场域内，直接涉及诗歌研究的无非是形式主义理论（如：陌生化）、新批评理论（如："张力"说、朦胧）等，就算是当今前沿的诗歌叙事，也似乎令研究者裹步不前。在这方面我幸运地得到北大刘意青教授的指点，她虽然并不专门研究英语诗歌，但她从文本细读的诸多方面给了我详细的指导。至今还记得她用手指着打印出来的文章《寓有限于无限之中——谈布朗宁的诗歌》（刘意青老师发表在《国外文学》1992年第2期上面的文章），逐字逐句带着我朗读，引导我如何从诗歌的字里行间找到丰富的意蕴。我虽然出身英文系，但文本细读的功夫实在是仅得皮毛。因此，2016年下半年刘老师指导我细读曼斯菲尔德的十个短篇，由我先做注释，然后刘老师修改，她详细的修改中涉及我对一些字词句子的误解、文化知识的不足、文章含义理解的不足等。在数次电子邮件的往来中，我体会到刘老师良苦的用心和严谨的风范。在写作本书时，我也不时向她请教，无论多忙，她都耐心为我释疑解惑。年近古稀时，刘老师毅然到新疆支教，为石河子大学外国语学院的发展呕心沥血。如今她年近八秩，依然关心学院年轻教师的成长，连夜审读年轻教师攻读博士学位时的开题报告。当然，这又是另一个感人的话题了。

《主题·民族·身份——叶芝诗歌研究》的出版，使我得以结识南开大学出版社田睿等优秀编辑，之后便一直保持联系。这次《借鉴与融合：叶芝诗学思想研究》定稿后，蒙田睿主任青睐，使拙著得以列入南开大学出版社 2017 年学术著作出版计划，并委任研究外国诗歌的青年编辑万富荣做文字编辑，在此一并感谢。

2015 年博士毕业回单位工作时，犬子已从牙牙学语、蹒跚学步的婴儿成长为"风中奔跑的男子"。这一切都要归功于妻子唐慧与岳父母。本来想着读完博士可以好好抽出时间来接管孩子的养育，以便妻子和岳父母能有片刻闲暇，可事与愿违，因为自己的懒惰和工作忙的借口，照顾孩子的重任依然在他们肩上。词源学上，如果"丈夫"一字的英文"husband"确实来源于"husbandry"（耕作蓄养、农牧业），那么我理应更多承担养家、抚育之责，一如《圣经·旧约》里的"阿大"（Adam）。以"奇思妙喻"著称的多恩曾在诗中将自己与爱人比作圆规，爱人是那只固定的脚，而自己是那只画圆的脚，不管画圆脚漂泊多远，都能回到固定脚那里。自与妻子结俪以来，因为学业关系，我在北京、天津各高校相继"漂泊"取经，是妻子这只固定脚成为我得以心无旁骛顺利完成学业的坚定保障。模仿《傲慢与偏见》开头那句名言，我也可以说："It is a truth universally acknowledged that for a man who studies all the time in foreign places there must be a wife!"（对于漂泊学子而言，妻子不可少，信哉此言！）岳父母本来就要照顾卧床十年的祖母，更要分心来照顾犬子，使我得以专心写作，他们是我模仿的榜样。英文里的岳父母总要在"father""mother"之后加上"in-law"，意思是通过法律途径（即婚姻登记）形成的父母关系。中文里认为"岳父"一词或源于《汉书·郊祀志》"大山川有岳山，小山川有岳婿山"之句，或源于唐玄宗朝张说与其婿郑镒之事。无论怎样，就词中显出的亲密感而言，中文远胜英文。

因为上学和工作关系，我从洞庭湖以南的蕞尔村庄转徙至天山以北的绿洲边城，历经江南水乡、塞北大漠，看过云卷云舒、花起花落，自诩能读几本闲书，教几多学子。每当开学季，看莘莘学子提箱挎包走进校门，总会想起读高中时父亲挑担的背影。我所读的高中虽然隶属县教育局，却地处村落，上学除学费、住宿费外，生活费无须交钱，用谷物或其他实物抵用即可。因此，每当月初，父亲便用扁担挑着大米、菜籽油、辣椒粉等赶十里山路到学校，运气好能搭便车乘坐手扶拖拉机走一段路，但大多时候仍是步行。父亲从来寡言少语，更极少动手教训我们，他只是默默地用行动教育子女，要做勤劳、善良的人。父亲非吾生父，生父幼而佳慧，常得先祖、族人称赞，惜谋生时煤窑失事，吾与幼弟顿成失怙。慈母坚韧，摒族人议论，再成团圆之家。父亲之勤劳、母亲之坚韧，是我漂泊时的精神源泉，但愿这本书的写作能给远方的他们带去欣慰。

　　本书正题取"借鉴与融合"，虽然写的是叶芝，却也带着自己的一点心愿："借鉴"即模仿，希望自己能在这些年的学习中模仿得有模有样；"融合"即创造，希望自己能够在模仿的基础上形成自己的特点。这两点是个人关于学术研究的粗浅看法，能不能做到，得看以后的造化，目前做到了多少，则全凭读者判断。本书扉页的书题也是我对祖父笔迹的模仿，拙劣有之，笔架全无。还是那句话："虽不能至，心向往之！"

2017 年仲夏于绿洲边城